ドーナツ事件簿①

午前二時のグレーズドーナツ

ジェシカ・ベック　山本やよい 訳

Glazed Murder

by Jessica Beck

コージーブックス

GLAZED MURDER
by
Jessica Beck

挿画／てづかあけみ

母であり、すばらしい芸術家である
ルビー・ホールへ

ドーナツ。ドーナツにできないことが何かあるだろうか。

〈ザ・シンプソンズ〉の生みの親
マット・グレイニング

午前二時のグレーズドーナツ

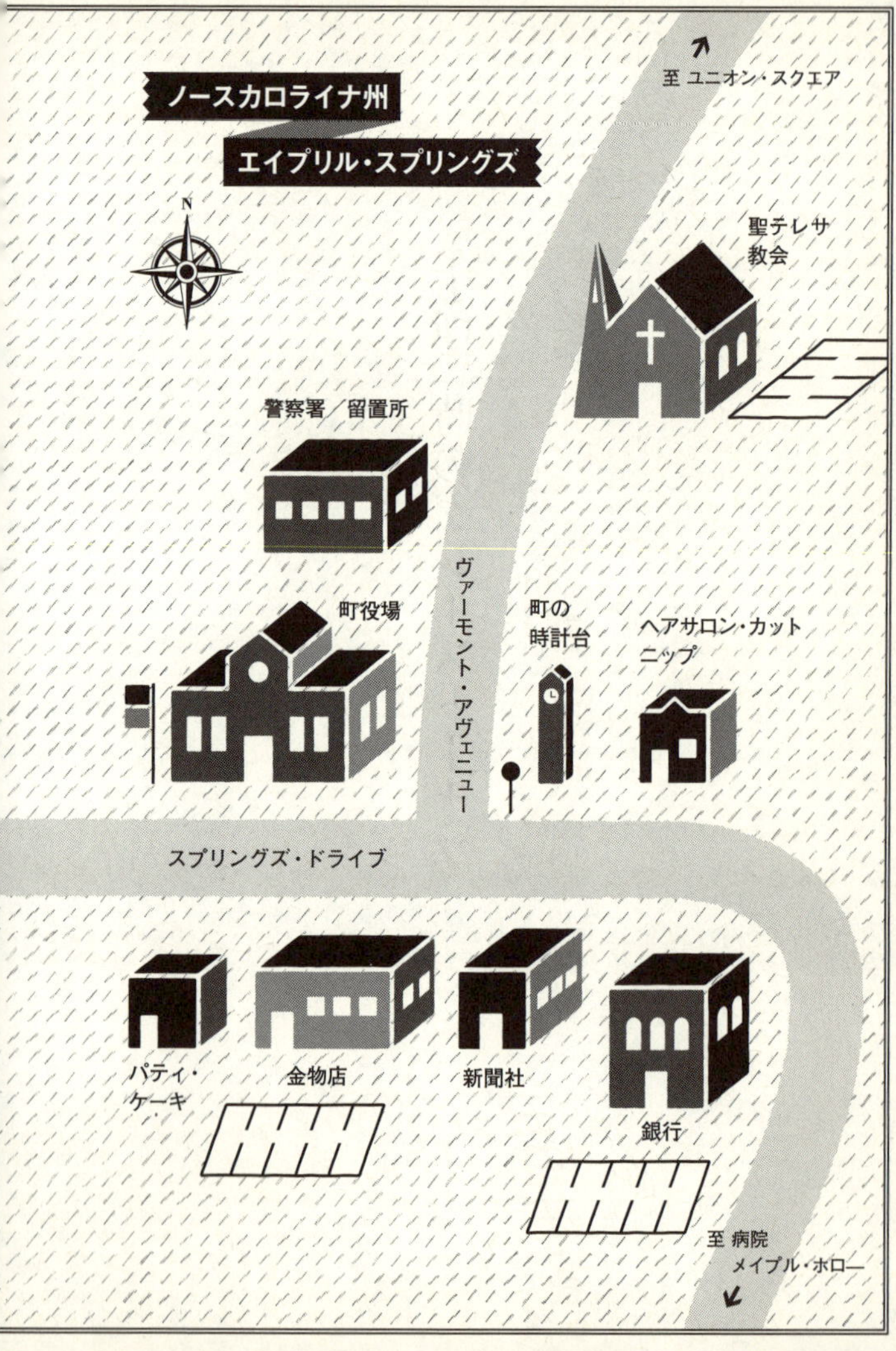
ノースカロライナ州
エイプリル・スプリングズ
N
至 ユニオン・スクエア
聖テレサ教会
警察署／留置所
町役場
ヴァーモント・アヴェニュー
町の時計台
ヘアサロン・カットニップ
スプリングズ・ドライブ
パティ・ケーキ
金物店
新聞社
銀行
至 病院
メイプル・ホロー

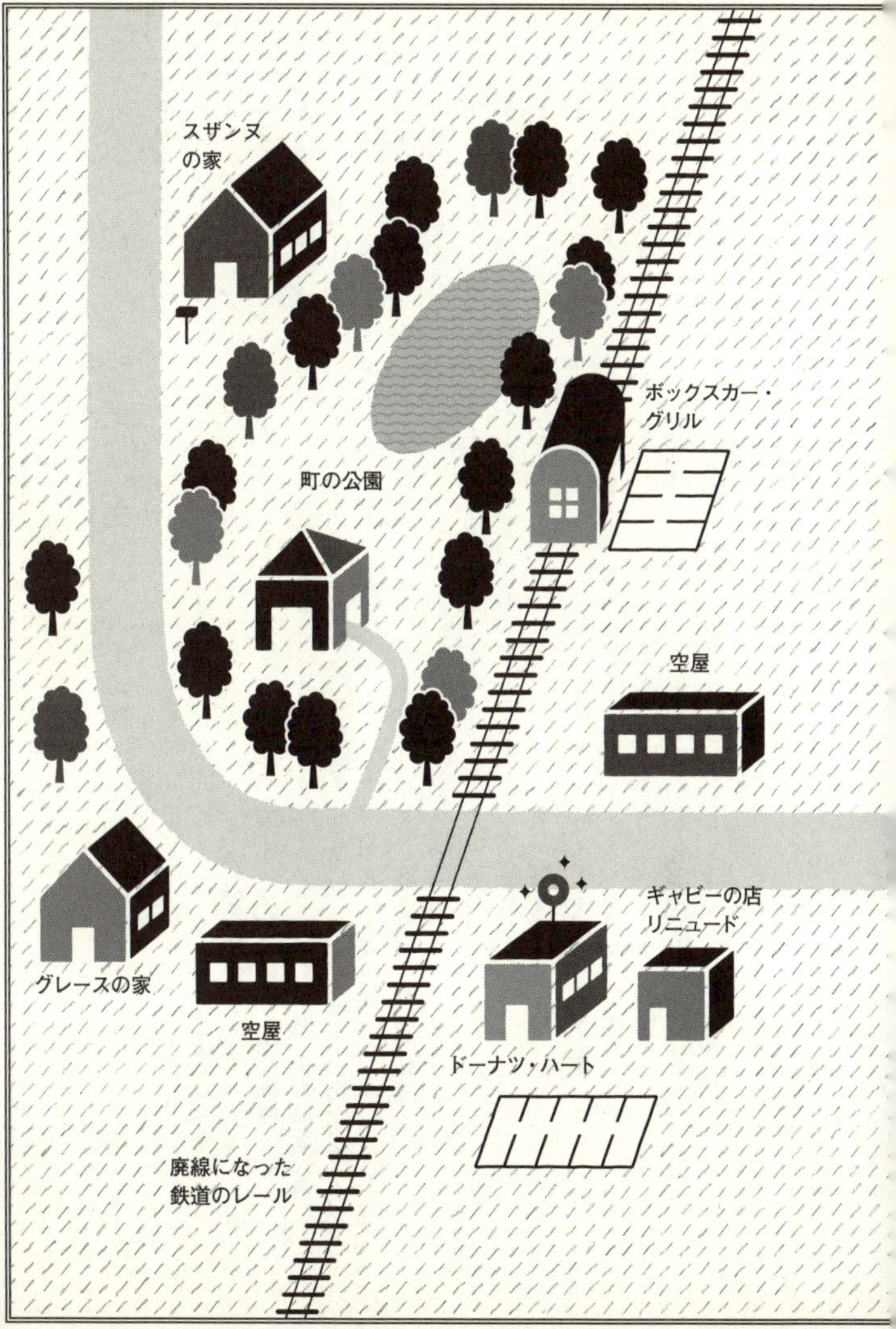
スザンヌ
の家
ボックスカー・
グリル
町の公園
空屋
ギャビーの店
リニュード
グレースの家
空屋
ドーナツ・ハート
廃線になった
鉄道のレール

主要登場人物

スザンヌ・ハート……………………………………〈ドーナッツ・ハート〉オーナー
ジェイク・ビショップ………………………………州警察捜査官
マックス・ソーンバーグ……………………………スザンヌのもと夫。俳優
グレース・ゲイジ……………………………………スザンヌの親友。化粧品販売員
エマ・ブレイク………………………………………〈ドーナッツ・ハート〉のアシスタント
ドロシー・ハート……………………………………スザンヌの母
ジョージ・モリス……………………………………もと警官。裁判所廷吏
フィリップ・マーティン……………………………地元警察の署長
ムーア…………………………………………………警官
スティーヴン・グラント……………………………警官
パトリック・ブレイン………………………………銀行員
リタ・ブレイン………………………………………パトリックのもと妻
デブ・ジェンキンズ…………………………………パトリックの愛人
ヴィッキー・ハウザー………………………………パトリックの秘書
ドナルド・ランド……………………………………〈BR投資〉オーナー
リンカーン・クライン………………………………〈アライド建設〉オーナー

1

どうか信じてほしいけど、ふだんのわたしはとても平凡な暮らしを送っている。〈ドーナツ・ハート〉で仕事中に死体に出くわすなんて、毎日あることではない。ここはわたしが経営している手作りドーナツとプレミアムブレンドコーヒーの店。ノースカロライナ州にエイプリル・スプリングズという人口五千一人の町があり、店はそのダウンタウンの端っこに位置している。

とにかく、今回のことは平凡から遠く離れていた。

わたしの目の前で、誰かが夜の闇に紛れて車のなかから店の前に死体を投げ捨て、こちらが反応する暇もないうちに、猛スピードで闇のなかへ走り去ったのだ。

わたしは店で深夜勤務の連続。それ以外に表現のしようがない。世間一般の常識からすれば、わたしの勤務時間は狂っている。スタートは午前二時で、最初の生地作りにとりかかり、やがて、正午ぐらいに後片づけをすませて店を閉める。おかげで、午後八時以降のデートの可能性はゼロだが、芝居上手な夫のマックスと離婚して以来、男性と出かけることにはあまり興味が持てなくなっている。マックスは俳優で、どんな役柄でもこなす演技力を自慢にしている。そこには夫という役柄も含まれていて、かつて彼の欺瞞を知ったとき、わたしは肝をつぶした。結婚していたころの彼の嘘のうまさといったら、たいしたもので、嘘発見器でさえ彼の欺瞞を見抜くことはできなかっただろう。全国ネットのコマーシャルの仕事がたまにあるだけで、収入は不安定だった。ハリウッドへ行って運試しをするよう、わたしはこれまで彼に強く勧めてきた。彼の才能を見込んだからではなく――才能はほとんどなし――永遠に厄介払いができると思ったからだった。だが、そううまくはいかなかった。ブルーリッジ山脈のふもとにある、わたしたち二人が生まれ育った小さな町エイプリル・スプリングズを、彼はぜったいに離れようとしなかったし、わたしのほうもよそへ越す気はなかった。

失礼、こんな脱線をするつもりはなかったのに。事件のことに話を戻そう。店に入った直後に、スピードを出して走ってきた車から何か重いものが投げ捨てられるのを、わたしは唖然として見守った。じつをいうと、外の物音を耳にしたのは、〈ドーナツ・ハート〉の看板のライトをつけようとして片手をスイッチにかけたときだった。午前二時十二分という時刻には、世界はたいていわたし一人のものだ。ドーナツショップのアシスタントで、わたしが姪のように可愛がっているエマ・ブレイクは、いつも二時半をすぎないとあらわれないし、今日は彼女の休みの日なので、店には出てこない。週に一度だけ、わたしが一人で店をあけ、昼までずっと一人で働くことになっているが、よりによってその日に、わたしの人生を混乱に陥れようとして世界が陰謀を企てたわけだ。

外で車の音がしたので、思わずそちらへ顔を向けた。真夜中すぎのこんな時刻にスプリングズ・ドライブを走る車はほとんどない。自分が何を見たかを悟る前に、わたしは照明のスイッチを入れていた。店のすぐ外の世界が照らしだされ、通りにころがっていた影のようなかたまりがくっきりと人の身体の形になった。その身体を投げ捨てていった人物だが、わたしが目にしたのは、黒いスキーマスクをかぶった顔と、フードつきの黒っぽいスウェットシャツにプリントされている色褪《あ》せた虎だけだった。わたしがその男を目にした瞬間、車のドアが乱暴に閉まった。こちらが悲鳴をあげることしかできないうちに、車は走り去り、暗闇に消えてしまった。

「発見したとき、脈をたしかめてみましたか？　ミセス・ハート」

スペシャルブレンドのコーヒーを淹れおえたわたしに、若い警官が質問した。ふだんから、ドーナツの生地作りを始める前に身体に活を入れる必要があるのだが、今日のわたしにはいつも以上にそれが必要だった。

「さっきも言ったでしょ、ムーア巡査、〝ミス〟だって。それから、〝スザンヌ〟と呼んでほしいって。警察に電話したあとで、走って外に出てみたけど、脈をたしかめる必要があったとしても、確認できたかどうか覚えてないわ」

わたしは店の前の歩道にうつぶせに倒れた男性の首を指で探ったことを思いだし、小さな身震いに襲われた。助けようとして男性を仰向けにしたとき、パトリック・ブレインだとわかって吐きそうになった。店のオープン以来、パトリックは週に一回はドーナツを買いにきて、時間がたつうちに大の仲良しになっていた。映画によく出てくるのと違って、どう見ても安らかな死に顔ではなかった。生命の兆候がまったく見られなかったが、わたしはそんなに驚かなかった。死の苦悶で顔がゆがみ、誰なのか見分けがつかないほどだった。わたしの伯父がわりだと、冗談でよく言っていた彼が死体となり、わたしの店の前の通りに倒れていたのだ。

ムーア巡査が質問した。「運転していた男の姿は見えましたか」

わたしは顔をしかめ、ようやく正直に答えた。「ちらっと見ただけだから、誰なのかはわからない。外はまだ暗くて、車を運転してた人物はスキーマスクをかぶって、フードつきのスウェットシャツを着てたわ」そこで言葉を切り、さらにつけくわえた。「胸のところに色褪せた虎の模様がついてたわね。少なくとも、わたしは虎だと思った。もしかしたら、犬だったかもしれない。あるいは、レーシングカーかも。よくわからないわ。ちらっと見ただけだから」

ムーアはうなずき、手帳に走り書きをした。がっしりした元気な若い巡査で、髪は真っ黒。

目もほぼ同じ色だ。「それから、車の種類はわからない。そうですね？」

わたしは肩をすくめた。「ごめんなさい。暗かったし、あっというまの出来事だったから。パトリックが生きてる可能性はないの？」

外をのぞいて遺体のまわりで人々が何をしているかを見てみたいという衝動を、わたしは抑えつけた。さきほど、パトカーが店の前の駐車場に入ってくるのと同時に、救急救命士たちが到着するのが見えた。〈ドーナッツ・ハート〉の建物は、かつて町の端に鉄道が通っていた時代に駅舎として使われていたものだ。鉄道はとっくに廃線になったが、いまもレールが残っていて、ところどころ茂みに隠れている。ほかにもうひとつ、鉄道の名残をとどめているものがある。それはスプリングズ・ドライブの向こう側にある〈ボックスカー・グリル〉で、客車を改装し、ダイナーとして営業している。わたしは店の外に視線を戻した。救急救命士たちのやっていることを見たい気持ちがあったのかどうか、正直なところ、自分でもわからない。友人が黒い遺体袋に入れられているところだとしたらとくに。

二十代になったばかりのムーア巡査はそっけなく首をふった。

「ないですね。地面に投げ捨てられる前に死んでいたでしょう」

その無神経な口調に、わたしより十歳も年下のくせにずいぶん生意気な言い方をするものだと思った。「どうしてそこまで断言できるの？　わたし、通りに倒れてる彼のすぐそばに膝を突いたけど、そんなことわからなかったわ」

警官はゆっくりと言った。「銃創というのは、見ただけでわかります。それに、顔が蒼白で、まるで幽霊だった。車のなかで大量出血したにちがいない。それぐらいは、あなたにもわかったはずだ」

わたしはコーヒーをごくんと飲んでから言った。「そりゃ、見るには見たけど、ライトの加減で、たぶん目の錯覚だろうと思ったの」ムーア巡査は死体を見慣れているかもしれないが――もっとも、まだ警察勤務のベテランではないから、そう多くは見ていないはず――わたしにとっては、歓迎する気になれない初めての光景だった。わたしはドーナツをせっせと作るのが仕事で、離婚の慰謝料で店舗を買いとって以来、ずっと作りつづけている。マックスは当時、全国ネットのコマーシャルですごいギャラをもらっていた。少なくとも離婚という観点からすれば、彼にとっては不都合なタイミングだったわけだ。彼の人生において珍しくもふところが潤っていた時期に、慰謝料をふんだくってやったのだから。ダーリーン・ヒギンズと同じベッドにいる彼を見つけて、しばらくしてからだった。ダーリーンというのは、かつてハイスクールのダンスパーティのクイーンだった子で、現在はウィルマ・ジェントリーの経営する〈ヘアサロン・カットニップ〉で美容師をしている。

結婚が正式な終わりを迎えてからわずか一カ月のあいだに、わたしは正気の沙汰とは思えない三つの行動に出た。母の住む実家に戻った。生まれたときの名字に戻した。ドーナツショップを買った。マックス・ソーンバーグの妻としてではなく、旧姓スザンヌ・ハートとしての自分を復活させる必要に迫られ、矢継ぎ早にこれらの決断を下したのだった。

若い警官はようやく手帳を閉じ、複写式の書類の記入をすませた。ペンを添えてこちらにさしだしたので、わたしはちらっとそちらに目を向けた。

「ここにサインしてください。そうしたら、控えをお渡しします」

わたしは言われたとおりにサインをし、警官の几帳面さにあきれて首をふった。報告書の時刻が2:37になっていた。2:40でもなく、2:30でもない。7の字は、真ん中に棒線が入っていなかったら1と混同してしまいそうだ。書類の記入や報告書の作成など、警官は一日にずいぶん多くの字を書かなくてはならないから、きちんとした字を書くよう求められているはずなのに。書類にサインをして、警官に返した。

彼はわたしのサインを確認してから、いちばん下の控えをはぎとって渡してくれた。

「いまのところ、これでけっこうです。ご協力ありがとうございました」

「誰もがやることをやっただけよ」ドアまで彼を送りながら、わたしは言った。

「えっ、冗談でしょう？　何も見なかったふりをして、面倒なことは他人に押しつける人間がけっこういますよ」

「エイプリル・スプリングズの住人がそんなことするなんて、考えられないわ」

警官は微笑したが、そこにはユーモアのかけらもなかった。「なるほど、つまり、あなたがつきあってるのは、ろくでもない連中ではない。そうですね？　コーヒー、ごちそうさま」

「どういたしまして」わたしは彼の背後でドアを閉めようとしながら言った。「ドーナツ、少し持っていきません？」

〈ドーナツ・ハート〉をオープンしてほどなく学んだことがひとつあるとすれば、それは、警官の仕事とドーナツショップを結びつけられることを、ほとんどの警官がいやがっているという事実だ。

まだ生地作りにとりかかっていなかったので、イエスという返事がきたらどう対処するつもりだったのか、自分でもわからないが、ムーア巡査はパトカーのほうへ戻りながら首を横にふっただけだった。わたしは売れ残りのドーナツを翌日まで店に置くようなことはしない。閉店するときにたくさん残っていたら、箱に詰める。そのあとどうするかは、わたしの気分しだい。社交的な気分のときは、あちこちの企業へ持っていき、そこで働く人々が新たな客になってくれるよう期待して、無料で配ってくる。クタクタに疲れて、足が棒のようになっているときは――こちらのほうが、自分では認めたくないぐらい多いが――聖テレサ教会のピート神父のところへ持っていく。すると、食べものに困っている人々に神父さまが届けてくれる。

警察の全員がようやく車で走り去るのを黙って見送り、ふと気づくと、ふたたび暗闇のなかで一人になっていた。ずいぶん悲惨な形で一日のスタートを切ることになったが、わたしには仕事があり、こんな騒ぎが起きたからといって、ドーナツ作りをやめるわけにはいかない。ある意味で、忙しくしていられる仕事があるのはいいことだ。頭のなかであの場面を何度も再現し、指先に伝わった命なき皮膚の羽毛のような感触を思いだすなんて、まっぴらだ。

正直なところを言うなら、わたしが日々の日課のなかでいちばん好きな時間は、店に自分一人しかいないときだ。エマのことは大好きだし、毎朝三十五から四十ダースのドーナツを作るには彼女の助けが必要だが、週に一度、自分一人ですべてをやらなくてはならない日を、わたしは楽しみにしている。生地の材料を混ぜあわせ、こね、グレーズを作り、新しいドーナツのレシピを考えるのは、人から見れば、毎日同じことをくりかえすだけのつまらない仕事に思えるだろうが、じつはとても楽しい。この二、三週間、パンプキンドーナツの新しいレシピにとりくんでいて、ようやく、カボチャ、シナモン、ナツメグ、クローブの完璧な配合が完成したと思えるところまできた。

でも、それをたしかめる方法はひとつしかない。ドーナツ生地から作った輪っかを熱い油に何個か投入し、ステロイド剤を好んで服用中の箸みたいにがっしりした木製のトングで裏返し、こんがり揚がったところで、熱い油からひきあげた。ラックにのせて、けさ作ったばかりのシュガーグレーズをドーナツに垂らし、ひと口かじってみた。ほどよくスパイスの利いた熱々のドーナツのおいしさが口のなかに広がった。知らないうちにサンプルを二個平らげてしまい、このレシピこそわたしが探し求めていたものだと納得した。ミルクを出そうと思ってステンレスの冷蔵庫をあけたとき、自分の姿がちらっと目に入り、このところ自家製ドーナツの試食をやりすぎていたことを悟った。我慢することを覚えるか、ジム通いを再開するか、どちらかを選ぶしかなさそうだ。

　パンプキンドーナツの残りの分を作りおえ、プレーンなケーキドーナツ作りにとりかかりながら、ワークアウトの再開と、日々のドーナツ消費量削減の両方が必要だと思った。わたしはある程度の意志力を備えているが、それほど強固ではない。ケーキドーナツ作り（プレーン、ブルーベリー、チェリー、そして、今日はパンプキンを追加）がすんだところで、発酵装置《プルーファー》のなかに並べられて熱い油に入る順番を待っているイーストドーナツを作るために、百七十度だった油の温度を百八十五度にあげた。〝プルーファー〟というのは、白熱電球と加湿器つきの断熱式の箱につけられたおしゃれな名前で、この発酵装置はずいぶん古いが、性能はバッチリだ。それに、うちの店にはお金がないから、不恰好というだけの理由で買い替えるわけにはいかない。

　イーストドーナツは成形がすむと三十分ほど発酵装置に寝かせておかなくてはならないが、その待ち時間を退屈だと思ったことは一度もない。ドーナツ作りの世界では、休憩時間はほとんどとれない。一人で作業をする日はとくに。

　五時半に店をあけるまで、ドーナツをもう一個食べるだけで我慢した。開店時刻になっても外はまだ夜明け前で、三月の闇に包まれていた。たやすいことではなかったが、早朝の目撃体験のショックからどうにか立ちなおることができた。

　少なくとも、自分ではそのつもりだった。


　表のドアの錠をはずすと、外で常連客の一人が待っていた。

　ジョージ・モリスといって、頭が薄くなりつつある六十代の男性。十年以上前に警察を退職した人だが、その彼が言った。「何があったか聞いたぞ、スザンヌ。大丈夫かね？」

「大丈夫よ、ジョージ。噂が広まるのって速いわね」

　ジョージは肩をすくめた。「寝るときに、わたしはいつも警察無線をオンにしとくんだ。ここの住所が聞こえてきたんで、飛び起きた」

　長いカウンターのいつもの席にジョージがすわってから、わたしは訊いた。

「けさもいつもと同じもの？」

　ジョージがうなずいたので、わたしはパンプキンドーナツを二個とり、ラージサイズのグラスにミルクを注いだ。新しいレシピのことは伏せておくつもりだった。違いに気づいてもらえなかったら、まだまだ改良の余地ありだ。

　ドーナツとミルクを運んでいくと、ジョージが言った。

「なあ、いまはほかに誰もいない。何があったのか、ほんとのことを話してくれ」

そう言われて、わたしは自分が目撃したものをまたしても頭に浮かべるのがいやなあまり、渋い顔になったが、そのいっぽうで、話さないかぎりジョージをこの話題から遠ざけることはできないと覚悟した。

「いつものように、午前二時にここに着いて、明かりをつけようとしたら、車の通りかかる音が聞こえて、死体が店の前の歩道に投げだされたの」ドサッという鈍い衝撃音を思いだして、思わず身震いした。心のなかから拭い去ることが、はたしてできるだろうか。

意外なことに、ジョージはたちまちやさしくなり、わたしの手にそっと触れた。

「大丈夫だよ。記憶は薄れていく。しばらく時間をおけばいい」

「ありがとう。そう願ってる」

ジョージは店内を見まわした。「エマはどこだね?」

「今日は休みなの」

「一人でそんな目にあったなんて、大変だったな」

わたしはどうにか彼に笑顔を見せた。やさしい人だ。何か妙な理由から、ジョージに悲しい思いをさせたことにやましさを感じた。ばかげたことだとわかってはいるが、自分の感情がどうにも制御できない。それができれば、長年にわたって数々の苦労をせずにすんだのに。苦労の原因は主として、もと夫だった。とはいえ、わが人生の一時期にマックスという男がいなかったら、いまこうして自分のドーナツショップを経営することにはならなかっただろう。だから、望みどおりの自制心を備えていないほうがいいのかもしれない。

ジョージを見た。「被害者が誰なのか聞いた？　パトリック・ブレインよ」

ジョージは首をふった。「無線では何も言ってなかった。あんた、よけいつらいだろうな。あいつのことがお気に入りだっただろ？」

「ええ」わたしは正直に答えた。「事件に関して、警察はほかに何かつかんでるかしら」

ジョージは腕時計に目をやった。

「ラジオを聴いてみよう。レスターが何か知ってるかもしれん」

わたしはレジの奥の棚に手を伸ばして、ラジオをつけた。いつもWAPSに合わせてあるので、殺人事件に新たな進展があれば、レスター・ムアフィールドが朝のニュースで何か言うだろう。

トビー・キースが裏切りと報復をテーマにした最新の曲を歌いおえたところで、レスターの声が流れてきた。最近のカントリー・ミュージックのチャートでは、裏切りと報復が人気のテーマのようで、わたし自身も大いに共感を覚えている。レスターが言った。

「ローカルニュースに移ります。けさ、スプリングズ・ドライブ沿いにある〈ドーナッ・ハート〉の前で死亡事件が起きたとの通報がありました。遺体の身元確認をおこなったところ、地元の銀行員で、近くのメイプル・ホローに住むパトリック・ブレインさんと判明。死因については、警察の発表はまだですが、最初に言われていたようなひき逃げ事件ではなく、射殺だったとのことです」

わたしはラジオを消した。

「ひき逃げだなんて誰も言ってないのに。レスターったら、どういうつもり？」

ジョージは首をふった。「あの男はニュースを脚色するのが大好きだからな。いまにどこかからしっぺ返しを食らうことになるぞ」退職した警官は椅子から立ちながら、皿を押しやった。「食い逃げみたいで悪いんだが、仕事の前にやっとかなきゃいかんことが二、三あってな。今日の午前中、裁判所へ行く予定なんだ」

ジョージは退職後の収入の足しにするため、裁判所で非常勤の廷吏として働いていて、そのおかげで、新顔の警官たちはもちろんのこと、昔の警官仲間とも顔を合わせることができる。指二本を額にあてて、わたしに敬礼し、それから言った。「あとで連絡する」

「レスターに何か言うつもりじゃないでしょうね？」

ジョージは首を横にふった。「そんなことするもんか。なんの役にも立たん。だろう？」

誰もいないドーナツショップを見まわした。「ここに一人でいて大丈夫か？」

わたしはうなずいた。「大丈夫よ。さあ、行って」

ジョージが帰ってしまうと寂しいけど、彼の前でそんなことを認めるつもりはなかった。毎日、午前中にふっと暇な時間ができるものだが、そんなとき、店内に広がる空虚さをジョージが埋めてくれることがよくある。ドーナツ販売の世界の利鞘が紙みたいに薄いことを店舗の購入前に知っていたなら、わたしは購入を思いとどまっていたにちがいない。それでも、この商売を始めてよかったと思っている。データ上には出てこない利益がいろいろあって、とくに、新しい友達ができるという点で、わたしは計り知れない利益を得ている。この店はすてきな社交の場で、店にきたお客はくつろぎ、ドーナツとコーヒーを楽しみ、つらい浮世からほんのいっときにしろ逃れることができる。

店を購入したときにまずやったのが、かつての駅舎を改装することだった。それまでもドーナツショップが入っていたのだが、まず、硬い椅子が置かれたブースとぐらぐらのテーブルを撤去して、カウチやすわり心地のいい椅子を入れた。ベージュに塗られていた薄汚い壁をプラム色でしゃれた感じに仕上げ、殺風景なコンクリートの床も同じ色に塗ったおかげで、実用一辺倒のスペースだったのが、人が喜んで集まってくる場所に変身した。少なくとも、離婚の慰謝料を文字どおり最後の十セントまで注ぎこんで〈ドーナツ・ハート〉をわたし自身が足を運びたくなるような店にしようと決心したとき、わたしがめざしたのはそういう場所だった。

ジョージが言った。「裁判所へ行く前に、ちょっと警察のほうへ寄って、パトリック・ブレインに関してほかに何かつかめないか、探ってくるよ。この店の前で死体となってころがったことには、何か理由があるはずだ」

「あなたが捜査に首を突っこむのを、署長が黙って見逃してくれるかしら。あなたはすでに退職した身よ。覚えてる？」

「たいてい大目に見てくれる」ジョージは言った。「こっちが署長の邪魔さえしなきゃ、なんの問題もない。あんたたち二人がまだぎくしゃくしてるなんて言わんでくれよ」

わたしはジョージの席の前のカウンターを清潔な布巾で拭きながら、肩をすくめた。

「わたしが父の娘だってことを、署長がいつか許してくれるとは思えない」

マーティン署長がハイスクールのころ、うちの母とつきあっていて、やがて父が母の前にあらわれたのだが、噂によると、署長はどうしても母と別れたくなかったそうだ。現在の結婚生活は不幸なようだし、町のあちこちで母と顔を合わせても、署長の人生にとってなんの慰めにもなっていないのはたしかだ。父は六年前に亡くなったが、いまも生きてくれてればどんなによかっただろう。母にとっては、父だけが生涯の夫。ほかの男にはいっさい興味がなく、署長と言葉をかわす機会があるたびに、かならずそう告げている。署長がなぜあんなに不幸なのかはよくわかるけど、わたしに八つ当たりする必要がどこにあるの？

ジョージがドアを出ようとしたところで、わたしは呼び止めた。

「何かわかったら知らせてね。いい？」

ジョージは指でわたしを撃つまねをして、それからニッと笑った。「いいとも」店の外で足を止め、制服姿の男性と話を始めた。ムーア巡査でも署長でもなく、べつの若い警官で、名前はスティーヴン・グラント、非番の日にときどきドーナツを買いにくる。ドーナツが大好きなのにほっそりしていて、背は百七十五センチを少し超えるぐらい。警察に入るのに必要な最低限の身長だと、前に彼から聞いたことがある。

「おはよう」入ってきたグラント巡査に、わたしは声をかけた。「ここにきたのは職業上の理由で？　それとも、個人的な理由？」

「両方が少しずつと言ったら信じてくれるかい？　ベアクローとコーヒーがもらえたらうれしいな」

彼のためにコーヒーを注ぎ、シナモン風味のドーナツを一個とりながら、わたしは尋ねた。「で、職業上の理由のほうは何なの？」

「けさ何があったのか、ちょっと質問したいと思って。署長から全員に、油断なく目を配るようにと指示が出たから、きみがほかに何か思いだしてないか確認しておきたいんだ」

わたしは顔をしかめた。「ムーア巡査にくわしく話しておいたわ」

グラントはカウンターに紙幣をすべらせてよこし、朝食を手にした。

「これがあれば、ここに寄ったのもまったくの無駄じゃない。だろ？　じゃ、また」

「いつでもどうぞ」

十分後、母がドーナツショップのドアから飛びこんできた。「レスター・ムアフィールドを馬の鞭で打って、みんなに見えるように、愛国者の木に吊るしてやる」

母は昔からわたしを過保護に育ててきたが、離婚以来、それがさらにひどくなった。わたしより十五センチも背が低くて、百五十センチちょっとしかないのに、なかなか手ごわい人物だ。こんな人をカッとさせるわけにはいかない。

「落ち着いて、ママ。怒らなくてもいいのよ」

「あの大バカ男ときたら、あなたが何もかも目撃したと言ったのも同然だわ。番組のなかで店の名前まで出したのよ。聞いた？」

まずい雲行きになってきた。母がつぎに何を言う気でいるのか、考えたくもなかった。軽くあしらっておくのがいちばんだ。

「もしかしたら、店の宣伝になるかも。利用できるものは利用しなきゃね」

母はわたしに向かって眉をひそめた。予想外の反応ではない。

「スザンヌ・マリー・ハート、これはまじめな話なのよ。あなた、大丈夫なの？」

「大丈夫よ、ママ。何も見てないもの。心配するようなことは何もないわ」

母には、この町の住人のほとんどが太刀打ちできない意志の力がある。

「そうであってほしいわ。でないと、レスターがわたしの鞭で打たれることになる」

母はコーヒーを一杯飲み、お気に入りの全粒粉ドーナツを一個食べてから、緊急の用件をいくつか片づけるために帰っていった。どんな用件なのか、わたしには見当もつかないが、尋ねるのはやめておいた。実家に戻って母と暮らすことにしたのは、過酷な再スタートだった。わたしの離婚から丸一年たったいまでも、どうすれば相手を殺さずに共同生活を営んでいけるかを、母とわたしの両方が模索しつづけている。いえ、この言い方はちょっときびしすぎるかも。だいたいにおいて、まあまあ仲良くやっている。ただ、ときたま、母のせいで猛烈に頭にくることがある。マックスでさえ、結婚していたころ、そこまでわたしを怒らせたことはなかった。まっ、仕方ないか。母親というのはとにかく、娘に対して遠慮がない。

ようやくいつもの自分に戻りかけたそのとき、ある出来事で血圧がいっきに二十以上跳ねあがった。別れた夫のマックスがあらわれたのだ。

「噂をすればなんとやらね」わたしはそう言いながら、マックスがわたしの人生にふたたび登場するとは、いったいどんな重大なことが起きたのだろうと首をひねった。

2

マックスがいつもの魅力的な微笑をよこしたので、彼との悲惨な過去にもかかわらず、わたしは膝の力が抜けるのを感じた。「とんだご挨拶だな。けさの出来事を耳にしたばっかりでさ。きみのことが心配なんだ、スーズ」

「列に並んでよ」わたしはわざときつい声で彼に言った。マックスはゴージャスな男。波打つ茶色の髪と、わたしがかつて見たなかでもっとも深みのある茶色の目をしていて、本人のためにならないぐらいハンサムだ。さらに困ったことに、本人も自分がどんなにハンサムかを承知していて、それを最大限に活用している。スーズというのは結婚していたころ、彼がわたしを呼ぶのに使っていた愛称。ただし、わたしは好きになれなかった。

「わたしの名前はスザンヌよ、忘れないで」マックスの目をにらみつけて、言ってやった。

彼は軽くうなずいた。「はいはい、了解。スザンヌ、きみがいなくて寂しい。誰に知られようとかまうもんか。もう一度きみの人生の一部になりたい」

マックスのことをよく知らない相手になら、効果があるかもしれないが、わたしはこの告白のすべてが真実だとか、一部が真実だなどと信じてはならないことを、よく承知している。率直に言って、不倫を働いた彼を許すつもりはけっしてない。「わたしと離婚したあと、ダンスパーティのクイーンにも同じことを言ったんでしょ」

マックスは悲しげに首をふった。「ダーリーンのことは間違いだった。結婚生活で道を誤ったのはあれ一度きりだ。頼むから許してくれよ」

わたしはじっと彼を見た。本当のことを言ってる可能性はあるだろうか。彼にはもうなんの魅力も感じないと言えば嘘になるが、でも、わたしだって気位と自尊心をすべてなくしてしまったわけではない。「オーケイ、そのはったりを信じてあげる。あなたは変わったのね。じゃ、証明して」

詰め寄られて、マックスはおたおたした。「どうやって証明すればいい？　ダーリーンとは二度と寝ないとか？それならもう実行ずみだ」

「そう簡単に無罪放免とはいかないわ。自分でもわかってるでしょ」

「どうすればいいか教えてくれ。そのとおりにするから」

わたしは彼にしかめっ面を向けた。「やめてよ、もう、マックス。今日はだめ」

「何がだめなんだ？　おれがどんな悪いことしたんだよ？　愛してる。きみの人生の一部になりたい。おれを救ってくれ、スザンヌ」

最初はどう答えればいいのかわからなかったが、突然、言うべき言葉が浮かんだ。

「出てって、マックス。わたしがいまのあなたに望むのはそれだけよ」

口論を覚悟したが、マックスは黙ってうなずくと、ドアまで行き、出ていく前にこちらを向いた。「しばらくのあいだ、そちらの願いを尊重するが、おれはあきらめないからな、スザンヌ」

別れた夫が出ていったあと、わたしはそのうしろ姿を見送り、彼のことを必要以上に長いあいだ考えた。マックスは本気でよりを戻そうとしてるの？　わたしの財産目当てではない。それだけはたしかだ。彼を許す気になれるだろうか。

正直なところ、よくわからない。

一時間後、テリ・ミルナーとサンディ・ホワイトが入ってきて、レジのそばに立ち、カウンターのうしろの大きなガラスケースに並んだ本日のドーナツを見渡していた。テリは八歳になる双子の娘の母親、サンディのほうは九歳の息子がいて、テリのところの双子を合わせたよりも大きな惨事をひきおこしている。

「けさもきてくれたのね。うれしいわ」わたしは言った。

テリがニッと笑った。「何言ってんの？　ここ、すごく居心地がいいんだもん。夫を捨てて、こっちに越してきたいぐらいだわ」

サンディもテリに負けない笑みを浮かべた。「この店のインテリア、大好きよ。ドーナツショップってたいてい、不恰好なベンチと、硬いプラスチックの椅子でしょ。ここはふかふかのカウチが置いてある。家にいるみたいな感じ」

テリがつけくわえた。「そこに子供がいなければね」

「といっても、自分の子供が可愛くないわけじゃないのよ」サンディがあわてて続けた。

「ときどき、休憩が必要なだけ」サンディは宙に視線を向けた。「いま流れてるCD、好みだわ。新しく買ったの？」

「軽めのクラシックなんかいいんじゃないかと思って」わたしは正直に答えた。

「すてきよ。いつものように」二人が言った。わたしがドーナツとコーヒーを運ぶと、二人はカウチのひとつに腰をおろした。そこだと、のんびりくつろいで、通りを行きかう人々をながめることができる。地元の人々が——とくに女性が——やってきてのんびりできる店にするのが、わたしの目標だった。これまでのところ、かなりの常連客を獲得している。もっとも、男性客が入ってくれれば、そちらも歓迎しないわけではない。

客が帰ったあとのテーブルをいくつか片づけていたとき、グレース・ゲイジが店に入ってきた。化粧品会社の営業をやっている女性で、さらに重要なことには、エイプリル・スプリングズにおけるわたしの無二の親友だ。

「何があったのか、いま聞いたとこよ」グレースは言った。「店の前を見てみたけど、死体の輪郭を描いたチョークの線なんて、道路にはなかったわね」わたしのブルネットに対して、グレースはブロンド、そして、わたしがいつかとりもどしたいと夢に見ているようなほっそりした体形だが、べつに妬《ねた》ましいとは思わない。まともな神経の女性にはとうていできそうもない過酷なワークアウトをこなし、わたしならいくら空腹でも口をつける気になれない干からびた味のないものを食べている。どちらかを選べと言われたら、グレースみたいに細くなるより、曲線と明るい笑顔の持ち主でいたい。といっても、グレースが無愛想というのではない――彼女には彼女のやり方が合っているようだ――でも、わたしが一瞬でもグレースの人生をまねようとしたら、とくに、彼女と同じものを食べたりしたら、うなり声をあげる熊になってしまうだろう。

「警察の人たち、帰る前に写真を撮っていったわ」わたしは言った。「そういう輪郭って、いまでも描くのかしら」

グレースは目で天を仰いだ。「いつになったら、〈CSI：科学捜査班〉を見るようになって、わたしたちに追いついてくれるの？」

わたしは彼女に笑顔を向けた。

「七時の全国ニュースのすぐあとでやるようになったら、見てもいいけどね。いまのところ、ほとんどの番組の時間帯には、もう目をあけてられないもん」

「ケーブルテレビなら、昼でも夜でも再放送をやってるわよ」

わたしは笑った。「うちにはケーブルテレビはいらないって、母が言うの。正直言って、わたしもそれでかまわない。どっちみち、毎晩七時か八時にはベッドに入ってるから」

「よくそんなことができるわねえ。理解できない。そんな時間帯で生活してて、どうやって恋人を見つけるの？」

わたしは肩をすくめた。さっきのマックスの宣言をグレースに話すつもりはなかった。とりあえず、彼の言葉についてじっくり考える時間ができるまでは伏せておこう。

「深夜勤務の人だっているし、男性とつきあいたくてたまらなくなったら、病院に誰か友達がいないか、ジャック・ロングに訊いてみることにするわ」ジャックというのは、わたしがときたまデートしている男性看護師。ただし、これっぽっちもロマンティックな関係ではない。おたがいにいい友達、それだけのことだ。それでも、わたしの人生に男性ホルモンの必要を感じたときにジャックに電話できるのはうれしいことだし、時間があればいつでもウェストブリッジ劇場の映画とポプコーンにつきあってくれる。昼間の上映が中止になったら、わたしは自分の社交生活をどうすればいいのかわからない。

グレースは首をふった。「あなたって絶望的。自分でもわかってるでしょ？」

わたしは微笑した。「目くそ鼻くそを笑うってやつね。わたしの話は終わったから、つぎは、あなたの男性関係の話に少し時間をかけない？」

グレースは大きく鼻を鳴らした。「悪いけど、遠慮しとくわ」

「じゃ、話題変更。けさはどこへ行く予定？」

「シャーロットで商品の入れ替え。うれしいのは、ジーンズで行けること。でも、いやなのは、一日じゅう埃《ほこり》っぽいものを扱わなきゃいけないこと」

「あなたなら、きっと、なんとかやってのけるわよ。がんばって」

わたしは紙コップをつかみ、グレースのために淹れたてのコーヒーを注いだ。この店をオープンして以来、低脂肪ドーナツの新しいレシピを彼女のためにいくつも考えたが、いざ作ってみると、どれもボール紙みたいに味気ないものばかりだ。でも、あきらめるつもりはない。どうしてもだめなときは全粒粉で我慢してもらうしかないが、それでも、グレースにとっては、充分にヘルシーではないだろう。わたしに言わせれば、ドーナツとは快楽を体験するためのものだ。少なくとも、きちんと作ってあれば。でも、グレースが喜びそうなドーナツ作りの探究を、わたしはまだあきらめていない。


最後の客を送りだしてドアをロックしたところで、陳列ケースに視線を戻すと、ほぼからっぽになっていた。昼までずっと客足のとだえることがなく、レスターがオンエアしてくれた宣伝のおかげで、少なくとも一時的にうちの商売が活気づいたのかと思わずにはいられなかった。早朝にあんなものを目撃してしまったのは不幸だが、考えてみれば、お金がぎっしりのレジはけっして悪いものではない。店を掃除して、売れ残りのドーナツを箱に詰め、銀行に預ける現金をまとめてから、外に出て戸締りをしなおそうと思ったそのとき、となりの店のギャビー・ウィリアムズがガラスをコンコンと叩いた。ギャビーは五十代のほっそりした女性で、いつもすてきな格好をしているが、今日の笑顔にはトゲが隠されていた。わたしは町の噂から、彼女の歯がカミソリのように鋭いことを知っている。ギャビーがやっている店は〈リニュード〉、古着の店で、扱っているのは上質のリサイクル衣料。ギャビーは自分のところの商品をこう呼ぶのを好んでいる。

「おはよう」彼女のためにドアの錠をはずして、いったいなんの用だろうと首をひねりつつ、わたしは言った。ギャビーはエイプリル・スプリングズの住人全部と知りあいで、その結果、亡くなった人がどこに埋葬されているかもすべて正確に知っている。味方にすれば頼もしい女性だが、敵にまわすと最悪。わたしが店を買いとって以来、となりあった店舗経営者どうしだが、それ以上のつきあいはしない、という微妙な関係をおたがいに保っている。わたしは彼女を敵にまわさないよう気をつけ、なおかつ、こちらの私生活が彼女の興味をそそることのないよう、ベストを尽くしているつもりだ。ギャビーは自分の体形を自慢にしていて、仕入れた商品のなかからしゃれたものを選んで着るのが好きだ。その結果、わたしとおしゃべりするときはいつも、身分の低い者を相手にするような顔になり、その印象を拭い去るための努力はいっさいしない。今日はグレイのウールのスーツ姿で、気どったピルボックス形の帽子が装いの仕上げをしていた。おそろいの手袋をはめているのではと薄々期待したが、そちらは入荷しなかったようだ。入荷していれば、得意そうにはめているはずだ。ギャビーのそばへ行くと、わたしはいつも、ブルージーンズの自分をひどくみすぼらしく感じるが、今日も例外ではなかった。

「とんだ災難だったわね、あなた」ギャビーが言った。

「いつもと同じ一日だったわ」わたしは必死にためいきを抑えようとした。

ギャビーの眉がアーチを描いた。彼女の眉の本来の形を覚えている者は、この地球上には一人もいない。なんらかの奇妙な理由から、ギャビーは眉を毛抜きですべて抜いてしまい、毎朝、濃いアイブロウペンシルで描きなおしている。これを本物の眉だと思う者はどこにもいない。

ギャビーが眉をあげたままで訊いた。

「店の外で死体を見つけるのは朝の日課みたいなものだって、わたしに言うつもり?」

「ああ、そのこと?　あっというまの出来事だったから、ほとんど忘れてた」これが本当なら、どんなにいいだろう。あいにく、あの光景が薄れていくかどうか疑問だ。ただ、ジョージの励ましの言葉が、いずれ薄れていくだろうという希望を与えてくれている。

「うちの店にきて、くわしく話してちょうだい」ギャビーが言った。

何か口実をつけて逃げようかと思ったが、そんなことをすれば、ギャビーの日々の噂話においで、わたしが有力な容疑者にされてしまう。それは間違いない。

「あまり時間がないのよ」ドーナツショップの正面ドアに錠をかけてから、ギャビーの店に入った。古着の在庫がどっさりあるから、店内がちょっとカビ臭いのではないかと、ずっと思っていたが、この点に関してはギャビーを褒めなくてはならない。店をこぎれいに整えている。ただし、店内につねに漂うラベンダーの香りは、わたしの好みからすると、ちょっと強すぎるけど。

衣服の列のあいだを抜けて奥のレジまで行った。しゃれた小さな保温器の上でティーポットが温められていた。「アールグレイはいかが?」

「ほんの少し」現金の入った袋を椅子に置きながら、わたしは答えた。

ギャビーはカップになみなみと紅茶を注いで渡してくれた。しばらくここにひきとめられることになりそうだ。何があったかについて三度目の説明を終えたそのとき、わたしの携帯電話がわたしに向かって笑い声をあげた。ふとした気まぐれから着メロを変更したため、電話がかかってくると、ふつうの呼出し音ではなく、マニアックな笑い声が響きわたる。わたしはこの選択に疑問を持ちながら——そして、機会がありしだい変更しようと誓いながら——携帯電話がもう一度笑い声をあげる前に電話に出た。

「もしもし?」

「ジョージだ。いまどこだい? あんたの店の前にいるんだが、留守のようだね」

「おとなりのギャビーのところなの。どうしたの? 何かまずいことでも?」

ジョージは躊躇《ちゅうちょ》し、それから言った。「ゴシップ屋の前では何も言わずに、口実を作って、店の前まできてくれ。重大なことなんだ」

「わかった。すぐ行く」

電話を切って、ギャビーに「ほんとに申しわけないけど、もう行かなきゃ」と言った。

「警察から？」わたしの携帯電話のほうを身振りで示して、ギャビーが訊いた。

「ううん、ドーナツショップのことでちょっと」あながち嘘とも言いきれない。だって、ジョージはすでに退職した身で、もう法執行機関の正式なメンバーではないのだから。それに、率直に言って、わたしに影響を及ぼすことはすべて店にも関係してくる。とりあえず、店の用だと言っておけば、無傷でギャビーから逃れることができる。

「行ってちょうだい。わたしのことはいいから。わたしも店を経営する身よ。おたがい、団結しなきゃね」

「紅茶をごちそうさま」ドアのほうへ行きながら、わたしは言った。

「何か忘れてない？」ギャビーが大声で呼んだ。

何かしなきゃいけなかった？　立ち去る許可をもらう前にカップを洗うとか？

「何もないと思うけど」

ギャビーは現金の入った袋をかざした。

「かなり入ってるようね。わたしがかわりに処理してあげましょうか」

「ううん、遠慮しとく」わたしはおどおどと答えて、本日の売上金をとりもどした。「じゃ、また」

「またね」ギャビーはそう言いながら、電話に手を伸ばしていた。わたしがギャビーの今日のニュースの話題にされることは、ほとんど疑いがなかった。その話題のなかで、わたしが思いやりのある人物にしてもらえるよう、稀代の悪党にされずにすむよう、祈るしかない。

どちらにころぶにしても、とりあえず、いまのところはギャビーから自由になれた。しかし、ジョージの渋い顔を見たとたん、ギャビーとのお茶に戻りたくなった。

ジョージの表情のせいで、危機一髪の脱出劇から得た喜びは消え去った。

「どうしたの？　何かあったの？　たしか、仕事のはずだったでしょ？」

ジョージは歩道に目をやりながら言った。

「ここでは話せない。誰かに聞かれると困る。店に入れないかね？」

わたしはバッグのなかを探り、鍵束を見つけだした。ジョージがひどく心配そうな目で見ているのは間違いなかった。

店に入るとすぐに、わたしはふたたびドアをロックして、それから言った。

「奥のオフィスへ行きましょう。でないと、まだ営業中だと思って、ドーナツほしさにドアをガンガン叩く人が出てくるかもしれない」

二人で奥へ行った。フライヤー、グレーズ用のラック、生地をこねる作業台、発酵装置《プルーファー》、乾燥した材料が置いてある戸棚、冷蔵ユニットの横を通りすぎて、小麦粉貯蔵エリアの片隅に作られた狭苦しいオフィスに入った。このエリアには、二十キロ入りの小麦粉の袋がいくつも置かれて、大型の小麦粉ミキサーにかけられる順番を待っている。

わたしはジョージのあとからオフィスに入り、それから言った。

「狭苦しいけど、詮索好きな世間の目から逃れることだけはできるわ。さて、気を揉ませないで。何がそんなに重大なの？」

「パトリック・ブレインはどうやら、ただの平凡な銀行員ではなかったようだ。捜査本部に流れてる噂によると、金融の闇の部分に首を突っこんでいて、あの殺人は顧客に恨まれたせいだというんだ」

「パトリックが？　信じられない。すごくやさしい人だと、ずっと思ってた」

「わたしは自分の情報源を信頼している」

「ほんとのことだとしても、それがわたしとどう関係してくるの？」

ジョージは顔をしかめた。「たぶん、なんでもないと思うが、あんたがここにいるのが安全かどうか気になるんだ。死体遺棄を目撃されたかもしれないと犯人が考えた場合、用心のためにあんたを始末しようとするのを、どうやって阻止できる？」

わたしは狭いスペースには大きすぎる声で反論した。「でも、わたし、何も見てないのよ」殺人犯の〝やらなくてはならないことリスト〟に含まれているなどと言われるのは、聞いていて楽しいものではない。

「あんたはそれを知ってるし、わたしも知ってる。だが、犯人は危険を冒すのを避けようとするだろう」

わたしは歩きまわろうとしたが、ここにはそのスペースがなかった。

「どうしろっていうの？　家に閉じこもって、犯人がいなくなるよう念じればいいの？　わたしは店をやっていかなきゃいけなくて、〈ドーナツ・ハート〉を一週間でも休業にしたら、永遠に閉じることになりかねないのよ。うちの店の利益と損失のあいだには細い境界線があるだけ。それをさらに細くするわけにはいかないわ」

ジョージはわたしの肩に手を置いた。

「危険な目にあってはならないってことも、悟ってもらいたいね」

わたしは冷静な声を崩すまいとした。

「ジョージ、心配してもらってうれしいけど、たとえ自分の人生を一変させて、穴に身を隠して暮らしたいと思っても、そんなことはできないわ」

ジョージは肩をすくめた。「ま、危ないのはあんただからな。わたしじゃない。どんな危険に直面してるか、あんたにも知る権利があると思っただけだ」

ジョージがドアのほうへ行こうとしたので、わたしはその腕をつかんだ。

「待って。わたしのためにいろいろ調べてくれて、すごく感謝してる。調査はやめないで、ねっ？」

ジョージは肩をすくめた。「自分にできることはやるつもりだが、なんの約束もできん」そして、裏のドアを軽く叩いた。「ここをあけてくれないか」

言われたとおりにすると、ジョージは路地に面したドアのところで足を止めた。

「一緒にこないのかね？」と言った。

「オフィスに入ったついでに、書類仕事を少し片づけることにするわ。わたしのことは心配しないで。大丈夫よ」

「だったら、わたしも残ろう」ジョージはオフィスに戻ってきた。

正直なところ、ジョージがわたしのためを思ってやってくれているのはわかるが、わたしの人生にはすでに、母親という姿をした過保護な人物が一人いる。

「行って。わたしは大丈夫。ほんとだってば」

わたしの声にはきっと、ジョージをハッとさせる何かがあったにちがいない。なぜなら、一瞬こちらをじっと見てからうなずいたのだ。「遠くへは行かないぞ」

「わかってる。おかげでとっても心強いわ」

彼の背後で裏のドアにかんぬきをかけたあと、結局、書類仕事をやる気をなくしてしまった。うちみたいにささやかな商売でも、たえず書類仕事に追われていて、たまるばかりの書類の山に追いつくことができない。ましてや、山の多くを削りとることなどできるわけもない。

表のドアのほうへ行きかけて、厨房と売場を隔てるドアのところで足を止め、外をのぞいた。

最初、店の外の世界はすべて平穏無事のように見えたが、やがて通りの向かい側からこちらの様子を窺《うかが》っている男の姿が見えた。一秒後、男はひらいた新聞を使って、わたしの視線をさえぎった。だが、向こうが顔を隠す前に、ほんの一瞬二人の目が合った。そのときの彼の視線は、たまたまこちらを見たという感じではなかった。長身、痩せ型、砂色がかった豊かなブロンドの髪。べつの状況で出会っていれば、とても魅力的な男だと思ったことだろう。でも、この瞬間、わたしのハートに訴えかけてくるものは何もなかった。

身をかがめて厨房に戻り、電話に手を伸ばして、警察の番号を押した。署長とわたしのあいだがぎくしゃくしているとしても、いまは誰かにきてもらうしかない。愚かなことに、ついさっきジョージを追い払ってしまった。巡査を急行させると言ってくれたので、電話を切った。あとは待つしかなかった。通りの向かいの男が大胆になってわたしに襲いかかろうと決心する前に、警察がきてくれるよう、ひたすら祈るのみだった。

そんな幸運には恵まれなかった。男は新聞を折りたたむと、しっかりした足どりですばやくスプリングズ・ドライブを渡り、店に近づいてきた。パニックに陥ったわたしは、手に触れた最初のものをつかんだ。ペーパータオルのような無害な品ではなく、刃渡りの長い鋭利なナイフだったのでホッとした。男がドアに近づくあいだに、わたしは錠がかけてあることを二回たしかめ、つぎに、握りしめたナイフを向こうにはっきり見せた。

「こないで」と叫びながら、通りの左右に目を走らせた。警察が必要なときに、いったいどこにいるの？

「いますぐ入れてもらう必要がある」男はそう言って、上着の胸ポケットに手を突っこんだ。

「わたしがこのドアをあけたら、そっちはナイフでズタズタよ。警察を呼んだからね。すぐにやってくるわ」

男が上着から手を抜いたとき、わたしはその手に銃が握られているものと覚悟した。向こうがドア越しにわたしを撃つ気でいるのなら、店のウィンドーの薄いガラスも、わたしのナイフの刃も、銃弾を止めることはできないだろう。

ところが、男はかわりに手帳をとりだし、ひらいてわたしにバッジを見せた。

「ぼくの名前はジェイク・ビショップ、州警察の警部だ。ちょっと話を聞かせてほしい」ナイフにちらっと視線を投げかけ、苦笑しながらつけくわえた。「ぼくが店に入るとき、串刺しにしないと約束してくれるなら」

「わ、ごめんなさい」わたしは錠をはずしながら、ロックされたドアの向こう側に立つ男に真っ昼間からナイフを突きつけるなんて、バカなことをしたものだと思った。ちょうどそのとき、店の前でパトカーが止まった。早朝にわたしの供述をとった若い警官、ムーア巡査がパトカーから飛びおり、わたしたち二人に銃を向けた。

一瞬緊張が高まったが、州警察の警部がここにきた理由を説明すると、ムーア巡査は銃をホルスターに戻し、わたしには目もくれずにパトカーで走り去った。

「入って」ドアをあけながら、わたしは言った。「コーヒーは残ってないけど、ドーナツでよければ一個か二個どうぞ」売れ残りを詰めた箱のひとつを指さしたが、向こうは首を横にふった。

「いや、けっこう。けさ何があったのか聞かせてほしくて出向いてきた」

「ほかのみんなに話したように、わたしは何も見てないわ。一瞬の出来事だったから」

「この店に防犯カメラは設置してないのかい?」店内を見まわしながら、彼は尋ねた。

「正直なところ、ナプキンを買う余裕もないわ。わたしが経営してるこの店は、はっきり言って金鉱じゃないもの。強盗に入られる心配なんてしたこともないから、高性能の防犯装置をつける気はまったくなかったの」

彼は首をふった。「もっとも基本的な用心すら怠るというのは、自分からトラブルを招いてるようなものだ」

「できるだけの用心はしてるし、いまはとくに厳重に気をつけてるけど、それ以外のことにお金を注ぎこむ余裕はないわ」

「なるほど」彼はカウンターの向こうから名刺をすべらせてよこした。「あとで何か思いだしたら電話してほしい。物騒なメッセージや脅迫を受けたら、電話してほしい。何か普通でないことが起きたら――」

わたしは彼をさえぎって、にっこり笑った。

「推測させてね。電話してほしい。そうでしょ?」

彼は笑いながら店を出ていった。

わたしは名刺をくずかごに捨てようとしたが、ふと考えなおして、財布に入れた。使う必要がないよう願いたいが、万一の場合に備えて、こうして持っておくのもいいだろう。

ひとつだけはっきりしていることがある。この騒ぎが収まることを、いくらわたしが願ったところで、自然に収まるわけがない。わが友人が殺された件に関して、自分で何か手を打たなくてはならない。でないと、今後一生にわたって、あたりの様子を窺いながら怯えてすごすことになる。そんな犠牲は払いたくない。パトリック・ブレインの人生に少し探りを入れて、誰かがわたしに襲いかかろうとする前に、どうすればこの窮地から抜けだせるかを考える必要がある。

でも、その前に何か食べなくては。戸締りをして、売れ残りのドーナツ全部をわたしのジープのバックシートに置き、通りを渡って線路伝いに〈ボックスカー〉まで行った。わたしに必要なのは、ハンバーガーと、たぶんミルクセーキ。それから、わたしの友人でこのダイナーを経営しているトリッシュ・グレンジャーとのおしゃべり。ステップをのぼって改造された客車に入ったわたしは、ここをレストランに変身させたトリッシュの手腕に感心した。左側の座席がブースに変わり、右側は端から端までがカウンターになっている。どこから見てもエレガントなレストランではなくて、わたしにぴったりだ。わたしは昔から、悩殺的なドレスをまとうレディではなく、ブルージーンズの好きなギャルだった。

トリッシュ・グレンジャーはわたしと一緒に学校へ通った仲で、十五年前に卒業して以来、ほとんど変わっていない。いまだにほっそりしていて魅力的、金色のロングヘアをきりっとポニーテールにまとめ、いつも笑顔で料理を出してくれる。

トリッシュが言った。「メニューを見てて。すぐくるから」

「メニューはいらない。チーズバーガーとダイエットコークね」ここまで歩いてくるあいだに、ミルクセーキはやめようと決めた。このところドーナツの試食が多すぎたから。うしろのほうのブースにすわった。椅子が並んだ長いカウンターと向かいあっている八つのブースのうちのひとつ。厨房は客車の外に作ってあって、そこと客席をつなぐのは料理の受け渡しをする窓と、あけっぱなしのスライドドアだけだ。ここで食事をすると、列車で走っているような気がしてくる。モノクロ映画から飛びだしたような列車に乗って、遠い異国へ冒険に出かけるのだ。

数分すると、トリッシュがわたしの注文した品をテーブルに運んできた。

「けさはとんだ災難だったわねえ。大丈夫？」

「大丈夫よ」

「その話をしたい？」トリッシュが訊いた。

「ううん、あんまり」

トリッシュは微笑した。「わかった。しゃべる相手がほしくなったら、わたしがここにいるわよ。いいわね？」

「そのときはよろしく」

わたしがそう言うと、トリッシュは正面のレジへ戻っていった。わたしがいちばん好きなトリッシュの長所のひとつがこれ。どんな質問をすればいいのか、どんなときに強く出るべきか、いつうしろへひっこむべきかを、つねに心得ている。

バーガーを食べながら、パトリックが勤めていた銀行にどうやってアプローチすればいいかを考え、食事を終えるころには、作戦らしきものを立てていた。真夜中に赤の他人の死体が車から投げ捨てられるのを目撃するだけでもいやなのに、わたしはパトリック・ブレインを知っていたし、好意を持っていた。だから、個人的に関わりがあるわけだ。

さてと、パトリックの身に何があったのか、そして、さらに重要なこととして、殺された理由は何なのかを突き止めるために、わたしの計画を実行に移すには、空き巣狙いのごとき細心の注意深さが必要とされるだろう。

3

わたしはグレーズドドーナツ二箱を抱えなおして、パトリック・ブレインがきのうまで勤めていた銀行に入っていった。おかしなことだが、ドーナツショップにきたときに彼が仕事の話をしたことは一度もなかった。店にくるときはかならず保守的なスーツ姿だったが、もしそうでなければ、銀行勤めだなんて、とうてい信じられなかっただろう。

重役のオフィスのひとつで警官二人がファイルを調べていたので、わたしが情報集めをするにはすでに遅すぎたことを悟った。署長の部下に先を越されてしまった。

いや、そうでもないのでは？

近くのデスクにふっくらした女性がすわり、繊細な刺繍入りのハンカチを頬にあてているのが見えた。

彼女に近づき、「大丈夫？」と訊いてみた。

女性がわたしに視線を向けるのに一秒ほどかかり、彼女がこっちを見た瞬間、わたしはその目が充血していることに気づいた。死を悼んでいるしるしと見ていいだろう。頬をハンカチで押さえながら、女性は言った。「大丈夫よ。突然のことだったから。わかるでしょ？」

「ブレインさんのもとで仕事をするようになって長いんですか」

「七年よ」ふたたび頰を押さえて、女性は答えた。不審そうにこちらを見たことから察するに、このとき初めてわたしの存在に気づいたようだ。「ドーナツを二箱も持ってるのはどうして？」

「こちらにお届けにきたんです」即興ででっちあげた。「スザンヌ・ハートといいます。エイプリル・スプリングズで〈ドーナツ・ハート〉という店をやってるの」

女性が困惑の表情になった。「ほんとにこんな注文が入ったの？　わたしはヴィッキー・ハウザー。ドーナツの差し入れをしてくれる人がいるなんて、考えられないけど」

「ブレインさんはうちのお得意さまだったんです。お花を送るより、職場にドーナツをお届けしたほうがいいかと思って」

ヴィッキーは、わたしの持ってきたのが本日の売れ残りドーナツではなく密輸品でもあるかのように、わたしから箱を受けとった。

「いま、ダイエット中なの」と、きっぱり言った。

「自分で食べる必要はないんですよ。まわりの人に配ってくれてもいいの。ただ、これがお別れを告げるわたしなりの方法なんです」

ヴィッキーはうなずいた。「どうすればいいのかしら……」不意に感情があらわになった。

「これからすごく寂しくなりそう」

「きっとそうね。ブレインさんが最近どんな仕事をしていたか、ご存じありません?」

「どうしてそんなことを知りたがるの?」ヴィッキーの目に疑惑の色がよみがえったので、何か口実をでっちあげなくてはと思った。しかも、すばやくやる必要がある。べつの嘘を思いついた。自分でもかなり荒唐無稽に思える嘘だった。

「じつはね、顧客の一人に今日の午前中にドーナツを一ダース届けるよう、ブレインさんに頼まれたんだけど、住所をメモした紙を店のどこかでなくしてしまったんです。悲しみのなかにいらっしゃるのはわかってるけど、なんとか助けてもらえないかしら。ブレインさんもきっとそう望んでるはずだわ。あなたが彼の最後の望みを叶えてあげることになるのよ」いささか汚い手だが、ほかにどうすれば彼女の協力が得られるかわからなかった。ひとこと弁解しておくと、嘘をつくことにうしろめたさはあった。

ヴィッキーはうなずきながら、上の箱からドーナツを一個とり、二口でたいらげた。口いっぱいにドーナツをほおばったまま、「ごめんなさい、朝食抜きだったの」と言った。

「どうぞ、どうぞ。喜んでもらえればうれしいわ。そのためにドーナツを作ってるんですもの」

ヴィッキーはうなずいた。「ときどき、慰めになるのは食べることだけって気がするわ。わかるでしょ?」

「言われなくてもわかります。わたしはドーナツショップをやってるの。さっき言ったでしょ？　ときたま自分を甘やかすのはいいことだわ」これは嘘ではない。心からそう信じている。

ヴィッキーは軽く微笑して、それから言った。「ちょっと時間をちょうだい。今週のブレインさんのスケジュールをチェックするから」

デスクのパソコンのほうを向き、キーを打ちはじめた。しばらく画面をにらんだあとで言った。「いまのところ、スケジュールに入ってるのは、融資の申込みが二件だけね。〈アライド建設〉と〈ＢＲ投資〉。ここしばらく、それぞれの会社のオーナーとしょっちゅう会ってたみたいよ。ドーナツの届け先はそのどっちかじゃないかしら」

「きっとそうね。そうだ、こうしよう。両方にドーナツを一ダースずつ届ける。そうしておけば間違いないでしょ。あなたのほうから電話して、わたしが行くことを伝えてくれません？　そうすれば、向こうも待っててくれるだろうから。オーナーにじかに渡したいの。だって、ブレインさんもそのつもりだったでしょうし」

ヴィッキーはすすり泣きをこらえて言った。「いますぐ電話を入れるわ」電話をしながら、メモ用紙にいくつか走り書きをして、通話が終わったところでそれを渡してくれた。「オーナーの名前を書いておいたわ。それから、会社の住所も。ブレインさんのことを考えてくれてありがとう。わざわざきてくださるなんて、ほんとに親切ね」

「しなきゃいけないと思ったことをしたまでです」わたしは言った。それは正真正銘の真実だった。店の前に投げ捨てられたのがまったく知らない人物だったら、ここまで骨を折ったかどうかわからない。わたしはパトリック・ブレインを知っていたし、彼のことが好きだった。だから、わたしにとってはとても重要な問題なのだ。

銀行を出ながら、いま自分がやったことと、これからのことを思って、興奮してきた。同時にびくついてもいた。ヴィッキーから情報を得られたのは、これまであちこちに配ってきたドーナツ二ダースの効用のなかで、もっとも実り多きものだった。ジープにまだ二箱積んであるから、それぞれの会社に一箱ずつ届けて、求める情報を得るのにうってつけの通貨になってくれることを期待したい。いまのところ、ドーナツはすばらしい効果を発揮している。この凶悪殺人の関係者全員が、ヴィッキーと同じく無料のドーナツを愛してくれるよう、ひたすら願うだけだ。ヴィッキーのダイエットを挫折させたことには良心の疼《うず》きを感じるが、だからといって、パトリック・ブレインの人生に探りを入れるのをやめるわけにはいかない。何者かが彼を殺してうちの店の前に捨てた理由を知るための手がかりが、かならずどこかにあるはずだ。だから、売れ残ったグレーズドーナツをひとつ残らず使って、真実を突き止めるつもりだった。

〈BR投資〉はわたしの予想と大きく違っていた。エイプリル・スプリングズにはオフィスビルの建ち並ぶ一角があるが、メモに書かれた最初の住所を探すうちに、車でそこを通りすぎてしまった。ようやくたどり着いたのは、トップ企業の多くが入っているしゃれたオフィスビルのひとつではなく、エイプリル・スプリングズのはずれにあるショッピングモールだった。ドアの上の看板に〈BR投資〉と書かれたその会社は、ネイルサロンと、わたしには店名を読むことのできない韓国食材店のあいだにあった。こんな会社に自分のお金を投資しようという人がはたしているだろうか。会社に入っていきながら、ドーナツ一ダース以外にも何か持ってくればよかったと思った。たとえば、武装したボディガードとか、自前の武器とか。

趣味の悪いグリーンのカーペットを敷きつめた広い部屋の中央に安っぽいデスクが置かれ、そこに男性が一人すわっていた。椅子がほかにもう一脚。一九五〇年代にコーヒーショップから盗んできたような代物だ。大きなホワイトボードが台にかけてあり、イニシャルがあれこれ書かれ、そこに数字が添えてあった。ふと見ると、7のすべてに斜めの線が入っている。最近やたらと目につく書き方だ。デスクの上は散らかり放題で、片隅にタイプライターが置かれていた。デスクの前の男性もだらしない格好だった。ワイシャツの襟がほころび、ネクタイにはとっくに忘れ去られた食事のときのマリナラソースのしみが飛び、わずかに残った毛髪が汗ばんだ頭を覆い隠すべく無駄な努力をしていた。

わたしは最上の笑みを浮かべて尋ねた。「ドナルド・ランドさん?」

「きっとそうだと思う。とにかく、わたしの運転免許証にはそう書いてある」ランドはわたしをちらっと見て、軽く口笛を吹いてから言った。「すてきだ」

「わたしのこと？　それとも、ドーナツのことですか」

なんとまあ、ランドは厚かましくもわたしに流し目をよこした。

「両方と答えちゃいけないかね？」

こんな男、もううんざり。でも、わたしはべつに、ドーナツショップの客の新規開拓にきたわけではない。情報集めをしているのだ。「わたしがこちらに伺うことはご存じだったと思いますが」

「生まれてからずっと待ってたようなもんだ」

男と二人きりであることを痛いほど意識させられ、誰かを連れてくる用心深さがあればよかったと後悔した。誰かに頼むとすれば、ジョージが第一候補だが、一人でくるのに比べれば、たとえうちの母でも一緒にきてくれれば心強い。

ここらで、わたしの望む方向へ会話を持っていかなくては。

「パトリック・ブレイン氏と銀行のほうで取引されていたそうですね。ほんとにショックだわ。そうでしょ？　彼とは親しかったんですか」

「一度か二度、一緒に仕事をした」ランドは言った。少なくとも、ずうずうしい流し目は消えた。

「あんなことになるなんて、ほんとに恐ろしい。ブレインさんが殺されたなんて信じられます?」何か反応はないかとランドをじっと見たが、何も得られなかった。

ランドは肩をすくめた。「よくあることさ。せちがらい世の中だからね」

わたしはオフィスを見まわし、ホワイトボードを指さした。

「数字の7に斜めの線が入ってるのはどうして?」

「小学校のとき、ある先生の影響でやるようになってね、その癖が抜けないんだ。一人の教師が原因で、同じことをやるやつがこの町にいったい何人いることやら」

とりあえず、返事をもらうことができた。「ブレインさんとはどんな取引をしてらしたんですか。お尋ねしてもかまわないのなら」

「なんでも好きなだけ訊いてくれ」ランドはわたしが手にした箱を指さして尋ねた。「なあ、それを届けにきたんだろ?」

わたしがドーナツの箱を渡すと、ランドはさっそく蓋をあけた。「こりゃうれしいね」

「気に入ってもらえてよかった。さてと、ブレインさんのことですけど」

ランドは目をあげてわたしを見た。「詮索好きな人だな。ええ?」

どう答えればいい?　わたしは微笑した。「何かが起きたとき、そこにどんな理由があるかを知りたい――それだけなんです」

ランドはドーナツの箱を脇へどけた。「じゃ、こうしよう。今夜九時に出直してきてくれ。

そしたら、あんたの望みどおりに話をしよう。いまはちょっと忙しいが、あとでよければ、喜んで時間を作る」

そうはいくか。「名案だわ。そうすれば、うちの夫にも会ってもらえるし」はいはい、本当のことではない。でも、マックスに頼めば、きっと一緒にきてくれる。こういうときは、別れた夫でも本物の夫と同じぐらい役に立つものだ。

ランドは顔をしかめた。「いや、よく考えたら、今夜は都合が悪かった」

彼の電話が鳴りだした。わたしはその場に立ったまま、何か参考になることが聞けるのではと期待した。

でも、それは無理なようだった。

ランドが受話器に向かって「ちょっと待ってくれ」と言った。それから、わたしのほうを向いた。「話はまだ残ってるかね?」

「気にしないで。電話のほうを先にどうぞ。待つのは平気です」

「あいにくだが、長電話になりそうだ」

それでもわたしが動こうとしないので、ランドは黙りこんでしまった。電話の会話をひともわたしに聞かせる気がないのは明らかだったので、しぶしぶながら、出ていくことにした。

つぎの目的地へ車を走らせながら、〈BR投資〉はいったいどんな商売をしているのだろうと首をひねった。いくらがんばっても、パトリック・ブレインがあのオフィスにすわっている姿は想像できなかった。なぜまた、みんなの尊敬を集める大手銀行の行員が、わたしがいま会ったばかりの男と仕事をしたりするのだろう？　何か理由があるにちがいない。それがわかれば、誰がパトリックを殺してうちの店の前に死体を捨てたかを突き止める助けになるかもしれない。

投資会社であんな光景を目にしたあとだけに、建設会社のほうにも多くは期待していなかったが、予想に反して、〈アライド建設〉には驚かされた。この町の品のいい地区にあり、ビルは新築のように見えた。

有能そうな若い受付嬢がドアのところでわたしを迎え、こちらが自己紹介する暇もないうちにドーナツを受けとろうとした。

「銀行から電話をいただいております。わざわざお越しいただいて恐縮です」受付嬢はそう言いながら、わたしからドーナツの箱を奪いとろうとした。

しかし、わたしは箱を離さなかった。「申しわけないけど、はっきり指示されてるの。オーナーのクライン氏に直接渡してほしいって」

「申しわけありませんが、クラインはただいま会議中です。ドーナツのお礼を申しあげて、よろしく伝えてほしいと、いいつかっております」

受付嬢が箱のいっぽうの隅をつかみ、わたしが反対の隅をつかんでいた。

「ほんのわずかな時間も割けないというの？　喜んで待たせてもらうわ。一秒もあれば渡せるんだし、間違いなく届けてほしいというのがブレインさんの希望だったから」

小柄なくせに、受付嬢の力はすごかった。どんな方法を使ったのかはわからないが、とにかく、わたしから箱を奪いとってしまった。「いまも申しあげたように、会議中ですので、邪魔するわけにはまいりません」

「じかに手渡さなきゃいけないのに、わずか三十秒でも割いてもらうのは無理だって、あなた、本気で言ってるの？」

「一秒でも無理です。郡からきた建築検査官と会っているので。でも、お寄りくださったことは、かならず伝えておきます」

そう言うと、強引にドアからわたしを押しだし、わたしのほうは何が起きたのかわからないまま、気がついたときにはジープのなかにすわっていた。受付嬢のすごさを認めるしかない。有能だ。

つぎは何をしようかと考えたが、長い一日だったので疲れてしまい、ふたたび空腹になっていた。現在午後六時、世間一般ではそろそろ夕食の時間だし、わたしの場合はいつもの食事時間を二時間もすぎている。これがわたしのスケジュールにおけるもうひとつの問題点。今回はこれを有効に使えるかもしれない。ただ、どうやればいいのか、まったくわからない。ともかく、いまのところは。

家に向かって車を走らせた。母から質問が雨あられと飛んでくることは覚悟していたが、正直なところ、たいして気にならなかった。ふだんならたいてい、過保護な母に文句を言うところだが、今日ばかりは、母がわたしのために温かな食事と静かなおしゃべりを用意してくれていることを願った。

だが、じっさいには、明日宝くじに当選しますようにと願ったほうがましなぐらいだった。なぜなら、わが家の玄関に入ったとたん、夕食にも静かなおしゃべりにもありつけないことがはっきりしたからだ。

「何も作ってないの？」キッチンに入りながら、わたしは尋ねた。母はテーブルの前にすわってクロスワードをやっていた。わたしたちは愛らしい小さなコテージで暮らしている。作りつけの戸棚がたくさんあり、あらゆるところが美しい木製の繰型状の縁どりに飾られた家。広くはないが、これまでのところ、どうにかうまく同居している。

「今夜はお料理する気になれなかったの」母は言った。

「ママがお料理したくないなんてこと、これまでにあった？」わたしは母のそばの椅子に崩れるようにすわりこんだ。今日一日でぐったり疲れてしまった。これまでにないひどい疲れ。うちの母は南部風の料理が上手なことで定評があり、ナイフとフォークと一緒に何かおいしいものが出てくるのを期待していたのに……。

「今日はそういう気分じゃなかったの。いつもの時間にあなたが帰ってこなかったから、てっきり外で食べてくると思った」

「じゃ、ママはもう食べちゃったの？」

母は新聞を閉じた。「いいえ、娘の帰りを待ってたの。念のために」一瞬、わたしをじっと見て、それから尋ねた。「あなたは食べたの？」

「ううん」わたしは正直に答えた。

「スザンヌ、そろそろ自分のことは自分でするようにならなきゃ。ママだっていつも家にいるわけじゃないのよ。いいわね？」

「あら、どっか行くの？　暖かいとこ？　一緒に行っていい？」

母はわたしをどなりつけようとしたが、顔をあげ、わたしがニタッとしているのに気づいた。「困った子。自分でもわかってるんでしょ？」

「最高のお手本から学んだわ、ママ」

母はそれを謝罪と受けとって、笑顔になった。

「じゃ、何にする？　ワッフルなんてどうかしら」

これはわが家の定番メニュー。二人とも疲れて何も作る気になれず、外に出て世間と向かいあう気にもなれないとき、ワッフルが登場する。

「大賛成。その前にシャワー浴びていい？」

「どうぞごゆっくり。あなたが階下に戻ってくるころには、一枚目が焼けてるわよ」

オーケイ、正直に認めます。実家に戻って母親と暮らすのも、そう悪いことではない。ゆっくり時間をかけて熱いシャワーを浴び、髪にしみこんだ本日のドーナツ作りの匂いを洗い流し、新しい女になって——というか、少なくとも古い女の改良版になって——キッチンに戻った。

「おいしそうな匂い」キッチンが焼きたてワッフルの匂いに満ちていた。テーブルには二人分の食器が並べられ、あいだに純正のバターが置いてあった。ガス台でシナモンアップルがコトコト煮え、その横でシロップが優しく泡を立てている。すでにワッフルが一枚、パリッとキツネ色に焼きあがり、お皿の上でわたしを待っていた。

「これ、半分ずつ食べる?」あまり誠意のない声で、わたしは訊いた。

「ううん、お先にどうぞ」

わたしは母の気が変わるのを待ちもしなかった。

このワッフルこそ、まさにわたしが必要としていたものだ。最後のひと口まで味わって食べることにした。

母もなかなか感心だ。きびしい尋問にとりかかるのを、わたしがワッフルを食べおえるまで待ってくれた。

もっとも、待ちきれない様子だったが。

こちらが最後のひと口を呑みこんだとたん、母は「じゃ、話してよ」と言った。

「何を話すの？」

母は顔をしかめた。「とぼけないで、スザンヌ。けさ死体を見つけたときは、すごく怖い思いをしたはずよ。たった一人で、あたりはまだ暗くて。今日の午前中は、ショックから立ちなおる時間が必要だろうと思って、そっとしといてあげたけど、そろそろショックも癒えたころでしょ」

わたしは肩をすくめた。「以前の日々のほうが平穏無事だったわ。それだけは認める」

二人で後片づけを始めたときに、母が尋ねた。「警察は何か手がかりをつかんだの？」

「知らない。でも、ママなら探りだせるわ。でしょ？　署長に電話すればいいじゃない。署長だって、わたしと議論するより、ママにその話をするほうがうれしいはずよ」

母はほんの一瞬、眉をひそめ、それから承諾のしるしにうなずいた。

「フィリップに電話しろというのなら、してあげる」

母がわたしのためにそこまで犠牲を払ってくれるなんて、信じられなかった。受話器をとってマーティン署長に電話をするのが、母にとってどんなにいやなことか、わたしは誰よりもよく知っている。そんなことはさせられない。

「ううん、まだそこまでしなくていいの。ま、あとでママの申し出に甘えるかもしれないけどね」

「ママで力になれるのなら、どんなことだって喜んで協力するわ。いまはとにかく、すべてを脇に置いて、けさあんな目にあったことを忘れてしまわなきゃ」

「努力してみる」

母になぜそんなことができるのか、わたしにはわからないが、娘を相手にするとき、母は生まれつき備わった嘘発見器のような能力を武器にする。幼稚園のころ、わたしがサリー・ランショーのクレヨンを盗んだときもばれてしまった。今日の探偵ごっこも、母にばれずにはすまないだろう。

母は一瞬、わたしを見て眉をひそめ、それから言った。「スザンヌ、何を企んでるの？」

「わたしが？　どうしてわたしが何か企まなきゃいけないの？」はぐらかそうとすればするほど事態が悪化することはわかっていたが、今日一日のわたしの行動をくわしく語る気にはまだなれなかった。

母は何も言わなかった。だが、そもそも言う必要がない。〝あなたには失望したわ。もっとましな子だと思ってたのに。でも、いずれこういう子になるってことは、なんとなくわかってた〞という思いをひとまとめにした視線を向けられると、わたしはいつも降参してしまう。

「わかったわよ。どうしても知りたいのなら、何があったのか整理しながら話すわね。パトリックはうちのお得意さんだったし、友達だったから、わたしとしては放っておけないの」

「でも、それだけじゃないでしょ？」

母がわたしの心を読む鋭さときたら信じられないほどだが、考えてみれば、あちらは充分に経験を積んでいる。「ママ、わたしが店のライトをつけた瞬間、死体が店の前の歩道に投げ捨てられたの。現場を照らそうなんて気はなかったのに、夜の通りを照らしだしてしまった。死体を遺棄した犯人の顔なんて、わたしは見てないけど、犯人にそれがわかるわけないでしょ？　誰がうちの店の前にパトリック・ブレインの死体を捨てたか知らないけど、つぎはわたしが狙われそうないやな予感がするの。向こうが口封じのためにわたしを始末しようと決心する前に、わたしがこの手で犯人を見つけだしてやる。わたしはパトリックと知りあいだったから、死体を捨てることにした人物は、わたしを間接的に巻き添えにする方法を選んだんだわ」

「そんなわけないでしょ」母はきっぱりと言った。

「わたしだってそう信じたいけど、自分に正直になるなら、その可能性もあるってことを認めるしかないの。いま言った危険を真剣に受け止めないのは愚かなことだわ」

「愚かなのは、あなたが事件を自分で解決しようとしてることよ。スザンヌ、あなたはドーナツ屋よ。探偵じゃないわ」

こんなに叱られるなんて、もううんざり。

「両方やるのは無理だなんて、どこの誰が言ったの？」

母が電話に手を伸ばしたが、受話器をつかむ前に、わたしがその手をつかんだ。

「ママ、誰に電話する気？」

「フィリップがこの事件でどんな捜査をしてるのか、探ってみようと思って。そうすれば、あなたが警察の仕事に首を突っこむのを阻止できるから」

わたしの知るかぎりでは、この町で警察署長をマーティンという名字で呼ばないのはうちの母だけだ。署長自身の奥さんもたぶん、マーティンと呼ぶ人々の一人だろう。

「さっきママに言ったように、署長の助けは必要ないわ」

「ママはそうは思わない」母はぴしっと言った。「さあ、その手をどけてくれない？　ママが自分の電話を使えるように」

「わかった」わたしは自分がすでに戦いに敗れたことを悟った。「ママが署長に電話したいのならどうぞ。でも、わたし、ここでその会話に耳を傾けるつもりはありませんからね」

わたしがカウンターの上の鍵束をとると、母が「どこへ行くつもり？　お嬢さん」と訊いた。

「公園を散歩してくる」わたしはどなった。それはこの家で経験できるもっともすてきなことのひとつだ。わが家はダウンタウンにもわたしの店にも近いので、天気のいい朝など、その気になれば店まで歩いていけるし、帰りは通りを渡って町の公園をのんびり散策することもできる。ただし、いつもなら、そういう散策はもう少し暖かくて周囲が明るいときだけにしてるけど。

母が言った。「スザンヌ、外はもう暗いし、寒いわよ。まともな神経をなくしちゃったの？」

「そうみたい。三十をすぎてから、実家に舞い戻ったんだもの。それこそ頭がおかしくなった証拠だって、どこへ行っても言われるに決まってる」

なぜこんなに母に腹が立つのかわからないまま、家を飛びだした。母がかつての交際相手に電話しようとしていて、それがしぶしぶであることを、わたしも知っているから？　それとも、母の意見が正しいから？　わたしは自分の行動を人に非難されると、猛烈に頭にくることがある。〝どうしてあなたが自分で犯人をつかまえなきゃいけないの？〟

正直なところ、母にどう思われようと、わたしには選択の余地があまりない。もちろん、パトリック・ブレインの死体を捨てるなら町の反対側でやってくれればよかったのにと思うが、現実にはそうではなかった。うちの店が選ばれたのが意図的だったにしろ、偶然だったにしろ、わたしは否応なしに事件に巻きこまれてしまった。パトリック・ブレインがうちの得意客で、わたしが彼に好意を抱いていたという事実が、事態をさらに悪くしている。

被害者になんかぜったいなりたくない。くるかこないかわからない攻撃をじっと待つつもりもない。これから明日まで背後を警戒しながらすごすなんてまっぴら。ましてや、一生そうやって生きていくなんて、とんでもない。

予想どおり、公園は人気《ひとけ》がなかった。凍えそうに寒くて、おまけにひどい頭痛がしてきた。家に帰って、母と仲直りをして、明日の計画を立てられるかどうかやってみなくては。早く帰らないと、すぐまたドーナツ作りの時間になってしまう。少なくとも六時間は睡眠をとらないと、つぎの日、わたしは使いものにならなくなる。

自分の部屋に戻ると、電話が鳴っていた。実家に戻った日にひいたわたし専用の回線。携帯電話も便利だが、パソコン用に固定電話が必要だったのだ。ネットをやっているあいだ母の通話を邪魔したりしてはいけないので。ネットを使っていないときは、この電話が友達とわたしの連絡手段になる。なぜなら、携帯だとバッテリーの再充電が緊急に必要になるだろうし、固定電話なら友達がいつでもメッセージを残しておける。

留守電に切り替わるまで待てばよかった。

少なくとも、そうしていれば、脅迫の言葉を録音できただろうから。

こちらが「もしもし」と応答したあと、誰かが言った。「殺人を掘り返すのはやめろ。さもないと、つぎはおまえだ。この件はおまえにはなんの関わりもないことだ。首を突っこむな」

かけてきた相手はひそやかな声で警告すると、電話を切った。

どうやら、パトリック・ブレインを殺した犯人は、わたしが今日の仕事を終えてから何をしていたかを知っているらしい。警告の内容はきわめて明瞭で、押し殺した声からすると、本気であることは疑いようがなかった。わずかでも常識のある者なら、ここで手をひくだろう——それはよくわかっている——でも、言われたとおりにしたところで、電話の主がわたしを放っておいてくれる保証がどこにあるだろう？　疑惑を招かずに始末できるときがくるまで、わたしをおとなしくさせておくための手段にすぎないかもしれない。でもやはり、ここで手をひいたほうがよりよき人生を送れることはわかっている。

しかし、どうしてもその気になれなかった。わたしはパトリックと知りあいだった。しかも、死体が通りに投げ捨てられるところを見てしまった——それだけで、詮索を続ける充分な理由になる。それに、電話の脅迫が意味しているのは、わたしの存在が誰かの神経にさわったということだ。

誰の神経か、わかればいいのに……。

わたしの目覚まし時計は寝室の遠くの端に置いてある。止めようとして床に叩きつけ、目覚まし時計を二個こわしてしまったあとで、この方法をとるようになった。午前一時十五分にベッドを出るなんて、まともな神経の持ち主からすれば、いくらなんでも早すぎる。この超早起きにもある程度慣れてきたが、けっして楽しいものではない。

ジーンズとポロシャツに着替え、深皿に入れたシリアルをそそくさと食べてから、店へ向かった。凍えそうな寒さだったが、この時期だから仕方がない。いまは三月の真っただなか、ノースカロライナ州のわたしたちが住む地域ではまだまだ寒さが続く。二、三日前には、積もりはしなかったけれど、雪がちらついたほどだ。本当は店まで歩くつもりでいた。何もよりもまず目をさましたかったから。でも、あたりが暗すぎて、その気になれなかった。そこでジープに乗りこみ、〈ドーナツ・ハート〉まで運転した。いつもなら、店の前のスペースは客のために空けておきたくて店の裏に駐車するのだが、今日はそのルールを破ることにした。ヘッドライトをつけたまま、ジープを店のドアのほうへ向けて止め、ドアの錠をはずし、店の防犯装置を解除し、店内のライトをひとつ残らずつけた。そのあとでジープのヘッドライトを消して、店のなかに駆けもどった。無事に店内に戻るまで、ろくに息もできなかった。店の正面はガラスの部分が多く、誰かがわたしに襲いかかるのを防ぐ役には立ちそうもないが、少なくともこっそり忍び寄るのは無理だろうから、ある程度は安心だ。

コーヒーポットの横を通るさいにスタートボタンを押し、それから、厨房のフライヤーのスイッチを入れて、温度を百五十度にセットした。今日は水曜日、そして、水曜日と金曜日はオールドファッションドーナツを作ることになっている。油が熱くなるのを待つあいだに、急ぎの注文が入っていないかと留守電をチェックした。パーティや、資金集めの行事や、職場の朝食会用ドーナツの四ダースや五ダースぐらい、あらかじめ注文しておかなくても買えると思いこんでいる人々の多いことには、まったく驚かされる。〈ダンキン・ドーナツ〉や

〈クリスピー・クリーム〉ならできるかもしれないが、うちは小さな店なので、できれば予約してもらいたい。でないと、わたしの一日がめちゃめちゃになってしまう。

案の定、留守電には女性の声が入っていて、背後から子供たちのわめき声や叫びが聞こえてくるなかで、グレーズドーナツ六ダースを注文したい、スプリンクルをふりかけて、マジパンで作った虫を飾りにしてほしい、と言っていた。スプリンクルは店に置いてある。ただし、グレーズドーナツにふりかけた経験は一度もないと思う。虫のほうは、向こうで勝手にやってもらおう。いくらわたしでも、ドーナツをそんな目にあわせたくないと思う場合がいくつかある。

注文の詳細をメモしていたとき、誰かが表のドアをガンガン叩く音が聞こえた。反射的にいちばん大きなめん棒——カエデ材で作った重さ五キロの怪物みたいなやつ——に手を伸ばし、角から外をのぞき見た。逃げまわるのはもうやめよう。

わたしをつけ狙う相手が格闘を望んでいるなら、受けて立ってやろう。

「エマ、どうして自分の鍵を使わないの?」

表のドアからアシスタントを店に入れながら、わたしは言った。エマは小柄で、すばらしい赤毛と、赤面すると輝きを放つそばかすと、淡いブルーの目をしている。大学へ行く資金を貯めるために、ドーナツショップでアルバイトをしている。お金が充分に貯まって進学できるようになったとき、彼女なしでどうやって店をやっていけばいいのか、わたしにはわからない。ほかに誰か雇わなくては。週に一度、一人でドーナツ作りをするだけでも、これを毎日続けるのはとうてい無理だと悟らされる。過労死してしまうだろう。

「キーホルダーを家のドレッサーの上に忘れてきてしまったの」エマは面目なさそうに言った。

「じゃ、どうやってここまできたの？」わたしは外を見たが、エマの車はどこにもなかった。

「わざわざ見なくていいわよ。また修理工場にいってるから。父が車で送ってくれたの」

「きっと、真夜中にいそいそと起きてくれたんでしょうね」わたしは言った。エマの父親のレイは《エイプリル・スプリングズ・センティネル》の編集発行人。発行部数の少ない新聞で、深く掘り下げた報道記事よりも広告のほうでよく知られている。

「ちっとも喜ばなかった、とだけ言っておくわ。地元警察の腐敗に関するウルトラ極秘記事を書こうとしてるとこなの。おかげで、家族みんながおかしくなりそう」

「それ、事実なの？」ノースカロライナ州のこの小さな町に腐敗が横行しているのかと思うと、それだけでうんざりだ。

「事実だったら、すごいショックね。父ったらいつも、ピュリッツァー賞を狙うんだと言って、実現するわけないのに、無駄な取材に走りまわってるの」

エマはコートをラックにかけて、それから言った。「きのうは電話しなくてごめんなさい。

でも、町を離れてたし、うちの父はさっきわたしをここでおろすまで、きのうの出来事はわざわざ話して聞かせるほどのものでもないと思ってたみたいなの」

「電話の脅迫のこと、お父さんはどうやって知ったの？　わたし、まだ誰にも話してないのに」うちの電話に盗聴器でもついてるの？　それとも、エマの父親は誰が電話してきたかを知ってるの？

これを聞いて、エマはショックを受けた様子だった。「脅迫まで受けたの？　あたしが言ったのは、パトリック・ブレインの死体がお店の前で発見されたこと。父はたぶん、あたしが怖がると思って、わざと黙ってたんだわ。やっぱりねえ。父の思ったとおりよ。さあ、どんな電話だったのか話して」興奮すると、エマの声は一オクターブ高くなる。いまも明らかに興奮していた。

しぶしぶながら、わたしは正直に話した。

「ゆうべ、誰かが家に電話してきて、わたしを脅そうとしたの」

エマは眉をひそめた。「この町、どうなってるのかしら。まず、うちのお客の一人が店の前に投げ捨てられるのをあなたが目撃し、つぎに、どっかの無関係なバカが電話をよこして、あなたを脅した。あたし、父に無理やりペッパースプレーを持たされてて、過保護すぎるってずっと抵抗してたけど、やっぱり父の言うとおりかもね」

「無関係だなんてとんでもない」わたしは声をひそめた。「手をひかないと後悔することになる——相手はそう言ったのよ」

「何から手をひくの?」エマは訊いた。

何が起きているのか、くわしく話すのは気が進まなかったが、今後も毎朝二人で作業をするわけだから、エマに秘密にしておくのはたぶん無理だろう。しかも、わたしのそばにいる以上、彼女自身も危険の渦中にいるわけだ。何に立ち向かうことになるのか、エマにも知っておく権利がある。

「わたしね、パトリック・ブレインを殺した犯人をこの手で見つけるつもりなの」

エマは微笑した。

「何がおかしいの?」わたしは訊いた。

「あなたのやりそうなことだって父が言ったけど、あたしは、常識のある人だからそんなことするわけないって反論したのよ。で、これまでにどんなことをしたの?」

わたしは闇に向かってこの身をさらしているような気がして、外を見た。

「そろそろ、ドーナツを作らなきゃ」と言った。

しかし、エマは簡単にはあきらめなかった。

「仕事をしながらでも話はできるわ。毎朝やってるもん。でしょ?」

わたしはしぶしぶ同意した。「貯蔵容器に残ってるグレーズの掃除をお願い。わたしは追加分のグレーズを作るから」残ったグレーズを捨ててすべてを新しくするのはもったいないので、毎朝、新しいグレーズ作りをするわけではない。かわりに、表面に浮いた脂肪の膜をすくいとり、夜のあいだにグレーズから分離した水分もとりのぞいて、それらを捨てる。グレーズが残り少なくなったら、新しいのを作って加え、かきまぜる。粉砂糖十五キロを大型ミキサーに入れて、水五リットルとフレーバーを加え、増粘剤を放りこみ、それから、ミキサーのスイッチを入れた。細心の注意が必要な作業ではないので、厨房に置いてある四つのタイマーのひとつをセットする必要はなかった。スイッチを入れたままにしておいて、古いグレーズに加える準備にとりかかるまで、放っておけばいい。

エマはちょうど、大きなローフパンを使って、残ったグレーズをかきまぜたところだった。ドーナツが揚がると、このローフパンでグレーズをすくってかける。うちのこのやり方は洗練されたものではないし、自動化されてもいないが、とても効率的に手早くできる。グレーズを垂らしてドーナツにかけると、余分なグレーズがラックのあいだから滴り落ちて、傾斜したステンレスの上を流れ、もとの貯蔵容器に戻っていく。

「さてと、話してくださいよ」エマが言った。

「その前に、材料を量らせて」

ケーキドーナツを何種類か作るために、それぞれの生地をこねる場所を用意し、粉や砂糖などの乾燥材料、水、フレーバーを量って、格子のように並べていった。

「ねえ、早く」エマが催促した。

ドーナツ作りは目をつぶってでもできる単純作業の段階まできていた。「パトリック・ブレインの死体を見つけたあと、警察がわたしの身辺警護を真剣に考えてくれてないのを知って、自分で事件を調べることにしたの」

「ジョージに助けてもらえばいいのに」

「ジョージをよけいな危険にさらしたくないの。でも、警察の動きをチェックしてくれてて、マーティン署長が何か手がかりを見つけたときには、こっちに連絡をくれることになってるわ。たとえ偶然に見つかった手がかりでもね」

「ジョージは事件のことをどう考えてるの？」

「わたしの身を心配してる。でも、それを聞いて誰が驚くかしら？　すごく過保護な人だもの」わたしはそう言いながら、材料をボウルに入れて手で混ぜあわせた。

「でも、どっちにしても、事件を調べるつもりなんでしょ」エマが言った。

「そうよ」わたしは正直に答えた。「まず、このオールドファッションドーナツを作ってしまいましょう。話の続きはそのあとで」

油の温度をチェックすると、ちょうど百五十度になっていた。まさにわたしの必要とする温度。そろそろドロッパーにタネを入れなくては。ドロッパーというのはドーナツ作りの道具で、スチール製の大きなティーカップとじょうごの中間みたいな形をしている。なかにバネ仕掛けの円板が入っていて、ドーナツのタネを完璧な輪の形にして油に投入することができる。この便利な道具がなかったら、オールドファッションドーナツなんて作れない。タネを入れてから、それをドロッパーの底へ沈めるために、振り子みたいに左右にふった。この道具を油のなかに落としたことはまだ一度もないが、もし落としたら、そばに立っている不運な人に深刻な被害を与えかねない。気泡を消してタネをドロッパーの底へ沈める方法はほかにもあるかもしれないが、いまのところ、効率的な方法はこれ以外に見つかっていない。十個から十二個を油に投入すると、ドーナツはすぐさまラックの底に沈んだ。数秒後に浮かんできたので、トングをとり、片側が揚がったと思ったところでそっとひっくり返した。このあたりは科学というより芸術の領域で、ここまでくるとタイマーは使わない。ドーナツの両面が完璧に色づいたところで、ラックの取っ手を持ってドーナツを熱い油からひきあげ、グレージング用の台にのせた。ローフパンでグレーズをすくって、白く甘い液体をドーナツに垂らし、新しいラックをフライヤーの底に沈めてから、ふたたび同じ作業を始めた。

「ドロッパーをふるわよ」わたしが言うと、エマはかがんで攻撃を避けた。

「終了」終わったところでつけくわえ、それから、新たな輪っかをつぎつぎと油に落としていった。そのあいだに、エマがラックのドーナツをワゴンのトレイのひとつに移した。これは何段にもなったステンレス製のキャスターつきワゴンで、左右にトレイが二十ずつ収納され、売場のケースに並べるまでのあいだ、四十ダースのドーナツを保管できるようになっている。オールドファッションドーナツが終わったあと、今日店に出す予定のケーキドーナツを何種類か作り、それから、イーストドーナツ作りのためにフライヤーの設定温度を高くした。イーストドーナツは百八十五度で揚げる。この商売を始めたばかりのころ、低い温度からスタートして徐々に高くしていくほうが、その逆よりはるかに楽であることを学んだ。

使用ずみの器具をエマが業務用シンクで洗っているあいだに、わたしはイースト生地を混ぜあわせた。その生地をミキサーからひっぱりだして、発酵させるためにラップで覆った。発酵時間は四十分、しかし、イーストドーナツを作る準備が整う前に、やっておくべきことが山ほどある。

でも、まずは二人の休憩タイムだ。ふだんなら、雨でも晴れでも、雪でもみぞれでも、ほんのしばらく厨房から離れて新鮮な空気を吸うために、毎朝二十分ほど店の表で椅子にすわることにしている。

エマがドアのほうへ行こうとしたので、わたしは言った。

「コーヒーを飲むのは、今日は店のなかのほうがいいかもしれない」

「ほんとに？　そんなの初めて」エマはわたしの目をのぞきこみ、それからつけくわえた。

「やだ、本気で怯えてるのね」

「不要な危険は冒したくないとだけ言っておくわ」

「じゃ、店のなかでもいいわよ」

わたしは二つのマグにコーヒーを注ぎ、店でいちばんすわり心地のいいカウチへ二人で移動した。このカウチはまた、表の駐車場がよく見える場所にある。少なくとも、わたしたちに忍び寄ることは誰にもできないだろう。

エマは身体の下に脚を折りこんだ。わたしにはできないし、これから先もする気になれない芸当。「ねえねえ、しばらく時間があるから、どんなことをしたのか話して」

わたしはしぶしぶながら、銀行と、投資会社と称するところと、建設会社を訪ねたことを、エマに話して聞かせた。エマはときたま質問をはさみながら、興味津々の表情で耳を傾けた。

こちらの説明が終わると、「やっぱり、うちの父に話したほうがいいわ」と言った。

「新聞社の人に話す気には、まだなれないわ」

「オフレコにしてほしいって頼めば、父があなたの話を活字にすることはぜったいないから」エマは言った。「でも、父なら、あなたの知らないことを何か知ってるかもしれない。あの新聞が町のジョークのタネにされてるのは、あたしも知ってるけど、父はあらゆるところに情報源を持ってるから、きっと力になってくれるわ。ぜったいそうよ」

「お父さんの新聞に書かれることはないって、どうして断言できるの?」

「大丈夫よ。あたしが父に約束させれば、あなたは何も心配しなくていいし、父があたしたち二人に誓いの言葉をよこすまでは、あたしのほうで、あなたが父と話をせずにすむようにしておくから。父に対しては、いかなる契約書より誓いの言葉のほうが拘束力を持ってるのよ」

わたしは考えこみ、それから言った。

「ほかの誰かに話をしようと考える前に、もっとはっきりした証拠をつかんでおかないと」

「そりゃそうよね。でも、父のことを頭から拒んだりしないで。あなたの役に立ちそうなことを何か知ってるかもしれない。これからどうするか、もう考えたの？」

「迷ってるのよねえ」わたしは正直に答えた。「ひきつづき、あちこち嗅ぎまわって、何かつかめないかやってみるわ」

「心配しないで。二人でパトリック殺しの犯人を見つけましょ」

わたしはマグカップをテーブルに置いた。

「ちょっと待って。あなたをこの件に巻きこむつもりはないわ」

「どうして？」

「危険すぎる。それに、これはあなたの闘いじゃないのよ。わたしの闘い」わたしのせいでエマの命が危険にさらされたりしては大変だ。

エマは渋い顔でわたしに訊いた。「ジョージにも同じことを言ったの？」

「ううん」わたしは白状した。

「どうして？」

「それとこれとは違うもの」

「あら、単に、ジョージのほうがあたしより年上だから？　あたし、ここでバイトしてるだけじゃないのよ、スザンヌ。友達どうしだと思ってた。あたしが首を突っこむのは、そうしたいから。あたしもパトリック・ブレインを知ってたし、彼のことが好きだった。それにもう、十八をすぎたし、そのずっと前から自分のことは自分で決めてきたわ」エマはわたしに向かってにっこり笑い、つけくわえた。「信じられないなら、父に訊いてみて」

「わかった。手伝ってくれていいわ。でも、危険なまねをさせるつもりはないわよ。わかった？」

「あなたが危険なまねをしないんだったら、あたしもしない」エマは言った。

わたしが返事をしようとしたとき、タイマーが鳴った。

エマがカウチから勢いよく立ちあがった。「お昼まですわっておしゃべりしていたいけど、生地がひとりでにドーナツに変わるわけないものね」

わたしの非公式な調査の仲間に入ることができて、エマは大はしゃぎだった。わたしがエマの協力を渋っている本当の理由は、彼女がこれを現実の人生としてではなく、ゲーム感覚でとらえていて、その分よけいに危険を招きかねないからだ。わたしのせいでエマの身に何かあったら、わたしは一生自分を許せないだろう。エマをつねに見守る必要があるわけだが、そんなことにエネルギーを割く余裕は、はっきり言って、いまのわたしにはない。

4

午前五時半の開店準備が整うころには、エマはいまにも闇のなかへ突撃し、正午までにパトリック・ブレイン殺しの犯人を見つけてやろうという態勢になっていた。

「忘れないで」ドアのロックをはずす前に、わたしは言った。「何かやろうと思ったときは、まずわたしに相談すること」

「わかった」エマは答えたが、その口調には不満そうな響きがこもっていた。「でも、調査に協力したいの。あたしにもその権利があることを忘れないでね。パトリックはあたしの友達でもあったんだもの」

「忘れるもんですか。さてと、ドーナツを売りましょう」

ドアをあけると、ジョージが辛抱強く開店を待っていた。

「二日続けてずいぶん早いのね」わたしは言った。

「しょうがないだろ。早朝にドーナツがほしくてたまらなくなったんだ」ジョージはそう言いながら、わたしの横を通り抜けた。「やあ、エマ」

「おはよう、ジョージ。コーヒーがはいってるわよ」

エマがマグを渡すと、ジョージはひと口飲んで、笑みを浮かべた。

「きみは天使だ、お嬢さん。結婚してくれ」

エマは笑いだした。「あたしのことをちゃんと操縦できるかどうか疑問ね」

ジョージもお返しにニッと笑った「本当のことを知りたいかね？　きみの言うとおりかもしれん。わたしが百歳も年下の若造でないことを喜んでくれ。きっと、きみを追いかけまわしていただろう」

カウンターの椅子にすわりながら、ジョージは言った。

「エマ、お手数だが、レモンクリームドーナツをもらえないかな。チョコレートのアイシングをかけて、いつもきみの話に出てくるスプリンクルを散らしたやつ」

エマのほうで本日の在庫を調べるまでもなかった。

「そんなの、ケースには入ってないけど、特別に一個作ってくるわね」

「感謝感激だ」ジョージが言った。

厨房へ続くドアを通り抜けようとして、エマは不意に足を止めた。まわれ右をしてから、ほんの一瞬、ジョージにきびしい目を向けた。

「あたしを追い払おうとしてるのね。でしょ？」

「何を言いだすんだ？　ドーナツがほしいだけだよ」

エマは腰に手をあてた。「あなたがこれまでの人生でスプリンクルを口にしたことがあるなんて思えないいし、いまさら新しいことに挑戦するタイプにも見えないわ。パトリック・ブレイン殺しのことを話すつもりなら、あたしの前で自由にしゃべってくれていいのよ。スザンヌだって、あたしが協力することに賛成なんだし」

ジョージがわたしに心配そうな視線をよこした。「スザンヌが？　ほんとに？」

わたしのほうは彼の叱責を受けるつもりはなかった。

「ジョージ、ここで働いてる以上、エマもわたしと同じ危険にさらされてるのよ。じっさいに何があったかを調べるのなら、エマにも手伝ってもらうのがフェアってものでしょ」

事件に関する質問はしないようにと、こちらが目で合図したところ、ジョージはすぐさま理解した。警官としての長年の経験から鋭い観察力を備えているので、とても頼りになる。

ジョージはうなずいた。「大いにけっこう。だが、ほんとにさっき言ったドーナツがほしいんだ」

「いますぐ作るわ」エマは言った。「でも、わたしが戻ってくるまで、事件の話はぜったいしないで。わかった？　二人とも」

ジョージは黙ってうなずいた。

「スザンヌは？」

わたしは首を横にふった。「いやだわ、あなたったら、自分がここの責任者だと思ってたの？　お客が注文したドーナツを作ってくれる？　それとも、この店をクビになって、この人と一緒にカウンターの向こうに並ぶ？」このうえなく甘ったるい南部風のアクセントで言ったが、エマはその下に潜んだ鋼鉄のようなきびしさを聞きとった。

「はい、了解。ただちにドーナツ作りにとりかかります」

注文されたドーナツを作るためにエマが奥へ姿を消したところで、ジョージが言った。

「話をする必要があるが、エマの前ではだめだ。こんなことになって困るじゃないか」

「仕方がなかったのよ。でも、二人でエマを守ればいいでしょ」

「あんたを守れるかどうかもわからんのだよ。エマには好きなように言ってくれればいいが、これまでにわかったことを、とにかくあんたの耳に入れておきたい」

「閉店まで待てない？」わたしは小声で言った。

「よし。正午に店の裏口で会おう。それまでに、何か口実をつけてエマを使いに出しといてくれ。だが、危険な場所へ行かせるんじゃないぞ」

「ごめんなさい、ジョージ。エマをトラブルから遠ざけておくには、あの子の言うとおりにするしかなかったの」

「ま、いいさ。このまま遠ざけておけるのなら」信じがたいことだが、ジョージときたら、わたしよりもエマに対するほうがさらに過保護だ。世間ではぶっきらぼうなもと警官で通っているかもしれないが、わたしは彼のハートのなかの愛情深い部分がどんなに大きいかを知っている。

エマが注文どおりのドーナツを皿にのせて戻ってきた。もっと気をつけて注文すればよかったとジョージが後悔しているのが、一目瞭然だった。何か口実をつけてジョージを救いだしてあげてもよかったのだが、それじゃお楽しみがなくなってしまう。わたしが見守る前で、ジョージは四苦八苦しながらドーナツを食べ、全部平らげたところでにこやかに微笑した。

わたしは「同じのをもう一個どう？」と訊いた。

ジョージは皿を押しやった。「いや、せっかくだが、これで充分だ」

「で、どうして店にきたの？」エマが訊いた。

「さっきも言ったように、ドーナツが食べたくて寄ったんだよ」

わがアシスタントは顔をしかめた。「そんなの信じない」

ジョージは肩をすくめただけだった。「信じる信じないはそっちの自由だ。そうだろ？」

皿の下に五ドル札をすべりこませた。「じゃ、また」

「多すぎるわ。ほら」

ジョージは紙幣に目をやり、財布からもう一枚出してとりかえた。

「すまん。一ドル札だと思いこんでた」

「わたしにチップぐらいくれてもいいんじゃない？」首をふりながら、わたしは言った。午前六時まではドーナツが一個一ドル、そこにモーニングスペシャルのコーヒーがつくから、一ドルもらったところでひきあわない。午前六時までドーナツの値段を安くしているのは、早朝の客をふやすための作戦だ。店にきた客のなかに、ドーナツ一個でやめられる人はほとんどいない。

ジョージはズボンのポケットから二十五セント玉をとりだし、皿の横に置いた。

「じゃ、話はあとで」

ジョージが出ていったとたん、エマが訊いた。「何よ、いまの？ これからはあたしを仲間に入れてくれると思ってたのに」

「エマ、ジョージのやることに何か不満があるのなら、直接あちらと話してちょうだい。さて、仕事を始めなきゃ。プレーンタイプのケーキドーナツにアイシングをかけてね。ついでに、ピーナツ入りのドーナツにも」

「はーい、わかりました」

六時十五分、ジョージがふたたび店にやってきた。

「気が変わったのね」わたしは言った。「ドーナツ一個じゃ、ぜったい足りないと思ってた」

「スザンヌ・ハート、頭がおかしくなったのかい？」

「そうかも。いったい何が言いたいの？」

「露骨にあちこち嗅ぎまわってたら、犯人の標的にされてしまうぞ。わかってるのか、ええ？」

この会話がどこへ向かうのか、わたしにはさっぱりわからなかったが、叱責を受けるのは昔から好きではない。たとえ、仲良しの友達からの叱責であっても。いや、だからこそとくに。「どういう意味？」

ジョージは首をふった。「あんたは素人だ。侮辱だと思わないでほしい。事実なんだから。この事件を調べるために、むやみやたらと動きまわったら、よけいな注目を集めることになる。自分のやってることが人目につかずにすむと思ってたのかね？　あんたがパトリック・ブレインの秘書と話をしてたのを、銀行にいた警官の一人が見てるんだぞ。十分前にそいつがわたしに話してくれた。だから、否定するのはやめろ」

わたしは深く息を吸い、それから認めた。

「おっしゃるとおり有罪です。ブレインの顧客二人にも話を聞いたわ。占い盤を使って解決しようとしても無理だもの。関係者と話をしなきゃ」

「誰にも気づかれることはないと、本気で思ってたのか？　そんな行動をとってたら、ろくでもない注目を浴びることになるぞ」

ゆうべの出来事はわたし一人の胸にしまっておくつもりだったが、ジョージに助けを求めておきながらすべてを打ち明けようとしないのは、フェアではない。

気は進まなかったが、正直に言った。

「ゆうべ電話がかかってきて、事件から手をひけ、さもないと痛い目にあうぞ、って脅されたの」

多少脚色しているかもしれないが、脅迫の文句をジョージにそのまま伝えたら、彼の目の届かないところへは二度と行かせてもらえなくなる。

「その電話のこと、州警察のジェイク・ビショップに話したかね？」

「ううん」

ジョージは一瞬、眉をひそめ、それから言った。「署長には？」

「ジョージ、心配してくれるのはありがたいけど、誰がかけてきたのか、まったくわからないのよ。もしかしたら、ただのいたずらだったのかも」

ジョージはわたしの目をのぞきこみ、それから、静かに言った。

「だが、あんたはそう思ってない。だろ？」

「ええ」わたしは認めた。「凄味があったもの。だけど、それでも手をひくわけにはいかないわ」

「なら、もう少し慎重にやってくれ。いいね？」

わたしは肩をすくめた。「心がけるけど、約束はできないわ」

ジョージが帰ったあと、彼の意見のほうが正しいのだろうかと迷いはじめた。じっとすわって、どうなるか見届けたほうがいい？　そうしたところで、結局は標的にされるだろうし、攻撃される前にそれを阻止するチャンスがなくなってしまう。やっぱり、これまでどおり続けていくしかない。それで誰かを怒らせたとしても、そのときはそのときだ。

二十分後、いらいらしながらジョージとの会話を思い返していたとき、ドアから愛想のいい顔が入ってきた。

「おはよう、スザンヌ」店に入りながら、ボブ・リーが言った。「わたしのパイはできてるかね？」

「十分前に作ったけど、あなたがなかなかこないから、売ってしまった」

ボブが泣きそうな顔になったので、わたしはあわてて言った。

「冗談よ。あなたのパイは、あなた以外の誰にも売りません」

退職したこの紳士は、週に三回、フライドアップルパイを買いにくる。わたしの手作りで、パイ生地を折りたたんだなかにリンゴが入っている。〈ドーナツ・ハート〉にやってくる客の大半に人気の商品ではないが、ボブの大好物で、わたしは彼のために喜んでこれを作っている。

ボブはてのひらサイズのパイが入った箱をいそいそと受けとり、リンゴとシナモンと揚げたパイ生地の香りを深々と吸いこんだ。

「感想をひとこと述べるとしたら、天国がまさにこういう香りだろう」

「わたしも異議なし」

彼から受けとった代金をレジに入れながら言った。わたしはパイ作りを愛している。ひとつには、三回目の発酵をしたイースト生地の利用法としてうってつけだから。ドーナツに使うには硬すぎるが、フライドパイやフリッターを作るのにぴったりだ。ドーナツショップでは無駄はほとんど出ないし、それが採算をとるのに役立っている。正直なところ、わたしはものを捨てるのが大嫌いで、ほかのドーナツを作ったあとの生地の切れ端を使うことに、たまらない魅力を感じている。

ボブが帰ったあとで、エマが言った。

「あんなにからかわなくてもいいのに。でも、ああいうのばっかり食べてたら、あの人、いまに心臓発作を起こすわ」

わたしはおだやかに言った。「声を低くしてくれない？　店にきたお客さんに、自分が何を食べてるかをじっくり考えてもらいたいって、あなた、本気で思ってるの？」

エマは赤くなった。赤毛の子が赤くなる光景は、なかなかの見ものだ。

「すみません。つい口がすべっちゃって」

「エマ、誤解しないで。ドーナツはすてきなスイーツだけど、わたしだって、こればっかり食べるように勧めたりはしないわ。でもね、考えてみて——全粒粉とグラノーラしかなかったら、世界はどんなに味気ない場所になるかしら」

「それって聖歌隊の子に説教するようなものね」エマが言った。「反論する人は、店のお客さんのなかには誰もいないわ」

「運がよければ、静かな午前中がすごせそうね」わたしは言った。

エマがドアのほうを指さした。

「わたしだったら、そんな自信たっぷりの言い方はしないと思う」

ふり向くと、別れた夫のマックスが店に入ってくるのが見えた。厨房へひっこむには遅すぎたので、彼がカウンターに近づいてくるあいだに、最高の笑みを顔に貼りつけた。

「けさは何がご希望？」

彼の目に希望の光が浮かんだので、急いでそれを消し去る必要に迫られた。あわててつけたした。「ドーナツのことよ、マックス」

マックスはうなずいた。

「だからここにきたんだ。二ダース頼む。適当に選んでくれ。いいね？」

「一人で全部食べる気？」二つの箱にドーナツを詰めながら、わたしはなんの気なしに言った。

マックスが笑顔になり、わたしのハートが軽くときめいた。

「なんで？　誰かに手伝ってもらうんじゃないかって、嫉妬してるわけ？」

「まさか」わたしはブルーベリードーナツ二個を箱に入れながら言った。かつての経験から知ったことだが、マックスはこのドーナツが大嫌い。わたしに嫌みを言った罰だ。

「どうしても知りたいのなら、こいつは劇団仲間への差し入れ。〈ウェストサイドストーリー〉をやる予定なんだ」

わたしは箱を閉じてテープでとめ、金額を告げた。お札を受けとり、お釣りを渡しながら言った。

「好奇心からお尋ねするんだけど、おたくの一座でいちばん若いメンバーは誰なの？」

マックスは顎を掻いて、それから答えた。

「たぶん、ハティ・ムーンだな。まだ六十にもなってない」

「いちおう、本人の弁によればね。でも、運転免許証を見てみたいもんだわ。あのレディ、五十九歳の誕生日を少なくとも六回は迎えてるわよ」

マックスはわたしにウィンクをよこした。「どっちみち、女性が自分の年齢について真実を語ることはけっしてない。そうだろ？」

「メイベル・ヤングはべつよ」

マックスは首をふった。「メイベルは勘定に入らない。本当の年齢に十歳も上乗せするなんて、おれが知ってるかぎりでは、メイベルしかいない」

「考えてみて。メイベルが七十歳のかわりに八十歳って言うと、まわりからいつも、ずいぶん若く見えるって大騒ぎされるでしょ。あの人、そういうふうに注目してほしくてやってるのよ」

マックスは言った。「たとえおれが千年生きたとしても、女心は理解できない」

「それでいいのよ。わたしたちにも男心は理解できないから。じゃーね、マックス」

「またな、スザンヌ」

信じられなかった。わたしの調査のことを尋ねもしなかったし、何かに文句をつけることもなかった。マックスにしては珍しい。ほんとに性格が変わったの？　そんなことってあり？　もう一度チャンスをあげたほうがいい？　マックスとの結婚生活では、楽しいこともいっぱいあった。彼とあのあばずれが一緒にいる光景とともに、それもすべて無視しようと努めてきたが、楽しい思い出はいまも消えていない。ただ、わたしを裏切った彼を許すことはできるとしても、忘れることがどうしてできるだろう？　忘れられるとはぜったいに思えない。でも、自分に正直になるなら、そろそろ前へ進むときがきたのかも。

マックスが帰って三十分ほどたったころ、年配の女性三人――二人はブルネット、一人は赤毛――が店に入ってきて、威風堂々とカウンターまでやってきた。服装と物腰からすると、三人とも何不自由なく暮らしているのは明らかだが、高慢なところはまったくない。ドーナツショップのインテリアを満足そうに見まわしたあとで、赤毛の女性が口をひらいた。

「このお店、とってもすてきね」

「気に入っていただけてうれしいです」わたしは答えた。「ドーナツを食べにいらしたのなら、お望みどおりのお店ですよ。コーヒーもあります」

「いえ、それだけじゃないの。あ、もちろん、それもいただきますけどね、本当にほしいのは読書会の集まりに使える静かな場所なの。一回目の集まりをここでやらせてもらえないかしら」

女性の大軍がうちの店に集まって最新の文学作品について論じるあいだに、店のドーナツを残らず買いあげてくれる光景を想像した。

「ご用意できると思います。何日ごろをご希望でしょう?」

女性は一瞬、怪訝な顔をして、それから笑いだした。

「あら、いますぐに決まってるでしょ」

彼女の背後を見ると、友達らしき女性が二人、こちらの会話が終わるのを辛抱強く待っているのが見えた。「みなさん、場所探しにあちこちへ出かけてらっしゃるんですか」

女性は眉をひそめた。「いいえ。いまのところ、わたしたち三人だけなの。ヘイゼルのアパートメントは塗装中だから、集まりに使えない。エリザベスのところは、いとこが泊まりにきてて、その人、八〇年代から一冊も本を読んでないの。うちは夫がリタイアの身で、家から追いだすわけにいかないし、だから、三人全員が楽に行ける場所を探そうってことになったの。そうそう、わたしはジェニファー。どうかしら、助けていただけない?」

こうまで頼まれて、どうしてノーと言えるだろう?

「ほかのお客さまの邪魔にならないようにしてくだされば、うちで読書会をひらいてくださって、ちっともかまいませんよ」店に文学的な香りを添えるのも、すてきなことかもしれない。

ジェニファーは「ありがとう」と答え、友達二人と一緒に隅のカウチを選んだ。三人で腰をおろしたあと、ジェニファーがカウンターに戻ってきて、陳列棚に目を凝らした。

しばらくして、こう言った。「そのパインコーンを三ついただくわ。かわいい形ね。それから、おたくで最高にエキゾチックなコーヒーを三つ」

「すぐにお持ちします」わたしは答えた。エマに勧められて仕入れた新しいブレンドのコーヒーを三つのカップに注ぎ、それから、パインコーンを三個添えた。わたしはこれを作るのが大好き。生地にハサミで切れ目を入れて本物の松笠《パインコーン》そっくりの形にする。

向こうが五十ドル札をよこしたので、お釣りを出そうとすると、こう言われた。

「きっと、追加で何か頼むと思うの。これはそちらで預かっておいて、足りなくなったら教えてちょうだい」

わたしはうなずき、レジの横に置いてある、さまざまなことを書きとめておくための用紙にメモをした。店主のわたしがコーヒーとドーナツを運んだあと、三人の女性は同じ本をとりだした。わたし自身がちょうど読みおえたばかりの新刊ミステリだった。

ジェニファーが声をひそめて言うのが聞こえてきた。「まず、第一章に出てくるきらびやかな短剣と、古びたショットガンの意義についてディスカッションしましょう。わたしはこのどちらかが凶器にちがいないと思ったのよ。誰か同じ意見の人は?」

「じつをいうと、わたし、こういう推理ってあたった試しがないの」ヘイゼルが言った。

「みんな、どうして、読んでる途中で犯人をあてようとするのか、わたしには理解できないわ」エリザベスが答えた。「わたしがミステリを読むのは、キャラクターと舞台設定を楽しむためよ。謎解きはおまけみたいなものね」

「でも、まさかポーの胸像が凶器だとは思わなかったわ」ジェニファーが言った。

わたしはポットをとり、三人が飲んでいるブレンドをたっぷり用意した。三人のカップにおかわりを注ぎながら言った。「伏線の張り方がうまいと思いました。探偵が部屋に入ってきたとき、玄関の照明がポーの目に反射する場面には、思わずぞっとしました」

「お読みになったの?」ジェニファーが訊いた。声に喜びがあふれていた。「仲間にお入りにならない?」

「すてきなお誘いですけど、いまは仕事で手いっぱいなんです」

ジェニファーはうなずいた。「わかりますとも。でも、ほかに何かご意見があれば、いつでも伺うわ」友人たちのほうを見て尋ねた。「それでいいでしょ、二人とも」

二人がうなずいて熱心な同意を示したあとで、わたしは微笑して言った。

「ご迷惑でなければ」

カウンターに戻ると、エマが訊いた。「いまの、なんだったの？」

「わたしにも仲間に入ってほしいんですって」

「ぜひそうして。ここはあたし一人で大丈夫。あなたに用があるときは、叫ぶだけでいいんだし」

心が動いた。読んだ本のことを、母とグレース以外の誰かを相手に語りあったのは、ずいぶん昔のことだ。「ほんと？」

「もちろん」

「じゃ、そうさせてもらうわ」わたしはカップにコーヒーを注ぎ、それから自分用にパインコーンを一個とった。仲間に入るのなら、思いきり楽しまなくては。

三人のテーブルにつきながら、わたしは言った。

「紛失した本というのが、とくにすばらしいアイディアだと思いました。そう思われませんか？」

「ちょうどその話をしてたところよ」ジェニファーが言った。わたしの気が変わったことが、うれしくてたまらない様子だった。

三十分後、エリザベスが腕時計に目をやり、渋い顔になった。

「おひらきにするのは残念だけど、そろそろ帰らなきゃ。とっても楽しかったわ。仲間に入ってくださってありがとう、スザンヌ」

「こちらこそお礼を申しあげます」

帰ろうとして立ちあがった三人に、わたしは言った。

「ちょっと待って、ジェニファー。お釣りを持ってきます」

「来月のお勘定にまわしてちょうだい」ジェニファーが言った。

「きっと忘れてしまいます」わたしは反論した。

「じゃ、チップだと思ってちょうだい。わたしたちからの感謝のしるしよ。来月は『致命的に邪悪な殺人』をとりあげる予定だから、参加していただけるとうれしいわ」

「いまはちょっとお約束できません」わたしは言った。「店がどれぐらい忙しくなるか、前もって予測するのが無理なので」

「せめて、参加する方向で考えておくって約束してね」ヘイゼルが言った。

ジェニファーもつけくわえた。

「いいでしょ、スザンヌ。仲間に入ってもらえて、とっても楽しかったわ」

「そこまでおっしゃるなら」

「じゃ、来月ね」ジェニファーが言った。

三人が帰ったあと、わたしは口もとがほころぶのを抑えきれなかった。これが〈ドーナツ・ハート〉を経営していくうえでの、もうひとつの醍醐味だ。店をあけている日はだいたい、新しい友達ができる。収益にじかに反映されるわけではないが、それでも、いろんな苦労が報われるような気がする。

「言っとくがな、NFC南地区ではパンサーズが最強チームなんだぞ」グラント巡査と一緒にドーナツショップに入ってきながら、ムーア巡査が言った。

「ぼくがアメフトに興味がないのは知ってるだろ」グラント巡査が言った。

ムーアは微笑した。「おまえ、自分がどれだけ損してるかわかってないな。おれはアメフトのシーズンのために生きてるんだぞ。いつか、一緒にゲームを観にいこう」

「遠慮しとく」

「おはよう」わたしは二人に挨拶し、両方が笑顔を見せてくれたので、こちらも精一杯愛想よくふるまうことにした。グラント巡査はわたしに軽くうなずいてから、窓辺の椅子のほうへ行った。彼が首をまわしてスプリングズ・ドライブの車の流れを見ているふりをしたとき、かすかな笑みが浮かんでいることに気づいた。

「おはよう、スザンヌ」ムーア巡査がそう言いながらカウンターに近づいてきた。

いったいどういうつもり？

「何にします？」

ムーアがグラント巡査のほうを見ると、彼は黙って首をふった。ムーアはわたしの背後にかかっているドーナツのメニューをじっくり見て、それから言った。

「コーヒーと、それから、ブルーベリードーナツにしようかな」

わたしは彼の態度の変化に驚かされた。きのうは腹立たしいほどぶっきらぼうだったのに、いまはやけに礼儀正しい。長袖のシャツはきちんとプレスされ、靴はぴかぴかに磨いてある。

わたしは彼のためにブルーベリードーナツとコーヒーを用意して、それから言った。

「ドーナツは好きじゃないような印象だったけど」

ムーアは顔をしかめた。「ここにきたのは、それも気になってたからなんだ。今日は仕事とはぜんぜん関係ない。グラントと二人で休憩時間中なんで、ここに寄って、あなたに謝ろうと思ってね。きのうの朝は、ぼくもちょっと動揺してて、ついあんな態度をとってしまった。じつをいうと、死体を見た経験はそんなにないんだ。少なくとも、あんな近い距離で見たことはなかった。無礼な態度をとったのなら謝るよ。ただでさえ、そっちはさんざん大変な思いをしたわけだし」

「事情はよくわかったわ。わざわざ謝りにきてくれるなんて親切ね」

ムーアはかすかに笑みを浮かべた。「謝るしかないもの。もっといい人間になろうと努力してるけど、なかなかそこまで到達できなくて」

「誰だってそうだわ。ときには、努力するという事実が大切なのよ」

ムーアはコーヒーをひと口飲んで、それから言った。

「ここにきたついでに、ちょっと質問したいんだけど。きのうの件で、ほかに何か思いだしたことはないかな？　あの騒ぎが起きた瞬間、店の外のライトをつけたって言ったよね。きのう、ぼくと話をしたあとで、ほかに何か見たのを思いだささなかった？」

ゆうべの脅迫電話のことをムーアに話す気にはなれなかった。それに、いまの質問に対する答えにはならない。「ううん、ほかには何もないわ。何も見てないもの」

ムーアはドーナツをかじり、笑みを浮かべ、それからやさしく言った。

「きのうはさんざんな一日だっただろうね」

「正直なところ、厄日だったわ」わたしはそう言いながら、ムーアのマグにコーヒーを注ぎたし、ついでに、まわりにいるほかの客にも注いでまわった。今日の彼はたしかに、わたしがきのう話をした人物とは別人のようだ。わざわざ無礼を詫びにくるなんて、感心なこと。

「あなたがどんな思いをしたか、ぼくには想像もつかないな」ドーナツを食べおえてから、ムーアは尋ねた。「話しておきたいことは、ほんとに、ほかに何もない？」

「ひとつもないわ。そのコーヒー、テイクアウト用のカップに入れ替えます？」

ムーアはマグを押しやった。「いや、やめとく。けど、おいしかった」皿の下に一ドル札を二枚すべりこませ、グラントと一緒に出ていった。

「いまのはなんだったの？」ムーアが出ていくと、すぐさまエマが訊いた。「また尋問しにきたの？」

「コーヒーとドーナツがほしかったみたい。それは犯罪じゃないでしょ？　警官だって、たまにはおなかをすかせることがある。違う？」

なんて変な日になってきたんだろう。別れた夫に始まって、前は喧嘩腰だったのに急に愛想がよくなった警官に至るまで、いろんな人のとんでもない行動に驚かされてばかり。コーヒーには何かわたしの知らない効能があるのかしら。

もしあるのなら、わたしももう一杯飲むことにしよう。

正午の閉店時間の二十分前に、親友のグレースが入ってきた。

「あら、いらっしゃい。今週はずっとシャーロットへ出張だと思ってた」

「そうよ」わたしに笑顔を向けて、グレースは言った。「少なくとも、わたしのボスはそう思ってるわ。今日は早めに仕事が終わったから、家に帰ってきたの。ボスのほうでは、わたしが書類仕事をしてると思ってる。お店を早じまいして、二人でサボらない？　どう？」

「最高ね」わたしは言った。「でも、今日はちょっと都合が悪いわ。閉店したあとで、用事がたくさんあるの」ジョージが寄ってくれる約束になっていて、どんな話をしにくるのか早く聞きたくて、わたしはうずうずしている。

グレースは声をひそめた。もっとも、店には客が一人しかいなかったが。年配の女性で、ドーナツ一個を食べるのに、わたしがこれまでに出会った誰よりも長い時間をかけることのできる人だ。週に一度、午前十時にやってきて、ドーナツ一個とコーヒーを注文し、それからテーブルにすわり、わたしが正午に店を閉めるまで読書をする。わたしはその人と世間話でもしようと、十回以上試みたが、いつもそっけない返事だったので、ついにあきらめた。エマは奥にひっこんで、日々増殖しているように思われる永遠に片づきそうもない汚れた皿を洗っていた。

グレースが訊いた。「殺人事件を調べるつもり？　手伝ってもいいわよ。おもしろそう」

「これまでのところ、刺激的なことは何もなかったわ」わたしは最近の出来事をくわしく話した。

「わたしの言う意味、わかるでしょ。いいこと、わたし、ぜったいあなたの役に立てると思う。少女探偵ナンシー・ドルーの本をひとつ残らず読んでるし、ハーディ兄弟の本だって何冊か読んでるもの」

「鐘楼に奇妙な光が見える事件を解決しようっていうんじゃないのよ」わたしは言った。

「これは現実の人生なの」

「知ってます。わたしには特技があり、あなたはそれを利用すべきだ——そう言ってるだけ」

わたしはグレースにノーと言おうとしたが、背後に目を光らせてくれる人物がいるのはいいことだと気がついた。

返事をする前に、わがアシスタントがジャケットを着ながら店のほうに出てきた。

「そろそろ帰らせてもらいます」

わたしは時計を見た。「ちょっと早いんじゃない？」

「スザンヌ、歯医者の予約があるって、三日前に言ったでしょ。フライ先生にドーナツを持ってってあげなきゃ」エマは歯医者に行くときはいつも、グレーズドーナツ一ダースを歯科医のフライ先生のオフィスへ持っていく。わたしたちのことを天敵だと思う歯医者もいるだろうが、フライ先生はいい人で、彼自身もたまに甘いものを食べるのを好んでいて、患者に対しても、わたしの店でドーナツを食べてもあとで歯を磨きさえすればオーケイだと言っている。

「ごめん。そうだったわね。すっかり忘れてた。じゃ、また明日」

「さよなら」エマはわたしたち二人に挨拶しながら、ドーナツの箱を小脇に抱えて出ていった。

エマがいなくなったところで、わたしはグレースにふたたび顔を向けた。

「わたしのためにあなたの命を危険にさらすよう頼むのは、フェアじゃないわ」

グレースはわたしの手をとった。「真剣に言わせてもらうけど、それをやるのに、あなたの大親友以上にふさわしい人間がどこにいる？」

「あなたが本気なら」わたしは言った。「じゃ、お願いしようかな。ひとつだけ問題があるの」

グレースはうなずいた。

「何なの？　二人でなんとかしましょ。あるいは、避けて通る方法を考えるとか」

「ジョージが事件の話をしにくる約束なんだけど、まだあらわれないの」

グレースはうなずいた。「じゃ、ジョージを待つあいだに、あなたがこれまでにやったことを話してちょうだい。そしたら、状況がつかめるから」

それもそうだ。話をすれば、解決法を考える助けになるだろう。わたしはただ一人の客にちらちら目を向けていたが、客の前では話ができないと判断した。

袋にドーナツを一個入れてから、その女性客に近づいた。

「あのう、今日は早めに閉店なんです。ご迷惑をおかけして申しわけありません」

女性の表情が曇りかけたところで、わたしは袋をさしだした。

「お詫びのしるしに、このドーナツを進呈させてください」

女性は面食らい、あらわれたときと同じぐらいすばやく、表情の曇りが消えた。「まあ、ありがとう。ずいぶんサービスがいいのね」と言って、急いで出ていった。

わたしがその背後で戸締りをするあいだに、グレースが言った。

「ずいぶん変わった人。無料のドーナツをもらって、すごくうれしそうだったわね」

「思いがけない贈物だったのかも。週に一度、ドーナツを一個だけ食べにくる人なのよ。スモールサイズのコーヒーと一緒に。ときどき、ふところの苦しそうな人たちからお金をもらうのが、申しわけなくなることがあるわ」

「スザンヌ、食料の無料配布の経済学について、あなたと論じあうつもりはないわ。リストを作って、目下どういう状況かを確認しましょう。つぎにどこへ行くかを決めるには、それしか方法がないわ」

「そうね。目下の状況はこうよ。きのうの朝、あんなことが起きたあと、わたしは自分で少し探ってみようと決めたの。銀行でパトリック・ブレインの秘書に話を聞いたところ、秘書は審査中の融資をブレインが二件担当してたことを教えてくれた。一件は投資会社、もう一件は建設会社。両方の話を聞きにいってみたけど、どちらもたいした収穫はなかった。建設会社のほうは、オーナーに会うことすらできなかった。そのあとで、脅迫電話がかかってきた。これまでの経過は、ま、こんなところかしら」

グレースは口笛を吹いた。「わたしから見れば、すごい活躍だわ。そもそも、その人たちからどうやって話を聞きだしたの?」

「無料のドーナツをさしだせば、人の口は驚くほど軽くなるものよ」わたしは正直に言った。

「もっとも、限界があるけどね」

「なるほど。今度はフリッターにしましょう」

わたしはケースに目をやった。「ひとつも残ってないわ。それどころか、誰かから何かを聞きだすのに充分な数のドーナツが残ってるかどうかも怪しいわね」

「だったら、もっと作ればいいじゃない。ね、わたしがエマのかわりをする。どれぐらい大変なの?」

「想像以上に大変よ。信じられないのなら、いつでもいいから午前二時にここにきて、ドーナツ作りを手伝ってみなさいよ。なんなら、前の晩から泊まりこんでもいいわ。わたしは一時半ごろここにくるから」

「遠慮しとく。真夜中に起きたりしたら、このゴージャスな美貌が保てないもの」グレースはそう言って笑い、わたしの腕に手をかけた。「みんながみんな、あなたみたいなナチュラル美人になれるわけじゃないのよ」

「ちょっと、やめてよ。今日はもうドーナツは作らない。それで決まり。ほかの方法を見つけなきゃいけないけど、それが問題ね。つぎは誰に話を聞けばいいのかわからないし、マーティン署長は捜査のこととなると、口が重くなるし」

「だから、ジョージに協力してもらってるのね」

「そうなの」わたしは後片づけにとりかかった。「でも、すでに退職した身だから、首を突っこむにも限度がある」

「じゃ、わたしたちでもっと探りだすしかないわね」

「どうやればいいの?」床の掃き掃除を終えながら、わたしは尋ねた。掃除のあいだ、グレースはカウンターの椅子にすわっていたが、わたしは気にしなかった。正午に店を閉めたあと、毎日同じ作業が待っていて、機械的に作業をこなすあいだ、頭を自由に働かせることができる。

「いいアイディアがひとつ浮かんだけど、そのためには、わたしの指示に従ってもらわないと」グレースが言った。

「そんな曖昧な約束はできないわ。過去にもひどい目にあわされたことがあるもの。覚えてるでしょ」

グレースは首をふった。「年をとって、度胸がなくなってきたのね」

「わたしのほうが七カ月年下よ」

「関係ないわ。年齢とは心の状態以外の何ものでもない。さて、あなたの度胸はどう？」

「それを知る方法はひとつしかないようね」グレースが何を企んでいるのかよくわからないが、危険がともなうのは間違いない。でも、大きな収穫が望めそうだ。それがグレースの生き方だ。ただし、今回すべてを失う危険にさらされているのは、このわたし。

二人で外に出てドアをロックしていたとき、わたしの携帯が鳴りだした。

ジョージからだった。

「ずっと待ってたのよ」

「すまん、ちょっと用ができたもので。話はあとにしよう」

「なんの話？」

「いまは言えない。もう行かないと」

向こうで勝手に電話を切ってしまった。

グレースがわたしを見て尋ねた。「なんの電話だったの？」

「さっぱりわからない」

一緒に歩きはじめたところで、わたしはグレースの腕に手をかけた。

「待って。わたしの車はあっちよ」

グレースは言った。「知ってる。でも、車は使わないの。とりあえず、いまのところは」

黙ってついていく気にはなれなかった。「まさか、ギャビーのとこへ行く気じゃないでしょうね？　あの人、エイプリル・スプリングズで最大のゴシップ屋よ」

「わたしがそれを知らないとでも思ってるの？　パトリック・ブレインのことを尋ねるのに、ギャビー以上に便利な人間がほかにいる？」

とんでもない愚策。直観的にそう思った。

「そんなことしちゃいけないわ。きっとギャビーが何か感づくわよ」

「あなたが質問すれば、たぶんね。わが友であるあなたは性格に欠陥があって、それがいつか命とりになるわ」

わたしはその場で足を止めた。「いったいどういう欠陥なのか、教えてくださらない？」

グレースは笑った。「そうムキにならないでよ。あなたは嘘をつくのが上手じゃないって言ってるだけなんだから。それどころか、すごく下手」

「それを欠陥と呼ぶわけ？　そっちはどうなの？」

グレースは首をふりながら言った。「わたしは営業の仕事をしてるのよ。だから当然、嘘をつく方法を心得てるわ。かならずしも悪いことではないのよ。わかるでしょ？　わたしだったら、嘘と呼びさえしないわ。真実に飾りをつけて、脚色して、こちらの望みどおりの表現にするの」

こんな会話をしているなんて信じられなかった。しかも、ギャビー・ウィリアムズの店の前で。

ギャビーの店のドアがひらいて、オーナー自らが出てきた。

「お二人さん、入る気があるの？　それとも、わたしの店の前をうろついてるだけ？」

わたしが返事をする暇もないうちに、グレースが言った。

「あなたに会いにきたのよ。おたくのすばらしい紅茶をいただけないかしら」

ギャビーはその頼みに呆然としたが、すぐにうれしそうな顔になった。

「ええ、喜んで。やかんを火にかけるわね。さ、ぐずぐずしないで、入ってちょうだい」

「すぐ行くわ」グレースが言うと、ギャビーは店のなかに姿を消した。

ギャビーがいなくなったとたん、グレースはわたしのほうを向いて言った。

「スザンヌ、お願いだから、ひとこともしゃべらないでね」

「まぬけな顔でじっとすわってるなんてごめんだわ」わたしは抵抗した。

グレースのつぎの言葉から、彼女が激怒しているのがわかった。「じゃ、せめて、わたしの話に合わせてちょうだい。口をはさむのは、会話がどの方向へ進むかを見定めてからにして」

「グレース、会話がどっちへ向かうか、あなたにはわかってるっていうの？」

グレースは明るく微笑んで言った。

「見当もつかないわ。そこがおもしろいのよ。そう思わない？」

ギャビーがふたたびドアから顔を出した。「入る気はあるの、あなたたち？」

二人で店に入っていったが、奥まで行かないうちに、グレースが象牙色のジャケットの前で足を止めた。「これ、とってもすてき」

「でしょう？　店の品を全部自分のものにできたら、どんなにいいかしら」

わたしは袖にさわってみた。シルクで仕立ててあって、すばらしい手ざわりだが、長持ちしそうにない。「それって本末転倒じゃない？」

「どういう意味？」

わたしは肩をすくめた。「わたしが店のドーナツを全部自分で食べちゃったら、商売にならないわ。そうでしょ？」

グレースが言った。「スザンヌを許してやってね、ギャビー。ものすごく早起きだから、かわいそうに、睡眠不足なのよ」

「そりゃそうね。きのうから大変な思いをしてるでしょうし」

「ちょっと、わたしはちゃんとここに立ってるわ」

ギャビーはちらっとわたしを見た。「ええ、そうよね。さてと、お茶にしましょう。見つけたばかりのレシピで、すごくおいしいクッキーを作ったから、ぜひ食べてみて」

「まあ、すてき」グレースは言った。ギャビーがこちらに背中を向けたとたん、唇に指をあて、〝シーッ〟と合図をよこした。

わかったわよ。無口な立会人がほしいのなら、なってあげる。口を閉じていられればね。

奥の椅子に腰をおろし、ギャビーが紅茶を注いだところで、グレースが言った。

「このお店、整理整頓が行き届いてるわね。どうすればここまでやれるのかしら。在庫の回転率はかなりのものだと思うけど、いつもバランスのいい品ぞろえのようね」

「けっこう苦労してるのよ」ギャビーは言った。お世辞に気をよくしているのがみえみえだった。さすがグレース。二言三言話しただけで、ギャビーをご機嫌にしてしまうのだから。わたしだったら、たとえ成功するにしても、何時間もかかるだろう。人あしらいにかけては、グレースはほんとに天才的。

あたりさわりのない雑談――わたしはほとんど参加せず――をしばらく続けたのちに、グレースは言った。「気の毒なパトリック・ブレインのことが頭から離れないのよ」

「わたしが聞いた噂からすると、〝気の毒な〟というのが、パトリックを描写するのにぴったりの言葉だわね」ギャビーは言った。「いくつもの方面へ手を広げすぎてたみたいよ。わかるでしょ、この意味」

グレースはわけ知り顔でうなずき、わたしは、二十四時間前にはパトリックの名前も知らなかったくせに、どこから噂を聞きこんできたのよ、とグレースに尋ねたいのを我慢するために唇を嚙んだ。口コミで噂が広まっていたにちがいない。最初の立ち寄り先をどこにするかについて、グレースの選択眼の正しかったことが、わたしにもわかってきた。たしかに、ギャビーがわたしたちのために大量の聞きこみをやってくれたようなものだ。

グレースは紅茶をひと口飲んでから言った。「でも、人が亡くなれば、そのたびに誰かが悲しみに暮れるものだわ。パトリックにとっては、誰が大切な人だったのかしら」

ギャビーはティーカップを置くと、店にいるのはわたしたち三人だけだというのに、身を乗りだした。この会話からにじむ陰謀の匂いが気に入っているにちがいない。その証拠に、目がギラギラ輝いている。「わたしの友達の話によると、奥さんとは先週離婚が成立したそうよ。たしかな筋から聞いた話だけど、別れた奥さんのリタ・ブレインは離婚がすでに成立してることを知らなくて、遺体が冷たくなる前に早くも生命保険のお金をもらおうとしたんですって。どんなにショックが大きかったか、想像できる？　お金がころがりこんでくると思ったのに、何もなし。気の毒にねえ」ギャビーがリタを気の毒な女だと思っていないのは明らかだった。

「悲劇だわ、ほんとに」グレースがつけくわえた。「その保険金、誰がもらうのかしら」

「わたしは何も聞いてないけど、リタならぜったい知ってるはずよ。紅茶のおかわりはいかが？」

グレースは自分のカップを手で覆った。「いただきたいけど、スザンヌが今日も大変な一日だったみたいなの。家まで送っていかなきゃ」

「大丈夫よ」わたしは強く言った。

「バカ言わないで」ギャビーが答えた。「きのう、死体を発見して、そのトラウマに苦しんでるはずなのに、今日も店をあけたなんて驚異的だわ」

グレースが立ちあがっていて、わたしは彼女に腕をひっぱられるのを感じた。

「家まで送るわ、スザンヌ」わたしの腕をつかんだ彼女の手に力がこもったので、わたしは黙ってうなずいた。しかし、店を出る前に、ギャビーのほうを向いて質問した。「いったいどんな方法を使って、こんなわずかな時間でパトリック・ブレインのことをあれこれ探りだしたの？」

「スザンヌ、ここみたいに小さな町で秘密を長いあいだ保っておけるなんて、本気で思ってるの？　パトリックがあなたの店のお得意さんだったことは知ってる。だから、きっとショックが大きかったんでしょうね。家に帰って休みなさい。休息が必要な顔をしてるわよ」ギャビーは一瞬ためらい、それからつけくわえた。「こんなこと言って気を悪くしないでほしいけど、目の下にコンシーラーをちょっと塗ったほうがいいかも。どんな気分だろうと、アライグマみたいな顔で町を歩いてはいけないわ」

「ありがとう、さっそく塗っておくわ」わたしがそう答えるあいだに、グレースがわたしをひきずって外に出た。

歩道に戻ってから、グレースが言った。「おとなしく口を閉じていられなかったの？」

わたしは訊いた。「ギャビーがどうやって情報集めをしてるか、まったく興味がないの？情報が正確だって証拠がどこにあるのよ？」

「ギャビーのことだから、かなり優秀な情報源を持っていそうよ。でも、すべてが大はずれだったとしても、ギャビーのおかげで、どこからスタートすればいいかがわかったわ。パトリックの口から奥さんの話が出たことは一度もなかったでしょ？」

わたしは首をふった。「ええ。いつも軽い会話ばかりだった。だからって、大事なお客さまだと思ってなかったわけじゃないわよ」

「誰もそんなこと言ってないって」

わたしはジープのほうへ向かったが、グレースが言った。「スザンヌ、わたしの車で行ったほうがいいと思う。あなたがどんな車に乗ってるか、このへんの人はみんな知ってるでしょ。だから、ジープが店の前に置いてあるのを見れば、あなたはまだ店のなかだって、みんながら思うはずよ」

「わたし、家には帰らないわよ。休息の必要なんかないもの」

「ギャビーの店から逃げだすために言っただけよ、バカね。何か口実を考えなきゃ、あそこにすわって真夜中まで紅茶を飲む羽目になってたわよ。さ、行きましょ」

「リタ・ブレインの家へ行くのね？　ギャビーが聞いた生命保険の話が本当かどうか、たしかめるために」わたしは言った。

グレースは満足そうにうなずいた。「それがわたしの作戦。あなたがもっといい手を考えてくれれば、話はべつだけど」

「すぐには思いつけないわ」

グレースの車まで行くあいだに、彼女が顔をしかめた。

「どうやってリタ・ブレインから話を聞きだせばいいのか、わたし、自信がないのよね」

「魅力をふりまいて情報をひきだせばいいのに、そのつもりはないの？」

グレースは携帯で番号案内にかけて、リタの電話番号と住所を調べながら言った。

「魅力ふりまき作戦にも限界があるわ。ねえ、何かいい考えはない？」

わたしはリタから話をひきだすのに役立ちそうな口実を、急いでいくつか考えようとした。

あきらめかけたそのとき、通りの角に置かれた新聞の自動販売機が目に入った。

「浮かんだわ」電話を切ったグレースに、わたしは言った。

「オーケイ、聞きましょう。どんなアイディア?」

「わたしたち二人は《シャーロット・オブザーバー》に記事を書いてるフリーのライターってことにするの。新聞に載ると思えば、リタだって、ふつうなら初対面二人の前ではぜったい認めないようなことまで話すに決まってる」

グレースはにこやかに微笑した。「それこそ、ナンシー・ドルーのやり方だわ」

わたしはグレースを見た。「人をからかう気?」

「ご冗談でしょ。褒めてるのよ。まさに名案。さて、こうしましょう」

リタの家に着くまでに、わたしたちは演技の準備を整えていた。グレースは車のトランクからノートを二冊とりだした。遠くへ出かけることが多い人なので、トランクはいつもオフィス用品の宝庫となっている。

しかし、リタ・ブレインの住む家に着いたとき、玄関ドアが大きくあいていたので、遅すぎたのではないかという不安がみぞおちに広がった。

5

「このまま入る？」わたしは訊いた。「それとも、警察に電話したほうがいい？」

「なんで電話しなきゃいけないの？」グレースが言った。

「不吉な予感がして」

「くだらない」グレースはわたしの横を通り抜け、なかに入った。「こんにちは。誰かいます？　こんにちは」

わたしは気の進まないまま、グレースに続いた。この前死体を見つけたばかりなのに、またまた見つけたりしたら、マーティン署長になんて言われることやら。ほんとにそんなやりとりがしたい？　そんな目にあっても耐えなきゃいけない？　店の表のアスファルト道路にパトリック・ブレインの死体がころがっていた光景が、いまも心に鮮明に残っていて、目を閉じればまざまざと見えてくる。

「どなた？」寝室のほうから女性の声がした。

「《オブザーバー》紙の者です」グレースが言った。

汚れた青いブラウスとカプリパンツ姿の年配の女性が出てきた。髪はもとの色がすっかり忘れ去られて、プラチナブロンドに染められ、化粧の崩れ具合と危なっかしい足どりからすると、浴びるように酒を飲んでいたのは明らかだった。なるほど、コーヒーテーブルにのっているウォッカの空き瓶二本も、わたしがその結論にたどり着くのを助けてくれた。

「新聞の勧誘ならけっこうよ」リタは言った。「すでにひとつとってるから。いま必要なのはお酒」

それから、非難のこもった目で空き瓶を見つめた。

「わたしが寝室にいたあいだに、あれ、飲んじゃったの？」

「いまお邪魔したばかりです」グレースが言った。

わたしは暖炉のマントルピースに置かれた、半分ほど酒が入っているタンブラーを指さした。「探してらっしゃるのはあれですか」

リタはグラスを見つけ、唇に持っていき、三回ぐっとあおって飲みほした。

「これが必要だったの。いらいらを静めてくれるから」

うっとりとお酒を味わうのをやめて、リタはふたたびこちらに目を向けた。

「さっきも言ったけど、新聞ならすでにとってるわ」

「新聞の勧誘に伺ったのではありません。わたしはあの新聞社の仕事をしているライターなんです。あなたのお話をぜひとも記事にしたいと、編集発行人が言うものですから」

リタは顔をしかめた。集中しようとするとどこかが痛むかのように。「どんな記事？」

グレースが割って入った。

「離婚が成立したすぐあとに、ご主人を亡くされたことについて」

「向こうが強引に進めたのよ、いけすかないやつ」リタは言った。「正式な離婚は来週のはずだった。あのお金は当然わたしのものだわ」

「なんのお金でしょう？」わたしはソフトな口調で尋ねた。

「保険よ。保険」リタは言った。ウォッカがまわりはじめたようだ。

「高額だったんですか」

「考え方によるわね。あなたなら、百万ドルを高額だと思う？」リタはみすぼらしいリビングを見まわした。「わたしは思うわ。なのに、あのあばずれのものになるなんて。あの女がおいしいとこを独り占め。あんまりだわ。パトリックったら、離婚の慰謝料のことでわたしをだまして、今度はまたしても保険でだました。それもこれも全部、あの女のせいよ」リタが笑っているのか泣いているのか、わたしには判断がつかなかったが、リタは感情の嵐に翻弄され、それが一分近く続き、そのあとでようやく自制心をとりもどした。

「その女性のことを公にすべきだわ」グレースが言った。「なんて名前です？」

リタは空になったグラスをわたしたちに向けた。

「デブ。デブ・ジェンキンズ。自堕落女。ユニオン・スクエアに住んでるわ」

わたしは訊いた。「別れたご主人はいつごろからその女性と交際を?」

リタはぶっきらぼうに答えた。「ひとつ言わせてね。あの女がパトリックに手を出したとき、わたしたちはまだ別れてなかったのよ。いまじゃ、あの女がわたしのお金を奪いとり、わたしに残されたのはこれだけになってしまった」リタは部屋を見まわし、やがて、握りしめていたグラスがカーペットにころがった。

「飲むものが必要だわ」と言った。

リタが戸棚のなかをあさりはじめたので、わたしはグレースの腕に手をかけた。

「帰りましょ」と低くささやいた。

なぜか勝手に空になってしまったボトルに向かって数々の悪態が投げつけられるのを聞いたあとで、グレースはうなずいてわたしに同意した。

わたしは背後のドアを閉めた。出ていくときに、自動的にロックするようにしておいた。とりあえず、もう一度自分で玄関ドアをあけようとしないかぎり、リタは一人でゆっくり酒に溺れることができる。

グレースの車に戻ってから、わたしは言った。「なんだか気の毒な人ね」

「自業自得ってやつよ」グレースは言った。彼女の父親はアルコール依存症だった。それがいまもグレースの心に傷となって残っていることを、わたしは知っている。

お酒をがぶ飲みする危険と原因について哲学的議論を始めるときではなかった。

「とりあえず、新しい手がかりが見つかったわね。デブ・ジェンキンズに会いにいって、彼女の言い分を聞いてみましょう」

グレースが新たな住所を調べ、そちらへ向かう車のなかで、わたしは言った。

「ねえ、リタ・ブレインを容疑者リストに加えなきゃ」

「なんで？」

「本人が認めたところによると、夫が亡くなった時点で離婚がすでに成立してたことを、リタは知らなかったわけでしょ。自分に相続の権利があるあいだに保険金を手に入れようとしたのかもしれない。マーティン署長はリタとすでに話をしたのかしら」

「匿名で情報提供しましょうよ」グレースは言った。「署長がリタに事情聴取するのを、ぜひとも聞いてみたいものだわ」

「いくらわたしでも、そこまで残酷にはなれないわ。とりあえず、リタのほうはしばらく放っておかない？　じつをいうと、わたし、デブ・ジェンキンズがどう反応するかを見たくてうずうずしてるの」

グレースはコンドミニアムの前に車を止め、それからわたしに訊いた。

「やっぱり新聞記者の線でいく？」

「もちろんよ。これまでのところ、バッチリだもん」

グレースは顔をしかめた。「リタ・ブレインのときは、記者のふりをする必要もなかったわよ」

「そうね。でも、デブ・ジェンキンズに関しては、そこまでうまくいかないような気がする」

「それを知る方法はひとつしかない。でしょ?」

グレースが車をおり、わたしもあとに続いた。パトリック・ブレインの別れた妻はなんの役にも立たなかったが、願わくは、愛人が何か光明を投げかけてくれますように。


デブ・ジェンキンズの住まいに続くステップをのぼろうとすると、その前に、わたしの携帯が鳴りだした。

「出ないで」グレースが言った。「こっちの用のほうが大事なんだから」

「電話の用件が大事じゃないって、どうしてわかるのよ?」携帯をひらくと、非通知になっていた。非通知で電話をよこすなんて、いったい誰なの?

「もしもし」

「どうして家にいないの?」

「あら、ママ。ごめん、仕事がすんだらママに報告しなきゃいけないなんて知らなかった。いつから非通知でかけるようになったの?」

腕時計をいらいらと叩いているグレースを見て、わたしは肩をすくめた。

しょ」

「生意気な口を利かないで。あなたの安全をママが気にかけてることぐらい、わかってるでしょ」

「わたしなら安全そのものよ。用事はそれだけ？　いま、ちょっと忙しいんだけど」

「何してるの？　スザンヌ。よけいなことをして命を危険にさらしてるんじゃないでしょうね」

「よけいなことかどうか、なんでわたしにわかるの？　いま、グレースと一緒なの。わたしの無事を確認するために、グレースと話したい？」

「まさにママの望むところだわ」

わたしは携帯を友人に渡した。グレースは送話口を手で押さえてから、わたしに訊いた。

「なんなの？　なんで携帯なんかよこすの？」

「ママがグレースと話したいんだって」

グレースが二、三歩離れて「もしもし」と言ったとき、家のカーテンが揺れるのが見えた。誰かが二階からこちらのコメディを見守っている。デブ・ジェンキンズはどう思っているだろう？　母から電話があって、かえってよかったかもしれない。いったいなんの用でやってきたのかと、デブ・ジェンキンズに考える時間を与えることになり、それで不安に思ってくれれば、リタ・ブレインのときのアルコールと同じ効果が期待できそうだ。

ちょうど一分たってから、グレースが携帯を返してくれた。すでに電話が切れているのを知ってびっくりした。

「うちの母、なんの用だったの？」

「あなたをトラブルから守ることを約束させられたわ」グレースはしぶしぶ言った。

ずいぶん屈辱的な約束をしてくれたものだが、わたしは思わず笑いだした。

「うまくできるといいわね。どうやってわたしを守るつもりか教えて」

「ほかにどう言えばいいのかわからなかったの。おたくのお母さん、ときどき、自然の猛威って感じになるわね」

「わざわざ言ってくれなくてもいいわよ」携帯をバッグに戻しながら、わたしは言った。

ふり向いて家のほうを見たが、カーテンはもとのように閉ざされていた。

「なかから誰かが目を光らせてたわよ」

もちろん、グレースは家のほうを見た。「誰も見えないけど」

「あなたを見て怯えちゃったんだわ。ミズ・ジェンキンズとおしゃべりしにいって、どんなことを言うか聞いてみましょう」

こちらがノックする暇もないうちに、デブ・ジェンキンズが玄関ドアをあけた。〝愛人〟という言葉から想像されるイメージとは大違いだった。髪はくすんだ茶色だし、お化粧している様子もない。身体の線は分厚いセーターの下に隠れているため、まったくわからないが、正直なところ、こんな女のどこがよくてパトリック・ブレインは妻を捨てる気になったのだろうと、首をかしげたくなった。性格のいい女なのかもしれない。もしくは、外見に似合わず生き生きした個性を持っているとか。

「なんのご用？」デブは無愛想に言った。

いまの説は消滅。

「《オブザーバー》紙からきました」わたしは言った。「取材中の記事にご登場いただきたいと思いまして」

「わたしの蛾《が》のコレクションのことで？　編集部のほうへ何度か手紙を書いたのに、ぜんぜん興味を示してくれないんでがっかりしてたのよ」

「そうなんです」グレースが言った。「その件で伺ったんです。拝見してもいいでしょうか」

「入って」デブの態度の変わりようはすごかった。「カメラマンはどこ？　手紙で言っておいたのよ。証拠になる写真がなきゃ、記事にはなんの値打ちもないって。わたしのコレクションって、文章であらわすのがけっこうむずかしいの」

「もうじききます」わたしは言った。「交通事故の現場で足止めを食ってるんです」

「じゃ、外で電話してた相手は、そのカメラマンだったのね」

わたしは言った。「遅れて申しわけありません。でも、待つあいだに、コレクションを見せていただいていいですか。そうすれば、カメラマンが到着する前に、インタビューをすませておけますから」

「それがいいわね」デブは言った。わたしたちは彼女のあとから、ごく普通の家のなかを通り抜けた。フリルひらひらのクッションがいっぱいで、壁には額に入ったニードルポイント刺繍がかかっていた。

「ここよ」デブは階段の上にある予備の寝室と思われる部屋へ、わたしたちを招き入れた。

グレースと二人で部屋に入ったわたしはたちまち、ここにきた理由も忘れて、退却戦略を立てておけばよかったと後悔した。この部屋の壁には、ニードルポイント刺繍のかわりにフレームつきの標本箱がいくつもかけられ、見たこともないほど多数の蛾の死骸が整列していた。標本のひとつひとつに丁寧にラベルがつけてあり、標本箱がびっしり並んだテーブルもいくつかあった。わたしが蛾の大ファンだったことは過去に一度もなかったが、彼らの終焉に捧げられたこの拷問部屋を見たとき、かわいそうに思った。

「たいしたものですね」胸の嫌悪を隠す言葉を探し求めて、わたしは言った。

グレースは展示物に魅了されているように見えた。

「蛾に興味を持たれたきっかけはなんですか。きっと、人生のどこかで燃える思いを経験なさったのでしょうね」

それとなく水を向けたのに、デブには通じなかった。

「九歳のときにコレクションを始めて、それがどんどん増えていったの。蛾って愛らしいでしょ。人間の破壊行為と自然開発から守ってやらなきゃ。あまりにも脆い命ですもの」

こういう女が野放しになってたら、とくにね。デブ・ジェンキンズからこそ、蛾を守ってやる必要があるように思われる。

「好奇心からお尋ねするんですけど」グレースが言った。「ご主人も同じく蛾の愛好者ですか」

「わたし、結婚してません」デブはそっけなく答えた。

「じゃ、恋人は?」グレースは食い下がった。

「わたしの異性関係がおたくの記事とどうつながるわけ? 蛾のことを書くんでしょ。わたしの人生じゃなしに」

「読者の興味を惹きますから」わたしは言った。

グレースがうなずいた。「読者の興味を惹く部分がないと、うちの編集発行人は記事に目を通そうともしないんです」

デブはじっと考えこむ様子を見せ、やがて言った。

「わかったわ。どうしても知りたいなら言うけど、恋人はわたしの趣味に大賛成ではなかったわ。理解できなかったのね」

「それが理由で別れたんですか」わたしは訊いた。

「亡くなったの」デブはぶっきらぼうに答えた。「悪いけど、その話はこれ以上したくないわ」

グレースがメモをとっていたノートを閉じた。「そんな気持ちでいらっしゃるなんて、痛ましいこと。つらい思いをさせてしまって、申しわけありません」わたしのほうを向いて言った。「マックスに電話して、写真撮影にくる必要はないって伝えてちょうだい」

「待って、帰らないでよ」デブがわたしの腕をつかんだ。港湾労働者みたいな握力だった。

「すみません。これ以上の取材は無理なようなので」わたしはそう言いながら、彼女の手をはがそうとした。

「じゃ、彼のことを話すわ」デブは言った。「殺されたの。警察は犯人の手がかりをまだつかんでいない。わたしのところに事情を聞きにもこないし。役に立てるかもしれないのに」

「役に立てるとすると、警察にどのような話をなさるおつもりですか」わたしは訊いた。

「別れた奥さんに注意を向けるべきよ。あの奥さん、生命保険のお金を狙ってたの。もっとも、パトリックがそうはさせなかったけど」

「で、かわりに、あなたを受取人にしたわけですか」わたしはやんわりと尋ねた。

「それが彼との約束だったの。どこが悪いのよ？　愛しあってたんだもの」

グレースが言った。「それが殺人の動機になると思う人々がいるかもしれません。保険金は高額だったんですか」

「ううん、それほどでも。彼に生きててほしかった。一緒にいてほしかった。パトリックがいないのに、お金が何になるの？　まだ保険会社に連絡してもいないのよ」

「じゃ、あなたにも、別れた奥さんにも、動機があるわけですね」わたしは言った。「奥さんはパトリックが死んだらお金がもらえると思ってたようだけど、本当の受取人はあなただった」

デブも負けていなかった。ぴしっと言った。

「あなたに何がわかるの？　彼を殺したがってた人間は、ほかにもたくさんいるわ。銀行で彼の秘書をしてた女と話してみて。名前はヴィッキー・ハウザー、あの女にも彼の死を願う充分な理由があったんだから」

きのうわたしに話をしてくれた、やさしくて思いやりのあるあの女性のことを考えた。彼女に人が殺せるとはどうしても思えなかった。「そうおっしゃる理由は？」

「ヴィッキーは何年も前からパトリックにお熱だったの。熱烈でしつこい彼女の思いに、パトリックはうんざりしてたわ。恋心なんてまったく抱いてないことを、一カ月前にヴィッキーに告げたのよ。でも、ヴィッキーはふられたことを認めようとしなくて、パトリックが以前からわたしとつきあってたことを知ると、わたしのために彼が人生を棒にふるぐらいなら、いっそ死んでくれたほうがいいって言ったんですって。あなたが話をすべき相手はあの女よ」

デブ・ジェンキンズは本当のことを言っているのだろうか。それとも、事態を混乱させようとしているだけ？　わたしは動機をビジネス面に絞っていたが、午後から女性二人に会って話を聞いた結果、まったくべつの線が浮かんできた。パトリック・ブレイン殺しの動機が金銭ではなく愛情問題にあったという可能性を、マーティン署長ははたして考えたことがあるだろうか。でも、もしデブ・ジェンキンズの犯行だとしたら、その両方が少しずつ動機になっているのかもしれない。

グレースの携帯が鳴りだしたので、彼女は「失礼」とことわって電話に出た。

デブがわたしを見て、それから言った。「そろそろ、わたしのコレクションの話に移らない？　一流の博物館で展示できる水準なのよ」

「ほんとに熱心に収集してらしたのね」わたしは言った。

グレースが電話を切った。「帰ることにしましょう」

「カメラマンはどうなったの？」デブが訊いた。

「ごめんなさい。記事がとりやめになったの。でも、お時間をとっていただいて感謝します」

デブがわめいた。「それだけ？　このまま帰るつもり？」ひとこと口にするたびに、声が大きくなった。

「落ち着いて」わたしは言った。「癇癪を起こす理由はないんだから」

デブの声が金切り声に近くなった。「癇癪なんか起こしてないわ！」

グレースの目が大きくなり、わたしのほうは、わたしたち二人がガラスケースの下のボードにピンで固定され、ラベルを貼られ、コレクションに加えられる姿を想像した。

わたしは言った。「うちの編集発行人に、これが価値ある記事であることを納得してもらえるよう、全力を尽くします。あらためてご連絡しますね」

そう言われて、デブもやや落ち着いたようだ。「名刺持ってる？」

「ごめんなさい。切らしてるの」わたしは言った。「車のなかに一枚残ってるかも」

わたしたちはグレースの車に乗りこみ、猛スピードで走り去った。

デブから見えないところまで行ってから、わたしはグレースのほうを向いて尋ねた。

「さっきの電話、どんな緊急の用件だったの？」

「歯医者のオフィスからで、つぎの予約の確認電話だった。とにかく、あそこから逃げたくて。不気味な女だったわね」

わたしはぞっとする思いを抑えつけた。「パトリックったら、あんな女のどこに惹かれたのかしら。お世辞にも美人とはいえないし、性格はちょっと危ないし。どこが魅力なんだか」

「男の行動を解説するよう、わたしに頼んでるの？　頼む相手を間違えてるわよ。わたしはいまだに理解できないんだから」

エイプリル・スプリングズに戻るかわりに、車が町から遠ざかっていることに気づいた。

「どこへ行くつもり？」

「ヴィッキー・ハウザーとちょっとおしゃべりしようと思って」

「フリーのライターって線は使えないわよ。わたしがドーナツ屋だってこと、向こうはすでに知ってるから」

「じゃ、ボスの死に彼女が関係してるんじゃないかって、単刀直入に訊くしかないわね」

「修羅場になるかも」わたしは言った。

「蛾の女のときよりひどい修羅場？　そりゃないと思うけど」

結局それを確認することはできなかった。銀行に着くと、ヴィッキー・ハウザーがこの日の朝、辞職願を出して、たまっていた有給休暇をとっていることを知らされた。

容疑者の一人に逃げられてしまったようだ。

少なくとも、いまのところは。

ドーナツショップへ車で戻る途中、わたしはいいことを思いついた。

「ヴィッキー・ハウザーが住んでる家を見つけましょう」

「彼女が銀行をやめたことは聞いたでしょ。姿を消しちゃったのよ」

「ほんとにそう言える？　辞職願を出して、有給休暇を消化してるからって、この町を離れたとはかぎらないわ。家財道具一式を荷造りするには時間がかかるのよ。わたしは彼女がまだ町を離れていないほうに賭けるわ」

「あなたと友達づきあいを続けてきた理由がわかった。悪い考えじゃないわね」

グレースがふたたび番号案内にかけるあいだ、わたしのほうは、ヴィッキーの口を割らせるにはどう言えばいいのかと考えた。かつてのボスに対する彼女の忠誠心に訴えるという手もある。彼女がパトリックに単なるボスという以上の関心を寄せていたことはすでにわかっている——グレースとわたしのほうから、そうほのめかしてもいい。汚い手だし、わたしだって、必要がないかぎり他人の恥を公にしたくはないが、ほかに選択肢がほとんどない。犯人がわたしを襲ってくるまでに、どれぐらい時間があるだろう？　警告を無視したことで、そのプロセスを速めているような気もするが、ほかに方法が思いつかない。

訊きにくいことだが、やはり質問しなくては。

ヴィッキー・ハウザーが住むアパートメントの前に、引越し用のトラックが止まっていた。グレースが笑顔になった。「あなたが正解ね。まだ出ていってないみたい」

わたしたちはドアを三回ノックして、取っ手をガチャガチャやり、裏へもまわってみた。ヴィッキー・ハウザーの姿はどこにもなかった。

「電話してほしいって書いたメモを置いていこうか」わたしは言った。

「もっともらしい理由をつけなきゃ。どうする？」

わたしはしばらく考えこみ、それから言った。

「ヴィッキーのものではないかと思われるお金が見つかった、とか言ってみる？」

グレースが訊いた。「そんなの信じるかしら」

「お金を拾って知らん顔をする人間を、あなた、何人ぐらい知ってる？　もともと、その人のお金であろうとなかろうと」

「試してみる価値はありそうね」グレースは言った。「家の前の芝生で野営して彼女の帰りを待つわけにもいかないし」

「そんなことしたら、すぐさま、マーティン署長に目をつけられてしまう」わたしも同意した。「それに、署長に疑惑を持たれているのに、自分でそれを裏づけるつもりはないし。そのノート、貸して。そしたら、ヴィッキーにメモを残していける」

「電話番号はわたしのにして。あなたのじゃなくて」グレースは言った。

「だめ、だめ。これ以上あなたを事件にひきずりこむつもりはないわ」

「よく考えて、スザンヌ。あと二、三時間したら、あなたは眠りにつく。ヴィッキーが荷造りを終えるために戻ってくるのは、何時になるかわからないのよ」

わたしは首をふった。「ぜったいにおことわり。たとえヴィッキーが真夜中にかけてきたとしても、わたしは電話をとるわ」

「ぜんぜん迷惑じゃないのよ」

わたしはグレースの肩に軽く触れた。「ありがと、感謝するわ。ほんとよ。でも、やっぱり、あなたをそこまでひきずりこむわけにはいかない」

「わかった。じゃ、そっちのやり方で進めましょ」

わたしはメモを書いて、現金を渡すことを約束し、ドアの枠のところに押しこんだ。そこなら、ヴィッキーがかならず気づくはずだ。

〈ドーナツ・ハート〉へ戻る車のなかで考えた——お金の誘惑でヴィッキーを釣りあげることができるだろうか。それとも、町を離れようとするヴィッキーの決心の強さに、ほかのことはすべて二の次になってしまうだろうか。


店に置いてきたジープをとりにいき、なかに入ってもう一度店内の様子をたしかめようと思ったが、ぐったり疲れていて、空腹で、眠くてたまらなかった。そろそろ家に帰るとしよう。

うれしいことに、夕食がテーブルに用意されていて、しかも、わたしの好物だった。うちの母のポットローストは七つ以上の郡でよく知られていて、それをひと口味わうことを考えただけで歓声をあげる大人の男性がたくさんいる。

「なんのお祝い？」キッチンに入りながら、わたしは母に尋ねた。

「何言ってるの？　ほとんど毎晩、ママが食事を作ってるじゃない」

「ポットローストは特別よ」わたしは言った。「すっごくうれしい」

「よかった。食べる？」

わたしは椅子にすわった。「もちろん」

たっぷりの肉、ニンジン、ジャガイモ、タマネギが、わたしの皿に手早く盛りつけられた。調理された肉と野菜の匂いに、ベイリーフ二枚で仕上げをした母の秘密のスパイスの香りが加わって、じわーっとつばが出てきた。

実家に戻って母親と暮らすと、とても便利なことがいくつかあり、そのリストの上位に、母の作るおいしい料理がランクインしている。

母が早口で食前の祈りをあげ、それから、二人で食事を始めた。

わたしは母が焼いたサワーブレッドをひと切れとり、バターをたっぷり塗ってから、温かいパンを大きくかじった。

食事のあいだは、わたしがやっていることから話題をそらそうとした。

皿の料理をきれいに平らげ、おかわりをもらおうかと思ったが、やっぱりやめておくことにした。

「デザートはないの?」

「さんざん食べたあとで、まだおなかに入るっていうの?」

わたしはニッと笑った。「試してみて」

母は唇を噛んだが、ついに白状した。「ピーチコブラーがあるわ。でも、あなたさえよければ、明日にしましょう。日持ちがするから」

「明日まで少しでも残ってるのなら、それでいいわ。バニラアイスを添えたいんだけど、ある？」

「冷蔵庫に入ってるわ」

母は薄く切ったピーチコブラーにひとすくいのアイスクリームを添えて出してくれたが、わたしは早朝の仕事に出かける前に冷蔵庫を襲撃すればいいと思ったので、文句を言わないことにした。

これでよかったのかもしれない。最後のひと口を食べおえたときには、これ以上おなかに入るかどうか怪しくなっていた。

皿を遠くへ押しやったそのとき、電話が鳴りだした。「出てくれない？　ママ」

母が受話器をとり、数秒後にこちらによこした。

「もしもし？」わたしは言った。

「スザンヌ・ハートさん？　どこかで聞いた名前ね。でも、思いだせないの」

またしても脅迫電話？　「そうですけど……」

「わたしはヴィッキー・ハウザー。あなたのメモにあったお金って、なんのことだかわからないけど、とにかく電話してみようと思ったの」

「ああ、ヴィッキー。きのう、銀行で会ったでしょ。あなたにドーナツを届けた女性よ」

ヴィッキーは黙りこみ、やがて言った。「申しわけないけど、ドーナツとそのお金とどう

がない。

いい質問だ。困ったことに、わたしのほうはいい回答ができるかどうか、まったく自信がない。「リタ・ブレインと話をしてたら、あなたの名前が出てきたの」

ヴィッキーの声がひどく冷たくなった。「あの女、なんて言ったの?」

「別れたご主人の遺品を整理していたら、お金の入った封筒が見つかって、表にあなたの名前が書いてあったんですって。あなたに渡さなきゃっていうんで、わたしのほうから、届けましょうって申しでたの。だって、すでに顔を合わせてるから」

ヴィッキーの口調がふたたび変化した。今度は新たなレベルの温かさがこもっていた。

「奥さんって親切な人なのね。いくら入ってるか、ひょっとしてご存じ?」

「封がしてあるけど、破れ目から二十ドル札が見えるわ」わたしのお金を使うしかない。想定外のことだが、はっきり言って、わたしに与えられた選択肢は多くない。

「手紙が添えてあるような様子はない?」

わたしは突然、自分のお金を使わないでヴィッキー・ハウザーの注意を惹く方法があったことに気づいた。かつてのボスからの約束の手紙、夢想の世界の恋といったもののほうが、現金などより魅力的だったことだろう。

「よくわからないわ」わたしは言った。「いまから会えません?」グレースに電話して、途中で彼女を拾っていこう。複数で行くほうが安全だ。

「悪いけど、真夜中まで時間がとれないの。そのあと、町を離れる予定。途中でドーナッショップに寄るわ。お店には何時ごろ出てるの?」

「早くても午前二時ね」わたしは言った。

「一時半に待ちあわせましょう。封筒はそのとき渡してくれればいいわ。連絡してくれてありがとう」

「じゃあね」わたしは言った。グレースがこんな遅い時間に、もしくは、早い時間に(それはものの見方による)わたしにつきあってくれるかどうか、疑問だった。携帯にかけたが出ないので、メッセージを残した。ヴィッキーに会うのは気が進まないが、ほかにどうしようもない。彼女が町を出ていく前に、ぜひとも話をする必要がある。

一人でヴィッキーに会っていいものかどうか、迷うばかりだった。エマに頼めば、早めにきてくれるかもしれない。

エマに電話すると、留守電になっていた。メッセージをどうぞという指示のあとで、わたしは言った。「エマ、スザンヌよ。明日は少し早めにきてくれない?」

母がキッチンから戻ってきた。「なんの電話だったの?」

「なんでもない」わたしは自分のやっていることが話題になるのを避けようとした。

「なんでもないって雰囲気じゃなかったわよ」

突然、銀行が閉まる前に寄ってくるのを忘れていたことを思いだした。利用できる唯一の

ATMは故障中だ。二、三日前の晩、どこかのバカがお金を盗もうとして、銀行の壁からマシンをひっぺがしたのだが、大々的窃盗犯罪の最中に邪魔が入った。このバカが計算に入れていなかったのは、マシンが銀行の警報装置につながっているということで、サイレンが鳴りだしたため、あわてて逃げてしまった。

おかげで、新しいマシンが設置されるまで、法を遵守する市民たちが迷惑をこうむっている。財布を見てみると、中身は二十ドル札一枚、一ドル札四枚、〈ホビーフード〉のクーポン券一枚だった。これだけでは、薄っぺらな封筒にしかならない。

「ママ、一ドル札持ってない？」

「お店のほうがそんなに苦しいの？　友達のため？」

「ううん、わたしじゃないの。友達のため」

「スザンヌ、友達の誰がお金に困ってるの？」

財布のほうへ伸びかけていた母の手が途中で止まった。

「説明すると長くなりすぎる……。明日、ママに返すから」

母は眉をあげながら、一ドル札を六枚とりだして、わたしによこした。

「悪いけど、これしかないのよ」

「助かる」わたしはそれを封筒に入れた。大金には見えないし、じっさい、そのとおりなのだが、ボスとのあいだに何があったのか、そして、なぜ急に町を離れることにしたのかをヴイッキー・ハウザーに尋ねるあいだ、彼女の注意を惹きつけておくには充分だろう。

封筒の表にヴィッキーの名前を書いてから、バッグに突っこんだ。

ぎりぎりのタイミングだった。玄関のベルが鳴るのが聞こえたので、顔をあげると、州警察のジェイク・ビショップ警部が玄関前のポーチからこちらを見ていた。いつからあそこに立ってたんだろう？　こちらの話をどれだけ耳にしたんだろう？

いまからそれを知ることになりそうな気がした。

6

「一分ほど時間をとってほしいんだが」玄関まで行ったわたしに、ジェイクが言った。

「話す必要のあることは、この前残らずお話ししたと思うけど、警部さん」わたしは自分がやっていることを実の母親にだって打ち明けようとは思わない。事件にちょっかいを出そうとするわたしを留置場に放りこむこともできる人間が相手となれば、なおさら打ち明ける気はない。この警部にじっさいそこまでできるのかどうか知らないが、よけいな危険を冒すつもりはなかった。

「ジェイクと呼んでくれればいい。それから、先日の会話は、きみが勝手に嗅ぎまわりはじめる以前のことだった」

わ、まずいことになりそう。彼の口調からそれが感じとれた。わたしの無邪気な演技が通用するかどうか、ひとつ試してみるとしよう。

「なんのお話だか、さっぱりわからないわ」二人のあいだのスクリーンドアを閉めたままで、わたしは言った。

「なんだって？　わかってるはずだが」

あいだのドアを閉めたまま、ひと晩じゅうでも彼をはぐらかすつもりでいたが、わたしの背後にいきなり母があらわれた。「お入りになりません？　困った子ね、スザンヌ。ときどき、オオカミに育てられたような行動をとるんだから」

「無理に入ってもらわなくてもいいのよ、ママ」

「いやいや、喜んでお邪魔します」そう言いながら、ジェイクが入ってきた。「ジェイク・ビショップといいます」

「州警察の人なの」わたしは言った。

母は見るからにうれしそうな顔になった。「まあ、警察の方。よくいらしてくださったわね。ピーチコブラーはいかが？」

「この人、お菓子なんか食べてる時間はないのよ、ママ」

ジェイクは笑った。「ぼくが手作りピーチコブラーをことわる日は、バッジを警察に返す日です。喜んでいただきます」

母がコブラーをとりにキッチンへ姿を消したあとで、わたしは彼をリビングに通した。

「お話しすることは何もないわ」

「この二日間、何をしてたのか、まずそれから話してくれないかな」

「エイプリル・スプリングズじゅう、わたしを尾行してたの？　警部さん」

「もう一度言うけど、ジェイクと呼んでくれ」彼は微笑しながら言った。「それに、きみと友達のあとを追うのは、たいしてむずかしいことじゃなかった。きみたちは隠密行動のつもりでも、ピチピチはねて誰かの顔に水をぶっかける魚みたいに目立ってたからね」

「そういう問題じゃないわよ。警察に監視されてるのが不愉快なの」

「だったら、捜査にちょっかいを出さないことだ」ジェイクが答えた。あまりに甘ったるい口調なので、彼の口に砂糖を放りこむ必要もないほどだった。

さっきわたしに出してくれた分の少なくとも二倍はあるコブラーを持って、母が戻ってきた。ジェイクがそれを受けとったあとで、母は言った。

「コーヒーがあるわ。それとも、冷たいミルクのほうがいいかしら」

「ミルクにします」ジェイクが言った。

母がふたたび姿を消したところで、わたしは冷静に言った。

「言っておきたいことがあるの。押しかけてこられたら迷惑だわ」

「おたくのお母さんは気にしてないみたいだよ」ジェイクはコブラーをひと口食べて、口笛を吹いた。「きみの手作り?」

わたしのお菓子作りのプライドがかかった問題だ。母のコブラーを完璧に再現するのはたぶん無理だろうけど、それに近いものを作れる自信はある。

「ううん。でも、その気になれば作れるわ」

ジェイクはあからさまな疑惑の目でわたしを見た。

「ほんとだってば」わたしは強く言った。

「何がほんとなの？」ジェイクのミルクを持って戻ってきた母が訊いた。

「わたしだってママに負けないぐらいおいしいコブラーが作れるってこと」わたしは言った。

「もちろんですとも」母は言ったが、〝そんなわけないでしょ〟と言いたげな含みがあった。

わたしが抗議しようとしたとき、母がつけくわえた。「さてと、若い二人がもっと親しくなれるように、邪魔者は消えることにするわ」

「ママが家にいても、出かけても、わたしはどっちでもいいのよ。デートじゃないんだから」

「もちろんですとも」母はさっきと同じわざとらしい口調で言った。

止める暇もないうちに母は出ていき、気がついたら、わたしはビショップ警部と二人だけになっていた。

なんでこういうことになるわけ？　「母が何を考えてるのか知らないけど、わたしはいまの自分で充分に満足よ」

ジェイクはコブラーをもうひと口食べて、それから言った。

「きみ、ぼくがその逆を考えてるとでも思ってた？」

「結婚してたころより、離婚したいまのほうが幸せなの」本当にそうなのかどうかわからないままま、わたしは言った。「充実した人生を送るのに男性は必要ないし、男がいなくたって楽しく暮らしていけるわ。ご心配なく」

「ぼくがここにきたのは、きみの男性関係について議論するためではない。もしそうなら、まったく違う角度から会話を始めていただろう。もっとも、この殺人事件が解決したあとでどんなことが起きるか、誰にもわからないけどね。とりあえずいまのところは、厳密に仕事だけの関係にとどめておく必要がある」

「わたしもさっきからそう言おうとしてたの」わたしは言った。この男ときたら、どういうわけか、わたしの言葉をまったくべつのものに変えてしまう。

「よし、その点がクリアになってよかった。スザンヌ、きみに捜査から離れていてもらうのがどんなに重要なことか、警官として、いくら力説しても足りないほどだ。きみがよけいなお節介をするせいで、事態がややこしくなるばかりだ」

「お説教なの？　警部さん」

「ジェイクって呼ぶ約束はどうなった？」

知らん顔で聞き流すことにした。「わたし、うしろから狙われてるような気がしてならないし、あなたやマーティン署長がその恐怖を和らげるために何か手を打ってくれるとも思えない。わたしにだって、何が起きているのかを調べる権利はあるわ」

ジェイクは皿を置いた。軽口を叩きあっていたにもかかわらず、いまの言葉で彼の神経を逆なでしてしまったようだ。「権利の話をしたいのか。町じゅう駆けずりまわって、警察の捜査に協力するどころか邪魔ばかりしておきながら、ずうずうしくも権利がどうのこうのというわけか。やはり、ぼくの最初の考えが正しかった」

「なんのこと？」

「きみのやってることを知ったとき、その場で監禁しておくべきだった」

「わたしを止めるにはそれしか方法がないわね。そうしておけばよかったのに」

「スザンヌ、これまでの人生で、人の言葉に耳を傾けたことはあったかい？」

「まともなことを言われれば、ちゃんと耳を貸すわよ。あなたたちときたら、パトリック・ブレインの別れた妻にも、新しい愛人にも、話を聞きにいってないでしょ。警察の能力に信頼をおく気になれないわ」

「きみは警察の能力を判定する立場にない。そうだろ？」わたしのいまの皮肉が決定的にジェイクを怒らせてしまったようだ。彼のこめかみに、わたしがこれまで気づかなかった青筋が立ち、顔色がどす黒くなってきた。

この窮地をなんとか脱しようとしたとき、玄関ドアにノックが響いた。そこに立っていたのは、いちばん会いたくない人物だったが、そうはいっても、わたしには選びようのないことだった。

「マックス、いま忙しいんだけど」別れた夫が玄関に立っているのを見て、わたしは言った。

「おれも忙しい。とにかく、どうしてもきみに会いたかった」

「いま、人がきてるの」マックスのほうで気を利かせて帰ってくれるよう期待して、わたしは言った。

「だったら、そっちの用がすむまで待たせてもらう」マックスは家の前のステップに腰をおろした。

ジェイクが首をふり、それからわたしに言った。「入ってもらったほうがいいんじゃないかな。こんなことしてても埒《らち》があかないし」

「ごめんなさい」わたしは言った。「あなたに心配をかけるつもりはないの。ほんとよ。ただ、あなたの知らない事情がいろいろあってね」

「奇遇だな。ぼくのほうも、きみの知らない事情がいろいろあるってことを言いたかったんだ」

「あら、立場は違えど気が合うようね」

ジェイクにじっと見つめられて、この男性にはなんの魅力も感じないと断言してきたにもかかわらず、その目に心を奪われそうになった。「スザンヌ、今後も事件を嗅ぎまわるつもりなら、きみの安全は保証できない」

「そんなこと、誰にもできっこないわ。でも、わたしのほうで充分に気をつけます」

「そう願いたい」

ジェイクが帰るとき、マックスが彼をにらみつけたが、ジェイクのほうはそれに気づいたとしても知らん顔だった。

「なんの用？」ジェイク・ビショップが車で走り去ってから、わたしは別れた夫に訊いた。

「きみがまたデートを始めたとは知らなかった」マックスは不機嫌な声で言った。

「いまのはデートじゃないわ」

マックスはわたしの横を通りすぎて家に入り、ジェイクが空っぽにした皿を見つけた。

「きみのママのコブラーにありつけたのなら、ママはデートだと思ってるにちがいない」

「いまのところ、ママがどう思おうと関係ないわ」

マックスは渋い顔でわたしを見た。「あいつに会うのはやめろ。トラブルのもとだ」

わたしは笑いだしたが、ちっとも楽しくなかった。「愉快だわ。あなたがそんなことを言うなんて。マックス、警告ラベルを貼るべきよ。そしたら、あなたの前に出たら気をつけなきゃって、女性たちが気づくから」

「おれの過ちはたった一回だぞ。しかも過去のことだ。そろそろ忘れてほしいね、スザンヌ。このままだと、二人で先へ進むこともできやしない」

「あなたが気づいてないといけないから言っとくけど、わたしはすでに先へ進んでるわ」

「きみ、忘れてしまったのかい？」マックスがそう言いながら、わたしのほうに一歩近づいた。彼の発散する熱気が伝わってきて、わたしは一瞬、この世のすべてを忘れて彼にキスしたくなった。

でも、それはとんでもない過ち。わたしにはちゃんとわかってる。

一歩あとずさり、コーヒーテーブルにぶつかって危うく倒れかけたが、なんとか踏みとどまった。威厳も優雅さもあったもんじゃない。でも、とりあえずは、この場の緊張がほぐれた。

「おやすみ、マックス。もう遅いし、わたしは明日も早起きしなきゃいけないの」

「ドーナツ作りの時間だな？」

「定収入になる。自分で店をやって、いろんなおもしろい人に出会える。それ以上何を望むというの？」

「昔は芸術家になりたがってたじゃないか。覚えてるかい？」マックスが柔らかな口調で言った。「あの夢はどうなった？」

「絵はときたま描いてるわ。それに、どんなことでも、手際よくこなすには芸術的手腕が必要だし、あなたがどう思ってるか知らないけど、わたしのドーナツ作りの腕は最高よ」

マックスはわたしにてのひらを向けた。「誤解しないでほしい。人に食べものを提供するのが立派なことだってのは、おれも知ってる。だけど、毎朝のドーナツ作りにどんな創造性が要求されるんだい？」

「あなた、自分の無知を露呈してるわよ。生地に切れ目を入れてパインコーンを作ったことはある？　フリッターは？　シナモンスティックをねじったことは？　ハニーバンを手で成形したことは？　わたしは毎日、芸術的手腕を発揮してるのよ。理解できないというなら、それはあなたが悪いからで、わたしには関係ない。さ、帰って。疲れてクタクタなの。あなたと口論する元気もないわ」

彼の目に、〝せっかく訪ねてきたのに、どこかでまずい方向へ行ってしまった。希望していたことを実現できずに終わってしまった〟という思いが浮かんでいるのが見てとれた。でも、わたしたちはもう夫婦じゃないし、わたしの努力ですべてをいい方向へ持っていこうとがんばっていた時期はすでに遠い過去のことだ。マックスにはいまの状況に耐えてもらうしかない。

「おやすみ」マックスにおとなしく言われて、彼への怒りが急速に消えていくのを感じた。

「おやすみ」わたしはドアを閉め、デッドボルトで施錠した。

母がもうひとつの部屋から出てきて言った。「おかしなことになったものね」

「何が？」

「あなたが警部さんと話してたのは知ってるけど、つぎに、マックスの声が聞こえてきた」

母が外へ目をやると、ちょうどマックスが車で走り去るところだった。「何の用だったの？　それから、ビショップ警部はどこへ行ったの？」

「警部とわたしは意見が合わなかったんで、マックスがきたのと入れ替わりに帰っていったわ」

母はそっけない失望の表情をよこした。子供のころのわたしにしばしば投げつけられた表情。でも、わたしはもう子供じゃない。母がとがった声で訊いた。

「あなた、警部さんに何を言ったの？」

わたしのやっていることを母に話すときがきた。

「パトリック・ブレイン殺しに探りを入れるのをやめるつもりはないって言ったのよ。じっとすわって何かが起きるのを待つなんてまっぴら。自分でタックルしなきゃ」

「スザンヌ、危険すぎるわ」

「慎重にやってます、ママ」

母はそれ以上追及しないことに決めたようだ。少なくとも、いまのところは。

「警部さんが帰った理由はそれでわかったわ。でも、マックスはいったい何をしにきたの？」

わたしは下唇を嚙み、それから言った。「ほんとのことを知りたい？　たぶん、嫉妬したんだと思う」わたしにとっては意外な事実だったが、母はまったく驚かなかったようだ。

「嫉妬しないわけがある？　せっかくあなたと一緒になれたのに、安っぽい模造品みたいな女にひっかかって結婚生活を捨ててしまった。あなたの人生に新しい男が登場したものだから、自分がミスをしたことを痛感している」

「ママ、その意見には誤りがありすぎて、何から指摘すればいいのかわからないほどよ。ジェイクはわたしの人生に登場していない。少なくとも、ママの言うような意味ではね。それから、マックスが後悔してるとしても、後悔するのは彼の勝手。あの二人にも言っておいたけど、わたしはシングルの暮らしが気に入ってるの。わたしの人生に男が登場すれば、やたらとややこしくなるだけ」

母は微笑した。「でも、考えてごらんなさい。男がいたらパーティがどんなに楽しくなることか」

「そんなこと言うんだったら、ママが誰か見つければいいでしょ。パパが死んでから、もうずいぶんたつのよ」

母は一瞬悲しい顔になったが、やがて言った。

「亡くなったパパに太刀打ちできるような男は、これまで一人もいなかったわ」

「ママ、わたしもママに劣らずパパの大ファンだったけど、パパが死んだときにママまで死んでしまったわけじゃないのよ」

母は何か言いたそうで、目の色にそれがあらわれていたが、かわりに「もう遅いわ。明日も早起きしなきゃいけないでしょ」と言っただけだった。

今夜の母は、そういう話はしたくない様子だった。正直なところ、わたしのほうも、話したいことは何も残っていなかった。

かわりに、母の額にキスをして、それから言った。「おやすみ、ママ。大好きよ」

ベッドに横になってから、いったい今夜は何が起きたのだろうと三十分ほど考えていた。ジェイクとわたしのあいだには、たしかにビビッとくるものがあった。長いあいだ感じたことのなかった疼き。その一方、マックスはいくらこちらが望んでも離れていこうとしない。でも、わたしはほんとにそう望んでるの？　どれもこれもほんとにややこしい。

自分の異性関係——もしくはその欠如——について考えるのはやめて、目の前の課題に集中する必要があった。誰がパトリック・ブレインを殺してわたしの店の前に捨てたのかを突き止める。そして、さらに重要なことだが、犯人がわたしを襲う決心をする前に、それを突き止めなくてはならない。

目覚まし時計がいつもより三十分早く鳴りだした。わたしはその瞬間、スヌーズボタンを押して、起きるのはあと二、三分眠ってからにしたいと思った。でも、町を出ていくヴィッキー・ハウザーと早朝に会う約束だったことを思いだし、やっとのことでベッドから這いだした。ゆうべ、ジェイクに話そうかと思ったのだが、叱責されたため、その考えは消えてしまった。彼の強い希望に逆らった以上、守ってほしいなどと頼むわけにはいかない。どうか、グレースかエマが駆けつけてくれますように。そうなれば、わたしの身は安全だ。

きてくれなかったら、わたし一人でヴィッキーと対決するしかない。前に一度会っているが、だからといって、彼女の前で無謀な行動に出るつもりはない。もし彼女がパトリック・

ブレイン殺しの犯人で、わたしに感づかれたと思ったなら、わたしのことも始末しようとするに決まっている。

ヴィッキーの前では、ぜったい隙を見せてはならない。

〈ドーナツ・ハート〉に着くと、店の前に引越し用のトラックが止まっていて、ジープからおりようとしたわたしは両手が震えるのを感じた。おりるまぎわにふと思いついて、ゆうべ用意しておいた封筒をつかみ、車のシートの下に押しこんだ。

トラックの内部は暗かったが、運転席に人影が見えた。

窓をコンコンと叩き、ヴィッキーの注意を惹こうとした。

一瞬、死んでいるのかと思った。最初にわたしの頭をよぎったのが、彼女の身を案じる気持ちではなく、何者かがわたしに濡れ衣を着せようとして店の前で彼女を殺したのではないかという思いだったことに気づいて、良心がとがめた。

ヴィッキーがハッと目をさまし、目をこすりながらトラックのドアをあけておりてきた。

「ごめんなさい。眠るつもりじゃなかったのに。きのう一日、大忙しで、いろんなことをいっきに片づけようとして、もう死にそうだったの」

「謝らなくていいのよ。早起きがどんなにつらいか、わたしもよく知ってるもの。さ、入って。コーヒーを淹れるから。すぐ用意できるわ」

ヴィッキーは腕時計を見た。「どうしようかしら。すでに予定より出発が遅れてるし」

「コーヒー一杯。せめてそれぐらいは飲んでいって」わたしは言った。エマとグレースはどこなのよ？ 少なくともどちらか一方が掩護にきてくれると思ってたのに、こうなったら一人でやるしかない。ま、仕方ないか。コーヒーの誘いでヴィッキーをひきとめ、コーヒーの用意をするあいだに、ボスとの関係と、夜の夜中にエイプリル・スプリングズを出ていこうと決心した理由を尋ねることにしよう。

「そうね、もらおうかしら」

ヴィッキーがわたしについて店に入ってきたので、わたしは〈ドーナツ・ハート〉のライトをつけた。誰かが店にいることを世間に知ってもらいたかったし、わたしの身に何かあった場合、引越し用トラックが止まっていたことを車で通りかかった人が思いだしてくれるかもしれない。

「急に町を離れるっていうんだもの。びっくりしたわ」コーヒーメーカーのスイッチを入れながら、わたしは言った。

「ずっと前から考えてたの」ヴィッキーはあくびをこらえた。「ブレインさんを亡くしたことで、決心がついたわ」

「お二人は親しかったそうね」わたしは軽い口調を心がけた。

ヴィッキーは悲しげに首をふった。「ゴシップという爪がわたしに食いこむのに、長くはかからなかったわ。でしょう？ どんな噂を耳にしたの？ ブレインさんとわたしが熱い関係だったとか？　噂の世界では、わたしは足蹴にされた愛人ってわけ？」

「似たような噂を耳にしたことは認めるわ。ほんとのことなの？　あ、誤解しないでね。あなたを批判するつもりはないから。ボスに弄ばれたあげく捨てられた女は、もちろん、あなたが初めてじゃないのよ。わたしのいとこのキムも同じ目にあって、危うく破滅するところだったわ」はいはい、わたしにはキムなんて名前のいとこはいない。でも、いることにしておくの。ヴィッキーから話を聞くためなら、どんなことでもするつもり。

「その人、気の毒ね。でも、わたしはそんな経験はしてないのよ。ブレインさんの下で仕事をしていた。それだけのことなの。誠実な部下として働いたけど、ブレインさんの死で、銀行に対するわたしの忠誠心も死んでしまった。新しい町で新しいスタートを切りたい。ぜひそうするつもりよ」

「さっと荷物をまとめて、そのまま町から出ていくなんてことができるの？」わたしは遠慮しながら訊いた。

「出ていくしかないの。そこが問題なのよね」

わたしは首をふった。「みんなにあれこれ噂されたままで町を離れてもいいの？　出ていく前に誤解を解きたいとは思わない？」もっと話を聞きだす必要があった。とくに、彼女が永遠に町を離れてしまう前に。

「あなた、この件にかなり探りを入れてるようね。違う？」ヴィッキーの視線が急に冷たくなり、わたしはどういうわけか、危険ゾーンを恐る恐る歩いているような気がしてきた。

「忘れないで。わたしは通りに放りだされたパトリックを見たのよ」わたしは言った。「探ろうとするのも当然だと思うけど」

「わたしがあなただったら、用心を怠らないでしょうね」ヴィッキーのためにコーヒーを注ぐわたしに、彼女は言った。

「ヴィッキー、脅迫するつもり？」

彼女はためらい、それから言った。「わたしは脅す気なんてないけど、この件には危険な連中が関わってるのよ。平気で人に危害を加える連中」

「それって、経験から出た言葉？　誰かに脅されたの？」

ヴィッキーはコーヒーをひと口飲んだ。「そう露骨ではなかったけど、遠まわしに言われたわ。それだけ言われれば、町を出なきゃって気にもなるわよ」

「圧力をかけてるのは誰なの？　銀行のビジネスに関係のある人物？　それとも、もっと個人的なこと？」

ヴィッキーはためいきをついた。「ブレインさんのもとの妻と愛人がどう思っていようと、あんな人たち、わたしはちっとも怖くないわ」

「じゃ、ビジネス関係ね」

ヴィッキーはコーヒーのマグを押しやった。「ほんとにもう出発しなきゃ。長時間のドライブが待ってるの」

「どこへ行くの?」

ヴィッキーは返事をしそうになったが、こう答えただけだった。「悪いけど、それはわたしの胸にしまっておくことにするわ。エイプリル・スプリングズの人たちに、わたしの行き先を知られたくないから。例の封筒だけど、出発する前にもらってもいい?」

これ以上ひきとめるわけにはいかなかったし、約束したお金を渡さずにすませるための口実も思いつけなかった。ほんとはわたしのお金なんだけど……。

「車のなかに置いてあるの」わたしは言った。

ヴィッキーはわたしのあとから外に出てきた。車のドアをあけ、シートの下から封筒をとりだそうと身をかがめたわたしは、うなじのあたりがぞくっとした。この状況では、ヴィッキーがわたしの頭を殴りつけるのも、背中にナイフを突き立てるのも、いとも簡単だ。しかし、幸運なことに、どちらも実現には至らず、わたしは封筒を両手で握りしめて身体を起こした。

「これ、ブレインさんの字じゃないわ」封筒を受けとって、ヴィッキーは言った。

「ええ、違うわよ」わたしの字であることを白状する気はなかった。

ヴィッキーは封を破り、手早く中身を数えてから言った。「ブレインさんったら、どうしてこんな手間をかけたのかしら」

こっちは有り金を残らずはたいたんだから、もう少し感謝してほしいと思った。ヴィッキーのボスではなく、わたしの財布から出ているお金なのに。「残念ね。もっと大金だと思ってた？」

「そもそも、それがわたしの問題点だったのかも。昔から、手に入ったものだけじゃ満足できなかった」

たぶん衝動的にやったのだろうが、ヴィッキーが身を乗りだして、わたしを抱きしめた。

「ありがとう」ヴィッキーは身体を離しながら言った。

「なんのお礼？」

「この町で、わたしに率直に話をしてくれたのはあなただけよ。どんなに感謝してるか、知ってほしくて」

わたしは初めて会ったときからヴィッキーに嘘をついてきた。それ以来、彼女に話したことのなかに、わずかでも真実を見つけようとすれば、大いに苦労することだろう。でも、そこまで告白するつもりはなかった。「ううん、いいのよ」としか言えなかった。

嘘の上塗りをした恥ずかしさで顔が真っ赤になっていないよう願った。

ヴィッキーを見送ってから表のドアをロックしたそのとき、エマが車でやってきた。

ふたたび錠をはずして、エマをなかに入れた。

「どんな重大なことが持ちあがったの？」ジャケットを脱ぎながら、エマが言った。「大急ぎで駆けつけたんだけど」

「ひと足違いだったわ」

「ごめん。きっと、知らないうちにスヌーズボタンを押しちゃったのね。何があったの？」

わたしは一瞬考えこんだ。「まだよくわからないの」

「どういう意味？」

「わかったらすぐ話してあげる。ドーナツ作りを始める準備はできた？」

「はい、いつでも」エマは言った。

二人でドーナツ作りの準備を進めるあいだ、さまざまなシナリオがわたしの頭に浮かんでは消えていった。まず考えなくてはならないのは、誰かがわたしに嘘をついているということだ。全員が真実を語っているはずはないが、誰を信じればいいのだろう？　パトリックの愛人、デブ・ジェンキンズの言葉が本当だとしたら、秘書のヴィッキーには動機があったことになる。だが、そのいっぽう、別れた妻のリタの言葉が本当なら、デブにもパトリック・ブレインの死を望む理由が充分にあったはず。しかし、ヴィッキーが本当のことを言っているなら、彼女のボスを殺したのは三人の女の誰でもないことになる。かわりに彼女が指を向けたのは、わたしがすでに探りを入れた方向。つまり、建設会社と投資会社だ。ここらで、その二つをもう少しくわしく調べたほうがいいかもしれない。

「今日はパンプキンドーナツをいつもの三倍も作るつもり？　これの好きなお客が何人かい

るのは知ってるけど、多すぎない？」

考えごとに夢中になるあまり、同じケーキドーナツの生地を三回も作っていたが、エマの前で正直に認めるつもりはなかった。「今日の午後のために、よぶんに作っておきたいの」

「何があるの？　三月なのにハロウィーン・パーティ？」

「ううん、町の人たちに配ろうかと思って。ほら、わたしはつねに、新規開拓を心がけてるでしょ」

「ほんとにそれだけ？」

「わたしに言えるのはそれだけよ」今後は自分のやっていることにもっと注意を払わなくては。

午前五時半になり、開店準備が整ったときには、エマもわたしもドーナツをどうにか作りおえていた。

でも、誰がパトリック・ブレインを殺したかについては、少しも真相に近づいていなかった。

助けが必要だ――わたしにだって、それぐらいはわかる――誰に助けを求めればいいかも、すでにわかっている。

六時少し前にジョージが入ってきたので、わたしは言った。

「今日のドーナツは店のおごりよ。ただし、条件つき」

ジョージはドーナツの皿を押しやった。

「遠慮しとくよ、スザンヌ。自分の分は自分で払う」

「そんなこと言っていいの？　あなたのことだから、わたしの力になろうとしないわけがない。その親切に対するお礼のつもりでドーナツをサービスするんだから、すなおにもらってくれてもいいでしょ」

ジョージは言った。「すまん、あんたの言うとおりだ。最近のわたしはどうも、頑固おやじになってきたようだ。年のせいだな」

「じゃ、頼みごとをさせてね」

ジョージは言った。「なんなりと。文句を言ってすまなかった」

わたしは深く息を吸った。「事態がわたしの手に負えなくなってきたの。一日のうち十時間をドーナツショップの経営に、残りの時間をパトリック・ブレインの人生を嗅ぎまわることに費やすのって、きついのよねえ。おまけに、マーティン署長がわたしをきびしく監視してるし、もちろん、州警察から捜査の応援にきてる警部もそうだし。ジョージ、警察のほうで新たな進展がないか、探ってほしいの。署長と衝突しないようにしてほしいけど、警察の捜査がどこまで進んでるかわかれば、すごく助かる」

「わたしは経験を積んだ捜査員だぞ、スザンヌ。知ってるだろ？　署で腰をおろしてくだらん噂話に耳を傾けるよりも、はるかに多くのことができる。あんたがやってる調査を手伝わせてくれ」

「それについての議論はまたあとでね、ジョージ。でも、いますぐ頼みたいことがひとつあるの」

「いいよ。なんでもやるとも。ただ、あんたはここにいる人材を充分に活用していない。わたしが言いたいのはそれだけだ。さっき勧めてくれたドーナツをことわったことを、悪く思わんでくれ」

わたしはジョージの手を軽く叩いた。「思うわけないでしょ。さっきの申し出だけど、ほんとにありがとう。心に留めておくって約束する」ふと気が変わった。「ほかにやってもらえそうなことがあるわ。ただし、極秘で進めること」

「どんなことでもやれると思うよ」

「まずは、〈アライド建設〉と〈BR投資〉に関することを、なんでもいいから探りだしてほしいの。でも、わたしが社の業務内容を調べてることは、向こうに知られないようにして」

「まかせてくれ」ジョージは言った。新たな頼みごとをされて、うれしそうだった。

わたしはむずかしい顔になり、それから言った。

「それと、パトリックの家庭生活に探りを入れたいんだけど、どうやればいいのかわからないの」

ジョージはしばらく考えこみ、やがて言った。

「いい考えがある。だが、まず電話をかけなきゃならん」

店の外へ出ていった。プライバシーを守るためか、それとも、受信状態を良好にするためか、わたしにはわからなかった。二、三分すると、笑顔で戻ってきた。

「いい知らせ？」

「あんたをパトリック・ブレインの家に入れる方法が見つかった。いったん家に入りこめば、思うぞんぶん調べてまわれるぞ」

「興味をそそられるお言葉だわ。どうすればそんなことができるの？」

「簡単さ。うちはパトリックの家と同じ清掃業者を使っててね、メアリ・パリスって言うんだが、彼女に頼んで、今日一日、数時間だけ、あんたを見習いとして使ってもらうことにした。どっちみち、あの家を掃除する予定だったみたいで、人手があれば助かると言っていた」

「すばらしいわ。掃除の予定はいつなの？」

「今日。だめなら、この話はなし。あんたが留守のあいだ、店のほうはエマ一人で大丈夫かな？」

「やってくれると思うわ。作業はほとんど終わったから。あとはお客を待てばいいだけ。エマ一人に押しつけるのはいやだけど、ほかに選択肢はないのよね？」

「ない。メアリがきれいに掃除してしまう前にパトリックの家のなかを見ておきたいのなら」ジョージは腕時計に目をやり、そして言った。「一時間後に、パトリックの家でメアリと落ちあってくれ。メアリは七時きっかりに仕事を始めるから、あんたも遅刻しないように。一日じゅう、あの家にいられるかどうか約束できないが、とにかく、なかに入ることはできる。さて、そろそろ、わたしも出かけないと」

「骨を折ってくれてありがとう」

ジョージはニッと笑った。「わたしという人間を知ってるだろ。いつだって喜んで力になるよ。清掃という新たな仕事を楽しんでくれ」

「わたしの生き甲斐だわ」出ていくジョージに、わたしは言った。

エマを店のほうに呼んだ。「今日の午前中、あなた一人でやってみるっていうのはどうかしら」

そう言われても、エマはあまりうれしそうな顔をしなかった。

「どうして？　どういうわけ？」

「ジョージの口利きで、パトリック・ブレインの家にもぐりこめることになったんだけど、今日しかだめなんですって。あなた一人でやるのは自信がないっていうのなら、ジョージを呼びもどして、無理だって言うわ」

「そんなことさせられないわ。これがどんなに重要なことか、あたしにもわかってます」エマは唇を嚙み、それからつけくわえた。「にっちもさっちもいかなくなったら、うちの母にきてもらうわ」

「とりあえず、呼びましょうよ。お母さんのバイト代はわたしが出すから、留守のあいだ、手伝ってもらいましょう」

「それでかまわないのなら」

「助かるわ。かまわないに決まってるでしょ。ジョージがわたしのためにさんざん骨を折ってくれたのに、いまさらことわるのも悪いし」

エマは言った。「いいお友達がたくさんいるのね」

「このお店をやってて、いちばんうれしいことのひとつかも。それに、生まれたときからずっとエイプリル・スプリングズで暮らしてるのも、悪いことじゃないわね」

「でも、どこかほかのところに住みたいって思ったことはない？」カウンターを拭きながら、エマは言った。「外には大きな世界が広がってるのに、あたしたちは小さな片隅で生きている。毎日、なんだか損してるような気がする」

「わたしはこの町が大好きよ」わたしは正直に答えた。「外に出れば、遠くに山々が見えるし、いい景色を楽しみたければ、ブルーリッジ・パークウェイまで一時間もかからない。それから、ビーチへ出かけて海が見たいという衝動に駆られたときも、五時間以内で行ける」

「でも、外の世界にはもっといろんなものがあると思わない？」エマは顔に垂れた赤毛を払いのけた。

わたしはそれについて考えた。「そうかもしれない。でも、わたしにとってはここが故郷なの。向こうには知ってる人が一人もいない」身振りで外の世界を示しながら、わたしは言った。「この町にいれば、誰が信用できるか、誰が信用できないか、ちゃんとわかる。真夜中に電話してもかまわない人たちがいて、向こうは電話の理由を尋ねもしない。それから、何があろうとけっしてわたしに背を向けるつもりのない人たちもいる。まあ、楽しいことばかりじゃなくて、危険もあるかもしれないけど、未知の危険ではないから、自分の力で対処していける。要するに、このエイプリル・スプリングズには、わたしの必要とするものがすべてそろってると思うの」

「あたしは違うわ」エマは言った。「この町から永遠に出ていけるときが待ち遠しい」

わたしはエマに笑顔を向けた。「そして、町を出たとたん、想像もしなかったほどこの町が恋しくなるのよ」

「そりゃないと思うけど」

わたしは笑った。「十年後にもう一度、この話をして、たしかめてみましょう」早朝の客が帰ったあとの片づけがまだ終わっていないテーブルに目をやった。「出かけるのは三十分ほどあとだから、わたしがお店の掃除をするあいだに、お母さんに電話したら？」

「はーい、了解」

エマのお母さんが店にきたあと、わたしの出かける時間になった。悲しいことに、家に帰って清掃業向きの服に着替えてくる必要もなかった。ジーンズとTシャツなので、いまからやる仕事にぴったりだ。

七時三分前にパトリック・ブレインの家に着いた。車寄せに車が一台止まっていた。車体に〈メリー・クリーナーズ〉とメタリックな文字が入っている。メアリのスバルにちがいない。

「遅いね」玄関ドアをあけながら、メアリが言った。向こうがわたしをじろじろ見るあいだに、わたしも同じことをした。メアリは背の高い痩せた女性で、白髪まじりの髪をひっつめてきっちりとお団子に結っている。映画から抜けだしたようなメイドの制服を着ている。この服装が好きなのだろうか。それとも、クライアントを開拓するための宣伝手段だろうか。

彼女の前に立つと、わたしの格好はひどくしょぼくれて見えた。

わたしは腕時計に目をやって反論した。「まだ二分ありますけど」

「あたしに言わせりゃ、遅くとも五分前にきてなきゃ完全な遅刻。さ、入って。ぼうっと突っ立って昼までしゃべってたら、この家をすみずみまで掃除する時間がなくなっちまう」メアリは自分の腕時計に目をやり、さらにつけくわえた。「午前十時に町の向こうで仕事が入ってるんで、さっさと始めないと。主寝室のほうを頼むね。あたしはキッチンとバスルームをきれいにするから。埃を払って、掃除機をかけて、部屋のなかを片づける。ジョージの話だと、あんた、掃除以外のことにも興味があるそうだけど、ひとこと注意しておこう。何ひとつ持ちだしちゃいけない。わかったね？」

「わたし、泥棒じゃありません」

「そんなこと言ってないよ。ただ、あたしの名前に傷がつくと困る。ジョージの評判にも」

「信用してくれて大丈夫です」

「よし。じゃ、仕事にとりかかろう」

レンガ造りの小さな家の廊下を奥まで行くと、主寝室と思われる部屋が見つかった。なぜ清掃業者が必要なのか、よくわからなかった。母とわたしの住まいも含めて、こんなに整然と片づいた家に足を踏み入れたのは初めてだった。

やがて、ここはパトリックの仮住まいだったのだと気がついた。リタと別れたあと、デブとの暮らしをスタートさせるまでのあいだ、どこかに住まいが必要だったわけだ。いや、ひょっとすると、蛾の展示室から避難するための場所にすぎなかったのかも。

ドレッサーの表面の埃を払う合間に、背後の様子を窺いながら、引出しをあけていった。靴下が一足ずつきちんとしまってあり、下着はていねいにたたんであった。何ひとつ乱さないように気をつけて捜索を進めたが、価値あるものも、興味を惹くものも、いっさい出てこないため、いらだたしくなってきた。ホテルの部屋といってもいいほどだった。

いちばん下の引出しのひとつを閉めたそのとき、背後の木の床にかすかに足音が響いた。わたしは一瞬の躊躇もなく、片膝を突き、ドレッサーの装飾部分の乾拭《からぶ》きにとりかかった。

「がんばってるね」メアリが言った。この家の床がカーペットでなかったことに深く感謝。カーペットだったら、わたしの仕事ぶりをチェックしにきた彼女の足音に気づかなかっただろう。「何か必要なものは？」

「いいえ、ありません、大丈夫です」わたしは答えた。

メアリはそっけなくうなずくと、自分の仕事に戻った。

わたしは部屋の掃除をしながら、捜索を続けた。もっとも、払う埃もたいしてなかったが。あきらめかけたそのとき、引出しを閉めた拍子に、ナイトテーブルから何かがひらひら落ちてきた。

それは銀行の預金引出しの明細書で、パトリックが殺される前日に自分の口座から一万ドルを出したことが記されていた。いったいどういう意味？　そんな大金が見つかったなんて、誰も言っていなかった。もっとも、マーティン署長がわたしにわざわざ教えてくれるとは思えないけど。でも、見つかっていれば、ジョージが警察で何か耳にしたはずだ。ならば、一万ドルはまだ見つかっていないと考えるしかない。ここに、彼のこの家にあるのだろうか。念のため、もっと丹念に捜さなくては。パトリックはほかにどんな秘密を隠していたのだろう？

お金の行方を示すものが何かないかと引出しをのぞいたとき、エイプリル・スプリングズ警察署発行の駐車違反チケットがふと目に入ったが、どこか違和感があった。

チケットには何も記入されていなかった。氏名、運転免許証番号、住所、その他もろもろの欄がすべて空白だった。裏返すと、日時が書かれていた。〝3/03, 7:00〟。数字の7に斜めの線が入っていた。町のあちこちで、最近やたらと目にする書き方だ。殺人の一週間前の日付だが、何か重大な意味がありそうな気がしてならなかった。チケットに刺激されて、部屋のなかをさらに捜しまわったが、パトリックがお金を寝室に隠していたとしても、わたしには見つけられなかった。

あちこち捜しつづけていたとき、メアリが入ってきた。寝室を見まわしてから言った。

「きれいになったようだね。そろそろ行かないと」

捜索していない場所が、隅のほうにいくつも残っていた。一万ドルを隠すには、どれぐらいのスペースが必要だろう？「まだ終わってないんですけど」

「悪いけど、あたしがつぎへ行かないとだめなんでね。お客さんの一人のとこで、グレープフルーツが散らばる緊急事態発生で、そっちへ飛んでかなきゃいけないんだ」

「わたしだけ残ってもかまいませんよ」わたしは言った。探ってみたい場所が、家のなかにまだまだ残っている。

「悪いけど、それは無理。たとえジョージの友達でも。さ、行こう」

わたしはメアリに急かされてしぶしぶ家を出て、それから言った。

「こちらに戻ったときに、わたしに電話してください。そしたら、喜んで手伝います」

「そこまでは必要ないと思うよ。けど、申し出には感謝する」

わたしが玄関ドアのそばに立っているあいだに、メアリは車で走り去った。パトリック・ブレイン宅の捜索は完了できなかったが、それでも、参考になりそうな品がいくつか見つかった。とりあえず、これで我慢しなくては。

本来の居場所であるドーナツショップに戻ることにした。うまくいけば、見つけた品について考える時間がとれるだろう。


店に戻ると、エマとその母親のほかは誰もいなかった。「まあ、アイリーン。急なお願いだったのに、きてくださってありがとう。あとはわたしがやるわ」

「いいのよ。よかったら、今日一日、このまま手伝いましょうか。エマと二人で楽しくおしゃべりしてたのよ」

「接客の合間にね」エマがあわてて言った。「午前中、大忙しだったの」

「ほんとにそうだったわね」アイリーンは言った。「スザンヌもわかってくれるわ」

陳列ケースをひと目見ただけで、わたしの留守中に二人が奮闘してくれたことがわかった。

「わかりますとも」レジに手を伸ばして、二十ドル札を一枚とりだした。「これ、少ないけど」と言って、アイリーンに渡した。

「あらあら、そんな、いただけないわ」アイリーンは言った。「楽しませてもらったんだから、お金なんていいのよ」

わたしは肩をすくめた。「じゃ、ドーナツ二ダースはどうかしら。どちらでもお好きなほうを」

「ドーナツにするわ」アイリーンは言った。わたしがドーナツを箱に詰めはじめると、さらに続けた。「新聞社へ持っていったら、お父さんがびっくりすると思わない？」

「そりゃ、びっくりするわよ」エマが言った。わがアシスタントの話によると、アイリーンが夫の新聞社を訪ねるたびに、夫から否定的なコメントが飛んでくるそうで、それを連ねたら長いリストになるらしいが、アイリーンはどうやら、ドーナツを届ければ夫が喜ぶと思っているようだ。

アイリーンが店を出ていくなり、エマが電話に飛びついた。

「パパ、ママがドーナツを二ダース持ってそっちへ行ったわ。驚いたふりをしてね。今日、お店でわたしを手伝ってくれて、ドーナツはそのお礼なの。じゃあね」

「わたし、何かいけないことをした？」わたしは訊いた。

「ううん、パパは不意打ちを食らうのが大の苦手っていうだけのこと。心配いらないわ。パトリックの家で何か見つかった？　わりと早く終わったのね」

「帰っていいって言われたの」向こうで見つけたもののことを、エマには黙っておくことにした。わが素人捜査からエマをできるだけ遠ざけておこうと、わたしはいまも必死になっている。

「クビになったの？」

「違うわよ。清掃業者の人に、べつのところから緊急の仕事が入ったの」わたしは説明した。

「さて、店が暇なうちに、皿洗いに精を出しましょう」

「では、さっそく」エマはキッチンに姿を消した。

凪《なぎ》状態は長くは続かず、わたしが戻ってしばらくすると、専門職の人や、子供を学校へ送りだした母親や、リタイアした人が、つぎつぎとやってきた。

十時少しすぎにドアがあいたとき、ゲイルとティナが入ってきたのを見て、わたしはびっくりした。二人とも常連客で、未亡人どうしがいまはルームメイトになっている。子供たちはとっくに独立し、二人の女性は孤独な暮らしにうんざりしたのだ。もっとも、現在の暮らしが前よりずっと幸せなのかどうか、わたしにはよくわからない。

「いらっしゃい。二人で船旅の最中だと思ってました」

ストレートな黒髪の持ち主で、ガリガリに痩せた女性、ゲイルが言った。

「そうだったのよ。ところが、船長にボートから放りだされたの」

背が低くて、ぽっちゃりしていて、どこもかしこも柔らかなティナが言った。

「あれはボートじゃなくて船よ。それから、放りだされてはいないわ。あなたって、ほんとのことを言うより嘘をつくほうが好きなんだわ。でしょ？」

「ティナの言葉には耳を貸さないで、スザンヌ。わたしが言ったことは全部ほんとなんだから」コーヒーとアップルフリッターを注文するついでに、ゲイルが言った。

「船が座礁したの」ティナが言った。「わたしたちだけじゃなくて、全員が船をおりなきゃいけなかったのよ。ゲイルの言い方だと、まるで、態度が悪いせいでわたしたちだけが船をおろされたみたいじゃない」

「まあ、座礁だなんて怖いわねえ」ティナのためにドーナツを三個とり、カップにミルクを注ぎながら、わたしは言った。

ゲイルが言った。「ほんとのこと言うと、すごく楽しかったわ。生まれて初めて救命ボートに乗ったのよ。まるでヒッチコック映画の登場人物になったみたいだった」

「嘘ばっかり」ティナが言った。「岸まで六十メートルぐらいだったし、変わったことなんか何もなかったでしょ」

「何もなかった？」ゲイルが言った。「心臓発作を起こした男性はどうなのよ？」

「あれは心臓発作じゃないわ。パニックの発作。紙袋を口にあてて呼吸したら、すぐ楽になったじゃない。真実をそこまで脚色するのはやめてほしいわね」

ゲイルは顔をしかめた。「べつに嘘なんかついてないわ。わたし自身の視点から話をしてるだけ」

「その視点が問題なのよね」ティナは言った。

二人がカウチのひとつに腰を落ち着けたあと、陳列ケースのトレイのいくつかにドーナツを追加していたら、グレースが入ってきた。

「いまメッセージを聞いたとこ」見たこともないほど疲れきった顔をしていた。「留守電機能がおかしくなってたの。わたしが出るまで何回でもかけてくれればよかったのに」

「気にしないで」わたしは言った。「それと、頼むから声を低くしてくれない？」みんなの注目がこちらに集まっている。それも、うれしい注目ではない。

「ごめん。コーヒー一杯もらえれば、殺されてもいい。あ、これもごめん。言葉の選び方がまずかったわね」

わたしがコーヒーをたっぷり注いだマグを前に置くと、グレースはむさぼるように飲み、そのあとで言った。「何があったのか話して」

「けさ、ヴィッキーが町を出ていく前にここに寄ったんだけど、リタもデブも殺人には無関係だと思うって言ってた。ただ、パトリックが仕事で関わってた二つの会社をかなり疑ってる様子だった」

「なるほど。じゃ、今日の仕事が終わったら、その会社の人に会いにいきましょう」

「わたしと一緒に調査を続けようって、本気で思ってるの？」

わたしの質問に、グレースは驚いた様子だった。「言ったでしょ。あなたが調査を続けるかぎり、わたしはずっとそばについてるって。まさか、気が変わったんじゃないでしょうね」

「そんなんじゃないわよ。ただ、最近、警察にかなり目をつけられてるみたいなの」

「誰かに何か言われたの？　署長に？　だって、あの署長、何年も前からあなたを目の敵にしてるじゃない」

「じつはね、ゆうべ、ジェイク・ビショップがうちにきたの」

グレースはたちまち興味を持った。「仕事で？　それとも、遊びで？」

「何が言いたいの？」

グレースは首をふった。「ほらほら、わたしの前で恥ずかしがったりしないで。彼のことが好き。でしょ？　彼の話をするとき、声に恥じらいがにじんでる」

わたしは布巾をカウンターに投げつけた。「あの男はね、わたしの前に登場して以来、わたしをいらいらさせてばかりいるの」

グレースは片手をあげてふった。「好きなだけ反論すればいいけど、わたしの勝手な想像じゃないことはたしかだわ」

「事実無根」わたしは言った。でも、本当にそう？　わたしが自分自身に対して、もしくは、世間に対して認めようとしない何かを、グレースはわたしのなかに見つけたのかしら。ジェイクはハンサムな男だ。それは否定できない。

グレースが訊いた。「で、そのあとどうなったの？　わたしだって、あなたと彼のおやすみのキスを想像するほど愚かではないけど、少なくとも、玄関先で別れを惜しんだんじゃない？」

「いいえ。マックスが最悪のタイミングでうちの玄関先にあらわれたものだから、別れた夫が姿を見せたとたん、ジェイクはそそくさと帰っていったわ」

「マックスったら、なんの用だったの？」グレースが訊いた。彼女はわたしの別れた夫の大ファンではなく、誰にそれを知られようと気にする様子もない。

「信じられないかもしれないけど、わたしとよりを戻したいんだって」

グレースは眉をひそめた。「応じる気はないわよね？　頼むから、マックスとは何も約束してないって言って」

「ほんとのことを知りたいのなら、彼を放りだしてやったわ」

「さ〜すが」

「グレース、マックスはね、過ちを認め、それを許してほしいって言ったの」

グレースは首をふった。

わたしは訊いた。「どうしたの？」

「マックスがいくら許しを求めても、耳を貸す必要はないのよ」

わたしはためいきをついた。「そりゃたしかに、あなたの言うとおりだけど、いつまでも恨みを抱きつづけるなんてできない。健全じゃないわ」

「許したいっていうのなら、許せばいいけど、砕けてしまった人生の破片をあなたが拾い集めたときにそばにいて手伝ったのは、このわたしだったのよ。覚えてる？　浮気したことをマックスが急に後悔しはじめた、なんて言わないでね。信じられないもの」グレースはカウンターに十ドル札を投げつけ、わたしはみんなの注目の的になっていたことに気づいた。かまうものか。「ちょっと」と、大声で呼んだ。「怒ってるの？」

グレースは手をふった。「怒ってないわよ。外の空気が必要なだけ」

「あとで電話して」わたしは言った。

グレースは気のない様子でうなずき、ふり向きもせずに歩き去った。

7

「心配いらないわ。あの人、ちゃんと戻ってくるから」

グレースが姿を消すと、見物していたティナが言った。

「そんなこと、わからないわよ」ゲイルが言った。「ここには二度と足を踏み入れないかもしれない」

「元気づけてるつもり？　それとも、人をがっかりさせたいの？　ゲイル」

「そういう言い方はやめてほしいわ、ティナ。まったく頭にくるわね。ほかの人だって不愉快に思ってるわよ」

「わたしが言いたいのは、あなた自身、ほかの人の感情を傷つけそうなことを言う前に、自分の心にそう問いかけてほしいってことなの」

ゲイルはいきなり立ちあがった。「そんなこと言うなんて許せない、まったくもう」

今度は彼女まで足どりも荒く出ていったが、ティナのほうは、ゲイルを止めようとする素振りも見せなかった。

わたしはティナのテーブルに近づき、コーヒーを注ぎたした。

「ごめんなさい。こちらの口論にお二人まで巻きこむつもりはなかったのに」

ティナはかすかな笑みをよこした。「何言ってるの？　平和と静けさが訪れて大歓迎だわ」

「でも、ゲイルのこと、どうするんです？」

ティナは笑った。「癇癪が収まるまで町のなかを歩きまわれば、少しは本人のためになるでしょうよ。船をおりたときから、なんだかぎくしゃくしててね、ようやく不満が爆発して、わたしはかえってホッとしてるのよ。ゲイルの怒りの発作が収まれば、もとどおりうまくやっていけるわ」ティナはわたしに向かってうなずき、つけくわえた。「あなたのお友達の場合も同じよ、きっと」

「だといいんですけど」

ティナは言った。「さて、ゲイルもそろそろ頭を冷やしたころでしょう。捜しにいったほうがよさそうね」わたしの肩に軽く触れた。「ほらほら、しゃんと顔をあげて。世間のくだらない連中に何を言われても、めげちゃだめよ」

「がんばります」

「コーヒーちょうだい」一時間後、カウンターにすわったテリ・ミルナーが言った。その瞬間のテリは、疲れはてた母親を絵に描いたようだった。

テリのためにコーヒーを注ぎながら、わたしは言った。

「どうしたの？　よく眠れなかったの？」

テリはコーヒーを待っていて、わたしがマグをさしだすなり、こちらの手から奪いとった。わたしならぜったい勧める気になれないほどの量をいっきに飲んだあとで、至福の笑顔になった。「コーヒーのおかげで、ようやく、試練をくぐり抜けたのが報われたって感じ」

「何があったのか、早く教えてよ」

「うちの娘たちが男の子に目覚めたの。まだ八つなのに、早すぎると思わない？」

「くわしく聞かせて。どうやって目覚めたの？」

テリはもう一度コーヒーをがぶ飲みしてから、マグをさしだしておかわりを催促した。わたしがコーヒーを注ぎたすあいだに話してくれた。

「二年生にイーサン・マークスって男の子がいて、娘たちが口にするのはその子のことばっかり。イーサンがこうした、イーサンがああしたって、もううんざり。わめきたくなるわ」

「そりゃ大変だわね」わたしはそう言いながら、窓の外へ目をやった。「サンディはどこ？」

「こっちに向かってるところ。息子が宿題を家に忘れていったから——いつものことだけど——あわてて学校まで届けなきゃいけなかったの」テリは窓の外を指さした。「ほら、きた」

二人目の母親が入ってくるのと同時に、わたしはもうひとつのマグにコーヒーを注ぎ、すぐ出せるようにした。

サンディはそれを見た瞬間、笑顔になった。

「気を利かせてくれてうれしいけど、わたし、アップルジュースのほうがいいな」

わたしがコーヒーを流しに捨てようとすると、テリがマグをつかんだ。

「もったいない。わたしが飲むわ」

わたしは笑いながらテリにコーヒーを渡した。二人の女性からドーナツの注文を受けたあとで、テリの言葉が聞こえてきた。

「おたくの子、イーサン・マークスの話をしたことある？」

「くしゃみのイーサン？　あるわよ。どうして？」

「なんでそんなあだ名がついてるの？」テリが訊いた。

「気の毒な子でね、ほとんどのものに対してアレルギーなの」サンディが言った。

「なるほど。うちの娘たちに対しては、アレルギーじゃないみたいよ。二人ともイーサンにのぼせあがっちゃって、もう大変。ねえ、正直な意見を聞かせて。小学二年生で男の子を意識しはじめるって、早すぎると思わない？」

サンディは友達の手を軽く叩いた。「わたしが初めて真剣に恋をしたのは一年生のときだったわ。だから、わたしに言わせれば、二年生じゃ少々遅いぐらいよ」

テリは少し気分が軽くなった様子だった。「あなたはどう、スザンヌ？」

わたしは二人にドーナツを渡してから言った。「もっと早かったわ。幼稚園のとき、ジェニー・グレースにマットをとられて、そしたら、カイル・ピーターズが自分のマットを半分使わせてくれたの。わたしのハートは永遠に彼のものだと思ったわ。少なくとも、その翌日までは。だって、スティーヴ・ブルーアーが紙パックのジュースをくれたんだもん。なんていうか、わたしって心変わりしやすいのね」

テリはわたしたち二人をじっと見つめた。「じゃ、何も心配することはないっていうのが二人の意見ね？」

「その子を家に連れてこないかぎり、心配いらないわ」サンディが言った。

テリの顔が曇った。

サンディが小声で言った。「わたし、何か悪いことでも言った？」

「今日の放課後、その子がうちにくることになってるの」

サンディとわたしは顔を見あわせてニッと笑った。ついにテリが言った。

「どうぞ、どうぞ、遠慮なく笑ってちょうだい。笑いたいのを我慢して、そのせいであなたたち二人が破裂しちゃったら困るもの」

サンディとわたしが爆笑すると、ついにテリもつられて笑いだした。

「話をしたら、なんだかすっきりしたわ」

「いつだって、わたしがついてるわよ」二人ですわるカウチを見つけてから、サンディが言った。

これもわたしが〈ドーナツ・ハート〉を愛している理由のひとつだ。この店で提供しているのはドーナツとコーヒーだけではない。人生という嵐のなかの安全な避難港になっている。

二十分後、アメフトチームのカロライナ・パンサーズのジャージを着て、それとおそろいの帽子をかぶった大人の男性二人が店に入ってきた。テイクアウトのドーナツ一ダースを注文するあいだ、こちらに目を向けようともしなかった。かわりに、シーズンオフの選手獲得について、まるでコーチがそばに立って彼らのアドバイスを待ち受けているかのような調子で論じていた。

二人が帰ったあと、ふと気づくと、エマがすぐそばに立っていた。

「理解できない」エマは言った。「いい年した大人が、贔屓《ひいき》のスポーツチームのこととなると、どうしてあんなに熱くなるんだろ」

「無邪気でいいじゃない」

エマは首をふった。「どうなのかしら。銀行員も、警官も、それから判事だって、もっとましな時間の使い方があると思うけど」

「ま、その人たちがドーナツを買いに店にやってくるかぎり、なんでも好きなことを話題にしてくれればいいのよ」

しばらくして、ジョージから電話があった。「パトリック・ブレインに関して知らせたいことがある。少し探ってみたんだが、率直に言って、耳に入った話がどうも気に食わん」

「お願い、話して。パトリックが完全無欠な人じゃなかったことはわかったけど、それでも、わたしの友達なの」

ジョージは言った。「裁判所で耳にした話からすると、亡くなった時点でかなり金に困っていたらしい。クレジットカードで限度ぎりぎりまで金を借りてたし、リタの住んでる家は抵当に入ってるし、車はローン滞納で没収されそうになっていた。これが優秀な銀行員のやることかね？」

「いったい何にお金を注ぎこんでたのかしら」わたしはそう言いながら、一万ドルの預金引出しのことを思いだした。突然、明細書が見つかったことをジョージに話すのを忘れていたことに気づいた。その話をしたあとで、わたしは言った。「そんな多額の負債を抱えこむ人がいるなんて信じられない」

ジョージはうなずいた。「いくつか噂を耳にしたんだが、それをもとにして考えると納得がいく。おそらく、ギャンブルにはまってたんだろう。しかも、負けてばかり。あとでもっといろいろ報告できるはずだが、耳にしたことをひとまず知らせておけば、あんたの役に立つかと思って」

「考える材料ができてすごく助かる」わたしは言った。「パトリックはかなり深刻なトラブルを抱えてたようね」

ジョージはおだやかに言った。「だが、自分に弾丸を撃ちこみ、一人であの車から飛びおりたわけじゃないことは、はっきりしている。なので、とりあえず自殺の線は除外できる。すまん、いささか無神経な言い方だったな」

「犯人を突き止めようとして、あなたもわたしと同じように焦ってるのね」

ジョージとの電話を切ったあと、いま聞かされた話について考えた。パトリックがそこまで金に困っていたとすると、現金を手に入れるためなら手段を選ばないのでは？　投資会社や建設会社と取引していたのは、それが理由だったのでは？　窮地を脱する方法を探していたのだろうか。それとも、やばい取引に一発勝負をかけて、何もかも失う羽目になったのだろうか。

わたしには判断がつかないが、パトリックの人生を調べ尽くす前に疑問よりも答えのほうが多く得られることに、大きな望みをかけることにした。

「グレーズドーナツを十ダース頼む」十一時を少しまわったころ、白髪まじりのがっしりした男が店に入ってきて言った。

大口注文、これこそわたしの大好きなものだ。「かしこまりました」メモ用紙をとりだして、わたしは言った。「喜んで用意させていただきます。いつがよろしいでしょう？」

「いますぐ」〝こいつ、バカか〟と言いたげにわたしを見て、男は言った。

わたしはペンをおろした。「申しわけありませんが、お受けできません」

男はレジの上にかかっている〈ドーナツ・ハート〉の看板を見あげた。

「ここはドーナツ屋だろ？」

「そのつもりです。でないと、わたしの名刺を全部作りなおす必要がありますから」

「なら、何が問題なんだ？　おたくでドーナツを作ってて、おれはそのドーナツを買いたい。単純なビジネス取引だと思うが」

こんな偉そうな態度をとられるのは気分のいいものではないが、こちらの事情をちゃんと説明しておけば、いずれまた、きてくれるかもしれない。「グレーズドーナツは生地を作るのに二十分から三十分かかります。つぎに、四十分ほど発酵させなくてはなりません。そのあとでガス抜きをし、生地を伸ばして、ドーナツの形にします。それから三十分かけて二次発酵。発酵が終わったら、油で揚げてグレーズをかけるのに十五分」

「つまり、二時間ってことか。グレーズドーナツを作るだけでそんなにかかるのかい？」

「そうです。ケーキドーナツなら、もう少し短時間ですみますけど。早めにできるものを何か考えましょうか」

男は首をふった。「いや、グレーズドーナツでないとだめだ」腕時計に目をやり、それから言った。「よし。待たなきゃいかんのなら、待つとしよう。じゃ、二時間後に」

男がドアの外に出る前に、わたしはひきとめた。「それは無理です」

「今度は何が問題なんだ？」

「今日の分のドーナツ作りはもう終わったんです。厨房の片づけもすみました。明日でよろしければ、午前六時までに用意しておきます」

男はわたしの首をへし折ってやりたいという顔になった。「だめだ。いいかね、今日ほしいんだ。何を渋ってるんだか理解できん。そっちの言い値で買わせてもらう」

「そういう問題じゃないんです。こっちはけさの一時半からここで働いてるんです」

男はうなずいた。「なるほど、わかった。じゃ、特別に代金をはずむとしよう。ドーナツ十ダース、ふつうはいくらだね？」

もう少し感じのいい男だったら、まとめ買いということでかなり値引きしただろうが、そのかわりに、一個ずつ買ったときに払うのと同じ金額を告げた。

男は顔色ひとつ変えなかった。「では、その二倍払おう。それでどうだね？」

「前払いでお願いします」またしてもドーナツ作りにとりかかるのが、どうにも気の進まないままま、わたしは答えたが、売上げのことを考えたおかげで徐々にやる気が出てきた。

「クレジットカードにしてくれ」男はわたしに法人用クレジットカードをよこした。

わたしは金額をレジに打ちこみ、男がレシートにサインするのを見守り、「では二時間後に」と言った。

ドーナツ作りにかかる時間を水増ししておけばよかったと後悔した。二時間でドーナツを完成させるのはかなりきつい。

でも、とりあえず、この時間外労働はかなりのお金になる。

エマが奥の部屋を掃いていたので、店のほうへ呼んだ。箒《ほうき》をしまいながら、エマは言った。

「けっこう暇になってきたわね。今日は早退していいかしら」

「ごめん。ちょっと残業してもらえないか、頼もうと思ってたとこなの。グレーズドーナツ十ダースの注文が入ってしまって」

「受けたの？」

「おかげで店の経営が潤う、とだけ言っておくわね」

エマは笑顔になった。「あたしのバイト代も潤うってことね？」

わたしはうなずいた。「まさにそのとおり。おたがい、この機会に儲けさせてもらってもいいでしょ」

「ごっきげん！　さっそく、イーストと水と粉を量ります」

特別注文のドーナツを作るために閉店にしようかとも思ったが、〈ドーナツ・ハート〉が正午まで営業していることに慣れている常連客をがっかりさせるのもいやだった。二人いればなんとか接客できるだろうし、生地をこねるとか、型抜きをするといった大事な作業でわたしの手が離せなくなったら、エマ一人に店のほうを受け持ってもらえばいい。

最後の一ダースのドーナツにグレーズをかけおえたちょうどそのとき、例のせっかちな客がやってきた。「できたかね？」

わたしはドアの錠をはずして男を招き入れた。いつものように、正午に店を閉めたからだ。

「九ダースはすでに箱に詰めてあります。それを車に積んでいただくあいだに最後のひと箱を用意しておきます。サービスで、ドーナツホールもおつけしますね」

「いや、いい。おたくに置いといてくれ。こっちはドーナツだけでいい」

十ダースものドーナツホールをどうすればいい？ ドーナツを揚げおえてから、ついでにホールのほうも揚げておいた。どんなものであれ、無駄にしたくないからだ。小学校へ持っていって、午後のおやつとして配ろうか。いや、この前それをやったとき、何人かから苦情がきた。児童ではなく、わが子が学校でドーナツを食べることをこころよく思わない親から。なのに、そういう親ときたら、かわいいわが子からグミキャンディや糖分たっぷりのソフトドリンクをねだられれば、好きなだけ与えてしまう。

ここはひとつ、わたしの調査を進めるために、なんらかの方法でドーナツホールを使うことにしようか。ドーナツホールを出されて「いらない」と言える人はそう多くはいないことを、わたしは早くから学習している。無料となればとくに。

「またどうぞ」最後のドーナツ一ダースを渡して、男の背後でドアをロックしながら、わたしは言った。

エマがフーッと息を吐いた。「もうクタクタ。二人でやってのけたなんて信じられない」

余分な労働のせいで、わたしも背中が痛かった。「特別注文に応じるのがどんなに大変なことか、わたしがすぐに忘れてしまうせいね」レジに手を伸ばし、二十ドル札を一枚ひっぱりだした。「残業代よ。これで少しは元気が出るかも」

「ありがと」エマは紙幣をジーンズのポケットにすべりこませた。「映画にいくつもりだったけど、疲れちゃった。今夜の授業に出る前に、昼寝しておこうかな」

「よくそんな暮らしが続けられるわね」わたしは言った。「ねえ、このまま家に帰ったら？掃除はわたしがやっておくから」

「いいの？」エマはジャケットをつかみながら訊いた。「全部押しつけちゃうの、申しわけないなあ」ドアまであと二歩のところで言った。

「いいのよ、帰って」わたしは笑った。

予定外のドーナツ作りを終えたあとの片づけをしながら、ドーナツホールの最大の活用法はなんだろうと考えた。

考えこんでいたそのとき、表のドアを軽く叩く音がして、それがしつこく続いた。

「もう閉めたんですけど」厨房から出ていきながら、わたしは言った。

「わたしだよ」ジョージの声がした。「ぜひ聞いてほしいことがある」

「入って」わたしはドアをあけた。「あなただとは思わなかった。どうしてわたしが店にいるってわかったの？」

「表にあんたのジープがあった。これ、揚げたてドーナツの匂いかな？」

「そうよ。特別注文を受けて、ちょうど作りおえたところ。五分前に、グレーズドーナツ十ダースがドアから出ていったわ」

ジョージがひどく残念そうな顔をしたので、わたしは尋ねた。

「ドーナツホール一ダースはいかが？　店のおごりよ」

「そんな泥棒みたいなまねはできん」

「お願い。食べてもらえたら、すごく助かる」

ジョージはナプキンを二、三枚つかんだ。「ほう、そうか、人助けになるのなら……」

「さあ、奥にきて食べて。そのあいだに掃除をすませてしまうから」

ジョージはうなずいた。「その前に、まずコーヒーをもらいたいな」

わたしはポットを見た。もう空っぽだ。「ちょっと待って。新しいのを淹れるわ。すぐだから」

「そこまでしなくていいよ。かわりに、チョコレートミルクにしておこう。ただし、その分は自分で払う」

わたしはうなずいた。「ま、いいでしょ」

ジョージを奥へ案内してから、わたしは尋ねた。「さてと、わたしに何を聞かせたいの？

それとも、うちのドーナツをせしめるための単なる口実だったの？」

ジョージはドーナツホール一個をひと口で平らげた。

「いや、ドーナツはおまけ。〈アライド建設〉と〈BR投資〉のことを調べてみた」

「全身を耳にして拝聴するわ」ドーナツを大急ぎで作るのに使った器具を洗いながら、わたしは言った。「投資ブローカーが悪いやつなんでしょ？」

「いや、逆だ。ブローカーは問題なし。だが、〈アライド〉のほうは、建設ローンを使って何かよからぬことをやっていたようだ。銀行側の窓口になっていたのがパトリック・ブレインで、融資額をふやすという約束を守らなかったようだ。〈アライド〉はひどくまずい立場に追いこまれていて、パトリックが死んだため、官憲からきびしい追及を受けようとしている」

わたしは眉をひそめた。「そういう展開になることぐらい、〈アライド〉だってわかってたんじゃない？　経営不振に陥ってて、パトリックが社を支えるのに手を貸してたのなら、そんな人物を〈アライド〉が殺すわけないじゃない」

ジョージは頭を掻いた。「筋の通った意見だとは思うが、あんたの忘れてることがひとつある」

「なんなの？」

「そうやって先の先まで考えるやつは、犯罪者のなかにはほとんどいない。わたしが推測するに、パトリックが誰かをカンカンに怒らせたものだから、そいつがあとさきの考えもなくパトリックを始末したんじゃないだろうか」

「可能性はありそうね。これからどうする？」

「ひきつづき探ってみる」最後のドーナツホールをたいらげて、ジョージは言った。「それに、給料をもらってる以上、せっせと働かないとな」

「ドーナツホール、もう少し持っていかない？　うんざりするほどたくさんあるの」

「いや」ジョージはおなかを叩いてみせた。「やめとこう。このところ、いささか肥満気味でね」

「わたしと同じだわ。寄ってくれてありがとう」

「ドーナツ、ごちそうさま」店内を見まわしたあとで、ジョージは言った。「あとどれぐらい、ここに一人でいる気だね？」

「掃除はほとんど終わったわ」

「よしよし。ならば、家まで送ろう」

「ジョージ、この会話って前にもやったような気がするわ。心配してくれるのはありがたいけど、わたしは大人の女なのよ。自分の面倒ぐらい自分でみられます」

ジョージはお手上げというふうにてのひらを上に向けた。「まあ、そうカリカリしないで。あとでまた連絡する」

ドアのそばまできたとき、ジョージが足を止めた。

「もうひとつ言っておかないと。困ったことになったら、わたしかジェイク・ビショップに電話するんだぞ」

「マーティン署長じゃなくて？」わたしは訊いた。警察に勤務していたころから、ジョージと署長が敬意を抱きあっていたことを知っているので、不思議に思った。

「賄賂《わいろ》を受けとって悪事に目をつぶる警官がいるという噂が流れてるものでね、誰を信用していいかわからんのだ」

「署長のことを疑ってるの？」信じられない思いで、わたしは訊いた。

「いや、あの男は全面的に信用できる」ジョージは顔をしかめ、それから言った。「署長にも電話してかまわない。署長が清廉潔白であることには、わたしの命を懸けてもいい」

「わかった。でも、わたしの命は危険にさらされてもいいのね？」

「スザンヌ、冗談を言ってる場合じゃない。ここより小さな町でも起きてることなんだぞ。わたしが聞いた話によると、警官がいったん賄賂を受けとりはじめたら、あとはたちまち転落の一途だそうだ」

「気をつけるわ」

ジョージを送りだしたあと、掃除と明日の準備のために、やり残した雑用をいくつか片づけた。疲れてクタクタだった。余分なドーナツ作りのせいで疲労が限界を超えてしまったので、ふたたび犯人捜しに出かける前に、家に帰ってしばらく昼寝をしようと思った。

そのとき、ドーナツホールのことを思いだした。どうしたらいい？ 疲れがひどくて、ドーナツホールを持って聞きこみに出かける元気もない。ならば、教会に寄付するのがいいだろう。

ギャビーが彼女の店の前に立っているのが見えた。わたしがあらわれるのを待っていたにちがいない。そこで、ドーナツホールを石がわりにして、一石二鳥を狙うことにした。

店のドアをロックしながら、ギャビーのほうを見た。

「ちょうどいいとこで会えたわ。じつは、ずうずうしいお願いがあるの」

わたしの先制攻撃に、ギャビーはたじろいだ。わたしに質問しようとあれこれ考えていたことが頭から消えてしまったに決まっている。

「いいわよ、なんでも言ってちょうだい」

わたしはドーナツホールの箱をギャビーの腕に押しつけた。

「これを教会へ持っていきたいんだけど、ものすごく疲れてるから、教会まで行く元気がないの。かわりに届けてもらえない？」

ギャビーがこのチャンスに飛びついて、教会に届けたときに手柄を横どりすることはわかっていたが、気にしないことにした。わたしは何があろうと店の営業時間は守っているが、ギャビーのほうは、気まぐれに店を閉めてしまうことでよく知られている。

「ええ、喜んで。ほんとに疲れた顔してるわね。若さをとりもどすことはできないのよ、わかるでしょ」ギャビーは気どった口調で言った。

「そんな人はどこにもいないわ」わたしはトゲのある口調にならないよう気をつけながら答えた。睡眠不足のせいで、たぶん猫がひきずってきた獲物みたいに見えるだろうとわかってはいたが、人にわざわざ指摘してもらう必要はない。

「やさしい人ね」と言っておいた。

「そこがわたしの致命的な弱点なの」ギャビーは言った。「つい、人に与えすぎてしまう」

よけいな助言をね――わたしは心でつぶやいた。

ジープに乗りこみ、家に帰ることにした。

地元のニューススタンド〈二頭の牛と一頭のヘラジカ〉の前を通りかかると、店をやっている若いブルネット美人のエミリー・ハーグレイヴズが手をふってくれた。この店がオープンしたとき、風変わりな店名の由来をエミリーに訊いてみた。すると、子供のころにぬいぐるみを三つ持っていて、この世の何よりも大切にしていたという。名前は――まさにぴったりで――ウシ、マダラウシ、ヘラジカ。どういう種類の店かがわかるような店名にしたほうがいいのではないかと、わたしが助言したとき、エミリーはそれを笑い飛ばしたが、わたしはこの名前のおかげで客のあいだに不要な混乱が生じるような気がしてならなかった。しかし、徐々に評判が広まり、レジの上にある特等席の棚にぬいぐるみの牛とヘラジカがすわって楽しい雰囲気を生みだしていることは、わたしですら認めざるをえなかった。不思議なことに、奇人変人でいっぱいのこの町に、エミリーはすんなり溶けこんでいる。

家に帰ると、ありがたいことに母は留守だった。どこで何をしているのか知らないが、おかげで、昼寝が必要な理由を説明する手間が省けて助かった。

ポーチへのステップをのぼりながら、春を待ち焦がれている自分に気づいた。ハンモックを持っているので、陽気がよくなると二本の柱のあいだにハンモックを吊り、公園から吹いてくるそよ風を受けてそのハンモックがゆらゆら揺れる。気温が十度に満たなくても、わたしはどっちみちハンモックを吊るだろう。エイプリル・スプリングズの人たちはわたしのことをとんでもない変人だと思っている。

自分の寝室まで行くのも億劫だったので、お気に入りの毛布をつかんでリビングのカウチで丸くなった。頭がクッションにつく前に眠ってしまったにちがいない。なぜなら、二、三分後に電話が鳴りだすまでのことは、何ひとつ記憶になかったからだ。

わたしには昼寝をする資格がある、ほかの人間に邪魔されるなんてまっぴら、と自分に言い聞かせ、電話の音を頑固に無視した。

電話はさらに三回鳴り、それから留守電に切り替わった。

母からだった。

「スザンヌ、帰ってるの？　電話に出て。心配してるんだから」

わたしは受話器をつかんだ。「もしもし、いるよ」

「じゃ、どうして出ないの？」

わたしはためいきをついた。「うとうとしてたの」

「真っ昼間に？」

「疲れてぐったりだもん。くわしい話はあとで」

電話を切り、ふたたびカウチに横になった。

とたんに、また電話が鳴りだした。

受話器をつかんだ。「なんなのよ？」

「あなたったら、ママがどうして電話したかを話すチャンスもくれないんだもの」母が言った。「ママ、今夜は外食だから、あなたの食事は自分でなんとかしてね」

質問せずにいられなかった。「何事なの？　熱々デート？」

母は大きなためいきをついた。「スザンヌ、ママには命を懸けて愛した男性がいたのよ。どうしてつまらないイミテーションを探そうって気になれる？　ジェニー・ホワイトと夕食の約束なの」

母とジェニーは小学校からの友達で、わたしの記憶にあるかぎり、月に一度は夕食をともにしている。わたしは自分の軽口を反省した。それが母の狙いだったにちがいない。

「楽しんできてね」

「ええ、そのつもりよ」

二度目の電話を切り、ふたたびカウチに横になったが、またしても電話が鳴りだした。昼寝なんてできそうにない。

受話器をとり、間髪を容れずに言った。「もううんざり。言いたいことがあるのなら、家で面と向かって言ってよ」

「オーケイ、それがきみの望みなら、こっちも好都合だ」ジェイク・ビショップが言った。「十分以内に行く」

こちらが返事をする暇もないうちに、電話は切れてしまった。

「まったくもう、わたしってば、いつになったら学習するの？」わたしはつぶやいた。

ジェイクとは外で会うことにした。朝は冷えこんでいたが、そのあとけっこう暖かくなったので、気温も十五度近くまであがったにちがいない。南向きのポーチに出ると、午後の陽ざしを頰に感じて、気持ちがよかった。ステップに腰をおろし、公園の小鳥やリスをながめた。寝室のドアのすぐ外に緑豊かなお伽《とぎ》の国があるのだから、子供が大きくなるにはうってつけの家だった。近くに自分専用の公園を持たない子供たちを、わたしは気の毒に思ったものだった。

ジェイク・ビショップは約束どおり、十分もしないうちに車でやってきた。

こちらに近づきながら言った。「パラダイスを少し切りとったような家だね」

「そうよ。コーヒーでもいかが？」

「もらおうかな」ジェイクの口調は以前よりもおだやかだった。「外で飲んでもかまわない？」

「完璧なアイディアだと思うわ」

家に入り、マグを二個とって、カウンターのポットからコーヒーを注ぎ、ジェイクのところに戻った。

そばまで行くと、ジェイクは目を閉じていて、ちょっとゆがんだ感じのキュートな笑みが唇に浮かんでいた。一瞬、少年のころの彼の姿が浮かんできた。

ジェイクはわたしに見られているのを感じたにちがいない。目をあけて、照れくさそうに言った。「お日さまが気持ちいい。こういう家で大きくなったのは、きっと、最高に幸せなことだね」

「わたしもちょうど同じことを考えてたのよ」ジェイクにマグを渡しながら、わたしは言った。「なんの用でこちらに？」彼が返事をする前に、あわててつけくわえた。「さっきの電話、つっけんどんでごめんなさい。ほかの人だと思ったの」

「誰なのか、訊いてもいいかな？」

わたしは首をふった。「うちの母よ。最近、わたしのことをやたらと心配してるみたいなの」

「いい人だね」ジェイクは言った。

「わかってる。でも、ときどき、強引すぎることがある」

ジェイクはコーヒーをひと口飲んだ。「母親ってそういうものだと思うよ」

わたしはマグを置き、それから言った。「さてと、母親談議はこれぐらいにして、なぜまたわざわざこんなところまで？　わたしの乱暴な招待はべつにして」

「今夜、きみが空いてないかと思って」

わたしの首筋がこわばった。「どうして？　まだ何か質問があるの？」

ジェイクはニッと笑った。「いや、いまのところ何もないけど、きみと食事に出かけたら楽しいんじゃないかと思ったんだ。ほんとのことを知りたいのなら言うけど、毎晩一人で食べるのにうんざりしてしまった」

「なんてロマンティックなお誘いかしら。結婚はしてないようね。でも、あなたの恋人がどう思うかしら」

「なんでぼくに恋人がいると思うの？」

わたしは肩をすくめた。「知らない。あてずっぽうで言ってみただけ」

ジェイクは髪に片手をすべらせた。「信じてもらうのはむずかしいと思うけど、いまのところ、恋人はいない」

「なるほど。べつにむずかしくないわよ」

ジェイクが笑顔になったので、前のときと同じく、胸のときめきを感じた。何か新しいものが芽生えようとしている。可能性と期待に満ちた何かが。

ジェイクが言った。「さあ、今度はきみの番だ。どうして誰ともつきあってないのかな？　マックスのことが忘れられないとか？」

「別れた夫のことを、なぜあなたが知ってるの？　わたしの人生に探りを入れたの？」

「まあまあ、スザンヌ。ここは小さな町で、みんなが噂をする。歓迎されないところへ土足で踏みこむつもりはないんだ。きみがもとの夫とよりを戻そうとしてるのなら、邪魔はしたくない」

「別れた夫がどう思いこんでるかは知らないけど、わたしにとってはもう過去の人だし、今後もずっと過去の人にしておくつもりよ」ふと、あることを思いだした。「事件が解決するまでデートはお預けっていう、あなたの方針はどうなったの？」

「ふだんのぼくはルールを厳守する人間なんだが、このルールは喜んで曲げようと思う。きみと会うために」

そう言われて、わたしは考えこみ、それからうなずいた。このところ、マックスのことばかり考えすぎている。ジェイクがこの悪しき習慣を打ち破ってくれるかもしれない。「だったら、あなたとの食事は大歓迎よ」

「じゃ、デートだ。七時ごろ迎えにこようか」

「いいわよ。わたしが八時まであくびばかりしてるのを見たければ。八時がわたしの就寝時刻なの。ごめんなさい。でも、ふつうの人と違う時間帯で暮らしてるから」

「そりゃそうだね」ジェイクは笑った。腕時計に目をやった。「四時を少しすぎたところだ。いますぐ何か食べにいく?」

「まだ勤務中じゃないの?」

「きみが黙っててくれれば、サボったことはみんなに内緒にしておく。どう?」

「三十分ちょうだい。そのあとで迎えにきて。お出かけの支度をしなきゃ」

「そのままで充分すてきだよ」

わたしは彼からマグをとりあげ、にっこり笑った。

「三十分よ、ジェイク、一分でも早いのはだめ」

ジェイクは立ちあがり、わたしは彼の目を見ている自分に気づいた。やばいことになるかも。そんな気がする。でも、ふたたび胸がときめくのを抑えることはできなかった。

「三十分だね」

彼の姿が見えなくなるまでポーチで見送り、それから二階に駆けあがってシャワーを浴び、着替えをした。どんな夜が待っているのか、よくわからなかったが、なんだか浮き浮きしてきた。こんな気持ちになったのは、本当に久しぶり。

8

「すてきだよ」三十分後、玄関のベルを鳴らしてから、ジェイクが言った。

「町のほとんどの人が意外に思うでしょうけど、わたしだってドレスの一枚や二枚は持ってるのよ。ただし、最近はめったに着ないわね」

「だったら、たびたび着るように心がけるべきだ。髪形もすてきだよ」

手早くシャンプーしたあとで、髪をカールさせ、ちょっとおしゃれなスタイルにしてみた。ドーナツ作りに明け暮れるふだんの日だと、こういうことをする時間はめったにない。それにヘアネットをかぶるから、どっちにしても、髪形は崩れてしまう。なので、ひっつめてポニーテールにし、あとはほったらかしというのがふつうになってしまった。誰かのためにおしゃれをするのって、いい気分。突然、そういう機会にずいぶんご無沙汰だったことに気づいた。

「行こうか」ジェイクが言って、わたしに腕をさしだした。

「いつでもオーケイよ」

「この町にきたばかりだから」わたしを車のほうへエスコートしながら、ジェイクは言った。「きみのほうで、どこかいいレストランを推薦してくれないかな」

わたしはしばらく考えこみ、それから尋ねた。「イタリアンは好き？」

ジェイクはうなずいた。「大賛成」

「じゃ、いまから行くお店、きっと気に入るわよ。パスタがすべてオーナーの手打ちなの。でも、ことわっておくけど、雰囲気はあまり期待しないでね」

「そういうのは気にしないほうなんだ」

ジェイクはなんと、わたしのために車のドアを支えてくれた。マックスはわたしと交際を始めたころでも、そんなことはぜったいしない人だった。わたしがシートにすべりこむと、ジェイクは向こう側へまわって、車に乗りこんだ。

二人が車に乗って二、三秒してから、ジェイクは言った。「道を教えてもらわないと。ぼくがまぐれでその店を見つけようとして、でたらめに車で走りまわるのを、きみが期待しているのでなければ。ぼくはかまわないけど、きみはベッドに早く入らなきゃいけない人だろ」

「ユニオン・スクエアよ」

「おや、町から離れた場所へ食事に行くわけだね。ぼくと一緒のところを町の人に見られるのがいやだとか？」

「そんなわけないでしょ。ご希望なら、このあたりで食べてもいいけど、わたし、遠出する機会があまりないから、その店へ行くのが楽しみなの」

「じゃ、ぼくも楽しみにしよう」ジェイクは車を発進させた。

「ねえ、道案内は必要ないの？」

車を走らせながら、ジェイクは言った。「ユニオン・スクエアなら自力で見つけられると思う」

町を出るにはスプリングズ・ドライブを抜けなくてはならず、〈ドーナツ・ハート〉の前を通りかかったとき、マックスが店の表に立って窓の奥をのぞいているのが見えた。いったい何をしてるの？　ふり向かないでくれるよう無言の祈りをくりかえしたが、車が近づいた瞬間、マックスがくるっとこちらを向いたため、目が合ってしまった。ほんの一瞬だったが、彼の表情が驚きから落胆へと変わるのが見てとれた。横を通りすぎたときには、かすかな怒りが伝わってくるのを感じたほどだった。

すてきねえ。まだ始まってもいないのに、別れた夫のせいで今夜のデートの雰囲気をぶちこわしにされるなんて。

「やけにおとなしいね」レストランへ向かってハイウェイを走る車のなかで、ジェイクが言った。「考えなおしたんじゃないだろうね？」

「いいえ、〈ナポリ〉は大好きな店よ」

「ぼくが言ってるのはレストランのことじゃないよ。きみもわかってるはずだ。ぼくと出かけるのを考えなおしたんじゃないかってこと」

「駆け落ちするわけじゃないのよ。食事に行くだけ」

「うーん、そういうふうに言われると……」

「言い方が悪かったわ。考えなきゃいけないことが多すぎて」

ジェイクはうなずいた。「目下、多忙をきわめてるわけだね。ドーナツを作り、個人的に調査を進めるなかで、食事の時間がとれるだけでもたいしたものだ」

「署長が力になってくれそうもないから」

「ぼくのこともそう思ってるんだろ?」ちょっと冗談っぽい言い方で、気まずい雰囲気を払いのけようという思いが感じられた。

「せめて今夜だけでも、すべて忘れることにしない? これまでに起きたことは無視して、すてきな外食を楽しみたいの。できるかしら」

ジェイクの表情の翳《かげ》りが、あっというまに消え去った。「いいとも」さらに二、三分、車を走らせてから言った。「じゃ、きみのことを話してくれ」

「だいたいのところはすでに知ってるでしょ。離婚した。母親と同居。ドーナツショップをやっている」

「ちょっと待って、スザンヌ。ほかにもいろいろあるだろ。暇なときは何をしてるの? 好きな本は何？　好きな映画はある？　映画館へ行くのは好き？　それとも、家にいて、DVDを見るほうがいい？」

「あら、あら、あら。警官はいつまでたっても警官ね」

「どういう意味だい？」

わたしは彼を見て答えた。「デートのときの会話というより、取調べみたい」

ジェイクが激怒しないかと心配になった——こんなそっけない言い方をするつもりはなかったのに——ところが、彼はかわりに笑いだした。「図星だ。どう言えばいいのかな。きみに興味があるんだ」

「誰かからそんなすてきなことを言われたの、久しぶりだわ」

ジェイクの顔に笑みが浮かんだので、わたしは訊いた。

「どうしたの？　何がそんなにおかしいの？」

「こういうのが好きなんだ。さりげない言葉できみを感激させるのが」ジェイクはさらにしばらく車を走らせ、それから言った。「正直に言うと、ちょっと練習不足かな」

「やだ、あなたにデートの経験があまりないなんて信じられない」

ジェイクは肩をすくめただけで、何も答えなかった。

わたしは言った。「じゃ、こうしましょ。わたしのことを話すわ。でも、あなたにも同じことをしてもらう。どう？」

「オーケイ、交互にやろう。最初はきみだ。映画館？　それとも、ＤＶＤ？」

わたしは一瞬考えた。「歴史ものの超大作だったら、映画館へ足を運ぶ価値があるけど、わたしの好きなロマンティック・コメディのときは、自宅のカウチとポプコーンを選ぶわ」

「わかるよ、その気持ち。オーケイ、先へ進もう。きみが質問する番だ」

わたしは尋ねた。「最後にデートしたのはいつ？」

ジェイクが顔をしかめたので、一瞬、やりすぎたかと思った。

あわててつけくわえた。「べつに答えなくてもいいのよ。わたし、詮索好きなだけなの」

「いや、話しておこう。この話をするつもりはなかったんだが。少なくとも今夜は」

「じゃ、やめましょ。いいのよ、気にしないで」

ジェイクは深く息を吸い、それから言った。

「約束だからね。最後にデートしたのは三年前だ。今度の六月十日でちょうど三年になる」

「きっと、最高にすてきなデートだったのね」

「そうだった。妻と十回目の結婚記念日を祝ったあと、レストランから車で家に帰る途中、酔っぱらい運転の車がいきなりぶつかってきた。妻は即死だった」彼の頬を涙がとめどなく流れ落ちていた。

わたしは身の縮む思いだった。「ジェイク、ほんとにごめんなさい。そんなつもりじゃなかったの……つい口がすべってしまって」

ジェイクはハンドルから片手を離して涙を拭った。

「すまない。せっかくの夜をぶちこわす気はなかったんだが」

「ぶちこわしてなんかいないわ」

沈黙のなかでドライブが続き、わたしが道を指示するときだけその沈黙が破られ、車はやがて〈ナポリ〉に到着した。

ジェイクが車を止めたとき、わたしは彼の腕に手をかけて言った。

「食事は今夜でなくてもいいのよ。気にしないで。約束をキャンセルしてわたしを家まで送りたければ、わたしはべつにかまわないわ」

「きみさえよければ、二人で食事をしたい。いいかげん過去のことは忘れて、先へ進まなくてはね。きみを食事に誘ったのは、まずそれが理由だったんだ」ジェイクは急に笑みを浮かべ、笑顔でそっとささやいた。「それに、腹が減って死にそうだし」

「わたしもよ」わたしは正直に言った。

「じゃ、食べよう」

駐車場を抜けてレストランの入口へ向かいながら、わたしは、ジェイクのなかに傍《はた》からは窺い知れないさまざまな面があることを知り、驚いていた。今夜わたしと出かけることにしたのは、彼にとって大きな一歩だ。思い出に残る夜になるよう努めよう。デートの歴史のなかでもっとも魅力的なディナーの相手になってみせることを、自分に約束した。つらい過去をひきずってきた彼のために、せめてわたしにできるのは、今夜の食事を最高に楽しいひとときにすることだ。

「へえ、いい店だね」

二人でレストランに入ると、ジェイクが言った。

わたしはジェイクの反応が気になって、ずっと彼の顔を見ていたのだが、笑みが浮かんだのを見てホッとした。〈ナポリ〉はアメリカのどこにでもあるショッピングモールに並んだほかの建物となんら変わりがない。少なくとも、外からはそう見える。でも、入口のドアを通り抜けると、すべてが一変する。店内に足を踏み入れた客をイタリアの壁画が歓迎し、入口ホールの隅で噴水が楽しげな水音を立てている。深紅のカーペットの感触が心地よく、照明の金具部分はすべて古色蒼然たる真鍮製だ。わたしは離婚して以来、少なくとも二、三カ月に一度はここで食事をするようにしてきた。小さなわが町の外に広い世界があることをたしかめるためだけにでも、ときたまエイプリル・スプリングズを脱出するのはいいことだ。もっとも、ユニオン・スクエアはよその土地とは呼べない、と言う人もいるだろうが。

今夜は、オーナーの娘の一人、マリア・デアンジェリスがフロントを担当していて、わたしを見たとたん、やさしい笑みを浮かべ、さっとハグしてくれた。二十歳になったばかりの典型的なイタリア美人で、漆黒の髪、つぶらな茶色の目、オリーブオイル色の肌、そして、わたしにとっては夢で憧れるしかない抜群のプロポーションをしている。

「スザンヌ、ようこそ」

「ハイ、マリア。お友達を紹介させてね。ジェイク・ビショップよ」

マリアはジェイクに手をさしだした。ハグしてもらえなくて、ジェイクはがっかりしたようだ。彼を非難しようとは、これっぽっちも思わない。

「初めまして。よろしく、ジェイク」

「どうも。こちらこそよろしく」

マリアはメニューを二つとってから、入口ホールを抜けて客席へ案内してくれた。外観から想像するより二倍も広いので、わたしは初めてここにきたとき、厨房のスペースをどこに確保しているのかと、なんの気なしに尋ねてみた。それがきっかけで、レストランを経営するマダム、アンジェリカ・デアンジェリスに店内をすみずみまで案内してもらえることになった。苦労の連続の人生を送ってきた人だが、四人の娘全員が交替でレストランを手伝っているので、笑顔を絶やすことがない。わたしたちは初対面ですっかり打ち解けた。新たな友達づきあいが始まったのではなく、まるで何年も前からのつきあいで、旧交を温めているにすぎないような感じだった。

マリアが最上の席へ案内してくれた。ジェイクとわたしが本日最初の客なので、それはむずかしいことではなかった。わたしには毎度おなじみのことだが、ジェイクがこれに慣れていないのは明らかだった。

椅子をひいてくれた彼に、わたしは言った。「最初は変な気がすると思うけど、早めに食事するのって、とっても快適なのよ。急かされてる感じがないし、食事客が多すぎて窮屈って雰囲気もないでしょ」

「うん、なかなかいいものだね」

マリアがメニューを置いて立ち去ったあと、二分ほど二人だけになり、やがてティアンナがやってきた。マリアの二歳上で、二人は成長するにつれて顔が似てきて、まるで双子のようだ。

「スザンヌ、また会えてすごくうれしい」

「ティアンナ、こちら、ジェイクよ」

今回、ジェイクは立ちあがった。軽いハグを期待していたのかもしれないが、それが彼の狙いだったとすると、ティアンナが片手をさしだしたために、またしても失敗に終わってしまった。

ジェイクがふたたびすわったあとで、ティアンナが訊いた。

「もうしばらくメニューを見ます？　まず、バーから何か持ってきますね」

「お水をお願い。レモンなしで」わたしは言った。

ジェイクも「それがよさそうだ」と言った。

「お酒は飲まない人？」わたしはジェイクに訊いた。

「食事のときに赤ワインを少し飲むだけでいい。けど、ぼくに遠慮することはないよ」

わたしは首をふり、おだやかに笑った。「ワインが少しあれば満足よ」

ティアンナが言った。「ちょっと待っててね」

ジェイクはメニューを見た。何ページもある分厚いメニューで、おいしそうなイタリア料理がずらっと並んでいる。料理名を見ていきながら、ジェイクが質問した。「お勧めは？」

「全部よ」

「それじゃ答えになってない」閉じたままテーブルの端に置いてあるわたしのメニューを指さした。「きみは何にするの？」

「ハウスサラダとラビオリ」

ジェイクは顔をしかめた。「ラビオリってのは、どうにも好きになれない」

「当ててみましょうか。あなたは缶詰以外のラビオリを食べたことがない。そうでしょ？」

ジェイクはうなずいた。「一度でこりごりだった。キャンプをしたことがあって、中身のラビオリと缶のラベルと、どっちがおいしいか決めかねるほどだった。遠慮しとくよ」

「いいわよ。でも、わたしのラビオリを一個試食したときに、もっとよこせなんて言わないでね。分けてあげる気はないから」

ジェイクは両手をあげた。「大丈夫だよ。そんなことにはならない」

ティアンナが赤のハウスワインのボトルを持って戻ってきた。二人のグラスにワインを注いだあとで、冷たい水も持ってきてくれた。「ご注文は決まりました？　それとも、もうしばらくかかりそう？」

ジェイクがこちらを見たので、わたしは言った。「ハウスサラダとチーズラビオリ」

ティアンナはわたしに笑いかけた。「尋ねる必要もないぐらいね」

「だって、完璧なものをどうしてぶちこわさなきゃいけないの？」

ティアンナがジェイクのほうを見ると、ジェイクは言った。

「スパゲティミートボール。それと、ハウスサラダも」

ティアンナはうなずいた。「すぐにパンとオリーブオイルをお持ちします」と言って立ち去った。

ジェイクはあたりを見まわして店の雰囲気に浸り、わたしは彼の観察に時間を費やした。仕事のあとも着替えていないようだが、制服ではなくスーツを着ていたから、その必要はなかったわけだ。この数日間で何回か顔を合わせているが、どういうわけか、今夜の彼は別人のようだった。気配りが行き届いていて、礼儀正しく、わたしが何を言っても興味を示してくれるように見える。言葉を換えれば、少なくともこれまでのところは完璧なデート相手だ。わたしが巻きこまれた殺人事件を捜査している州警察の警部とデートだなんて、いまだに信じられない。まあ、巻きこまれたといっても、単なる目撃者にすぎないけど。

とに気づいた。

「何を考えてるんだい？」ジェイクに訊かれて、かなりの時間、彼から見つめられていたこ
答えられるわけがない。「このお店、やっぱりすてきだわ。ねっ？」

「うん。だけど、きみが考えてたのはそんなことじゃないはずだ」

わたしは軽く微笑した。「あら、急に人間嘘発見器に変身？」

ジェイクはかすかに赤くなった。なかなか魅力的。「急になるわけないだろ」

「じゃあ、ええと……人の心を読む能力があるとか」

こっちは冗談で言ったのに、ジェイクはあっさりうなずいた。

「何年も訓練を重ねて、現場で経験を積んできたからね。すぐれた天分だと言う者もいるが、ぼくは訓練の賜物だと思っているし、警官になったときからその技術を磨いてきた」

わたしはワインをひと口飲んでから言った。

「どうして警察に入ろうと思ったの？」

ジェイクは肩をすくめた。「父が警官だった。祖父も。警察に入るのが当然のことだと思っていた」

わたしは彼の顔をじっと見ていたので、この話の裏にまだ何かが潜んでいることをはっきりと感じとった。「でも、理由はそれだけじゃないんでしょ？」

ジェイクは一瞬黙りこみ、それから言った。

「人の心が読めるのは、ぼくだけじゃなさそうだね」

その言葉に、わたしは笑いだした。「しかも、訓練なんてしてないのよ」

「どう言えばいいかな？　生まれつきの才能という人もいる」

「わたしの質問に答えてないわよ」わたしは催促した。

「うん、答えてないね」いたずらっぽい光を目に浮かべてジェイクは返事をしたが、それ以上のことは言わなかったので、そこから離れて、単なる暇つぶし用の友達ではない男性との夜の外出という、めったにない贅沢を楽しむことに集中した。

サラダはおいしかったが、絶品というほどではない。しかし、つぎにメイン料理がきた。わたしのラビオリはつやつやと真っ白で、赤いマリナラソースがたっぷりかかっていて、いつものようにおいしそうだったが、ジェイクの料理もおいしそうに見えることを認めなくてはならなかった。

「楽しんでね」ティアンナが言った。

「ええ、もちろん」わたしは答えた。

ジェイクが挽きたてのパルメザンをスパゲティにかけ、わたしもラビオリに少し加えた。でも、まだ食べずにおいた。ジェイクがスパゲティにどんな反応を示すか、見たかったのだ。わたしは、アンジェリカとあと二人の娘が厨房を受け持って、基本中の基本ともいうべき食材から魔法のような料理を生みだしていることを知っているので、この店の人気があまり高くないのはなぜだろうと不思議に思っている。たぶん、多くの人が外観にだまされてしまい、奥深くまで入りこんで宝石を見つけようとしないせいだろう。

ひと口食べたとたん、ジェイクの表情が変化した。大満足の彼の顔を見るだけでも、ラビオリを食べずに待っていた甲斐があった。

「信じられない」ジェイクは言った。「ニューヨークのリトル・イタリーへも行ったことがあるけど、こんなにおいしいのは初めてだ」

「アンジェリカはパスタの魔法使いなの」わたしもラビオリの最初のひと口を食べることにしよう。手作りラビオリのひとつをカットし、切り口をソースにつけてから、口に入れた。ほどよく溶けたチーズが口のなかに広がり、マリナラソースで軽くアクセントをつけたパスタの皮が舌の上で躍った。

「おいしそうだね」ジェイクがしぶしぶといった感じで認めた。

「いやだけど、一個あげるわ。一個だけよ」

まだ使っていないフォークをとって、ラビオリのひとつに突きさし、ジェイクに渡した。おいしそうにラビオリを食べるジェイクの顔を見守っていると、やがて彼が言った。

「オーケイ、ぼくが間違ってた。ぼくのスパゲティより、こっちのほうがもっとおいしい」

「残念ね。あなたがもらえるのはそれだけよ」

「ぼくの分として追加注文すればいい」ジェイクは笑顔で言った。

「そしたら、わたしとシェアしなきゃだめ」

「尊敬するよ」

「何を？　食べる才能？」

「いや、ぼくの前でたらふく食べようという、その意気込み」

わたしは思わず爆笑した。「お気づきじゃないといけないから言っとくけど、わたし、恥じらいってものがないの。それ、ちょっともらってもいい？」

「そうしないと不公平だよな」ジェイクは言った。気の進まないふりをしているのか、それとも、心からの言葉なのか、わたしにはわからなかったが、気にしないことにした。わたしのラビオリを味見したんだから、埋め合わせしてもらわなきゃ。スパゲティとミートボールの組み合わせはおいしいが、わたしのラビオリほどではない。そう思うと、ちょっとご機嫌。

「ほんとに楽しそうに食べる人だな」ジェイクが言った。

「ここで食事すると楽しいのよ。ドーナツ作りの日常からのすてきな気分転換になるから。といっても、ドーナツを愛してないわけじゃないけど。ウェストラインと食欲の絶えざる闘いね」

「どういうわけでドーナツショップをやるようになったんだい？　ぼくと同じで、家業だったとか？」

「ううん」わたしは微笑して答えた。「人生を修復する手段のひとつとして、あの店を買うことにしたの。店を買いとるその日まで、ドーナツなんてまったく興味がなかったわ」

「じゃ、その前にどんな不幸な目にあったのかな？」ジェイクが訊いた。大きな茶色の目には、わたしからどんな返事がくるだろうという真剣な思いが浮かんでいた。

「夫と離婚したばかりで、母の住む家に戻ってきたの。好きになれない仕事をしてて、ひがみっぽくなってたわね。そこで、離婚の慰謝料を使って――もらって当然のお金だったのよ――店を買ったの」

「それ以前も、そこはドーナツショップだったのかい？　まさか、そのころから〈ドーナツ・ハート〉って名前だったわけじゃないよね」

「ええ、〈マーフィ〉ってお店だった。でも、店名に自分の名前を入れたくて、名字のHartにeを足してHeartに変えたの。ハート形のドーナツを期待して店に入ってくる人の多さときたら、信じられないぐらいよ」

「やってみたら？　現在の品ぞろえに加えて、しゃれた新商品になりそうだ」

「考えたことはあるけど、ハート形のドーナツカッターを作るのにどれだけ手間がかかるか、まだ一度も調べたことがないの」

ジェイクはワインをひと口飲んで、それから言った。

「ヒッコリーにぼくの弟が住んでてね、手先の器用なやつなんだ。試作品を作ってくれるよう、頼んでみようか」

「いいえ、いいのよ。でも、親切にありがとう」

しばらくして、ジェイクのスパゲティがなくなっていることに気づいた。

「ディナーのご感想は？」

「お気に入りのレストランが新たに見つかった。ただ、家からこんなに離れてなきゃいいんだが」

「そうね。あなたがローリーの住人だってことを、つい忘れてしまう」

「郵便物の宛先はそこだけど、州のなかをあちこち飛びまわってるから、きみが考えるほどローリーに腰を据えてるわけじゃないんだ」

「禁じられた話題に近づきすぎたようね」

「きみが気にしないのなら、ぼくはかまわないよ」

「でも、やめておきましょう。今夜はとっても楽しかったわ」

店内が混みはじめたころ、ティアンナが勘定書きを持ってきた。わたしはいつもの習慣から小切手に手を伸ばしたが、一瞬遅かった。

ジェイクが勘定書きを横から奪った。

「どうしてもきみが払いたいっていうんじゃないよね？」

「ええ、誘ったのはそちらですもの。支払いの特権をあなたから盗もうなんて、わたし、夢にも思ってないわ」

ジェイクはうなずいた。「よかった。ぼくの内面を深く探ってみれば、ただの古臭い男なのかもしれない」

わたしは彼の手に自分の手を重ねて言った。「だったら、こんなふうにはなってないわ。また会いたい。こっちから誘ってるんだから、つぎの支払いはわたしよ。何か問題がある?」

ジェイクはしばらくわたしを見つめてから言った。「どの点に? きみがぼくを誘ったこと? それとも、つぎは自分が払うと主張してること?」

「両方ともかな」わたしは微笑した。

財布をとりだしながら、ジェイクは言った。

「またきみと出かけたいし、きみが払うことにはなんの異存もない」

「二問連続で正解ね」

わたしたちが店を出る前に、厨房からアンジェリカがやってきた。この女性に十代後半と二十代前半の娘が四人もいることに、わたしはあらためて驚きの目をみはった。身体のサイズは娘たちよりわたしのほうに近いが、どういうわけか、体重がアンジェリカの魅力をさらに増している。わたしの体重なんか、魅力増強の役にはぜんぜん立ってないのに。

わたしが二人を紹介したあと、ようやくジェイクの願いが叶って、デアンジェリス家の女性の一人から温かなハグを受けることができた。

アンジェリカは身体を離してから、ジェイクの目をまっすぐに見つめた。

「あなた、すてきね」

ジェイクはニッと笑った。「テストに合格してよかった」

アンジェリカは言った。「とっくに合格よ。厨房からずっと見てたの。おいしそうに食べる男の人が、わたしは大好き」

アンジェリカは彼の手をおろして、わたしを抱きしめた。

「スザンヌ、よくきてくれたわね。いつかまたゆっくり会いたいわ」

「スケジュールが合うことを祈るだけね」わたしは言った。こちらは超早起き、アンジェリカは午後から夜までレストラン——となると、共通の空き時間がほとんどない。

「近いうちに時間を作りましょう」

「失礼」レストランを出ようとしてべつのカップルに衝突しそうになり、わたしは謝った。

「こちらこそ」女性が言った。連れの男性は長身で浅黒いタイプ。でも、二人が一緒にいるときは、賭けてもいいけど、男性のほうに視線を向ける者は誰もいないだろう。女性がうっとりするほどゴージャスだから。でも、なんとなく見覚えのある女性だった。ぜったい、前にどこかで会っている。わたしに気づいて向こうが目をみはったのだから、なおさらだ。いったい誰なのか、いくら考えてもわからなかったが、二人が姿を消したとたん思いだした。

ジェイクの腕をつかんだ。「いまのデブ・ジェンキンズよ。すごい美人!」

毎月 10 日発売

6月刊行

クッキーと名推理 ①

フラワークッキーと春の秘密

ヴァージニア・ローウェル／上條ひろみ訳

**ハートに星にジンジャーマン……
可愛い抜型が揃うクッキー用品店が舞台**

稀少なアンティークから新作まで、あらゆるクッキーの抜型を取りそろえる〈ジンジャーブレッドハウス〉は愛好家たちに人気のクッキー用品店。店主のオリヴィアは、この店の開店に力をかしてくれた恩人の死後に、事件をにおわせる謎の手紙を受け取り……⁉

ISBN 978-4-562-06004-7　予価 880 円

大好評既刊！

チーズ専門店 ①

名探偵のキッシュをひとつ

エイヴリー・エイムズ／赤尾秀子訳

アガサ賞受賞作

最高のチーズと謎解きならお任せ！

ISBN 978-4-562-06000-9　940 円

はちみつ探偵 ①

ミツバチたちのとんだ災難

ハンナ・リード／立石光子訳

かわいいミツバチが犯人⁉

甘いはちみつをめぐって町は大騒ぎ！

ISBN 978-4-562-06001-6　920 円

Cozy Books

5月刊行

ドーナツ事件簿 ①

午前二時のグレーズドーナツ

ジェシカ・ベック／山本やよい訳

無料のドーナツで、
聞き込み調査もお手のもの⁉

〈ドーナツ・ハート〉は地元に愛される手作りドーナツとプレミアムブレンドコーヒーの店。店主スザンヌの一日は、午前二時の生地づくりからはじまる。ところが、誰かが準備中の店の前に死体を投げ捨て、平凡な生活が一変。スザンヌは犯人捜しに乗り出すことに！

ISBN 978-4-562-06002-3　880円

英国ちいさな村の謎 ①

アガサ・レーズンの困った料理

M・C・ビートン／羽田詩津子訳

強引だけどちょっぴり寂しがり屋。
おばさん探偵の痛快な田舎暮らし！

英国一美しいコッツウォルズで、憧れの隠居生活をはじめたアガサ。地元の料理コンテストで優勝して人気者になるべく、料理下手のアガサは評判の店で買ったキッシュで応募。ばれないわよね？　ところが優勝を逃したばかりかアガサのキッシュで審査員が亡くなり⁉

ISBN 978-4-562-06003-0　820円

「派手すぎて、ぼくの趣味には合わないな」

「あら、ご冗談でしょ。だけどねえ、ありえない」

「ありえないって、何が？　ぼくがつきあう女性には、もっと控えめな格好をしてほしいな。うちの弟なんか、昔からああいうタイプが好みだったが、いまのはちょっとやりすぎだと思う。どうだい？」

「わたしが言いたいのはそういうことじゃないの。それに、あなたの目が輝くのを見たわよ。だから、言い逃れはほかの誰かのためにとっておきなさい。グレースとわたしが話を聞きにいったときは、彼女、信じられないほどしょぼくれた格好だったのよ。少なくとも、意識的な努力をしてなかったから」

「たまにドレスアップするのが好きなのかも」ジェイクは言った。「ぼくが話を聞きにいったときは、まともな格好だった」

「じゃ、彼女も事件の容疑者だってことを認めるのね？」

ジェイクはレストランの外にある歩道の真ん中で立ち止まった。

「スザンヌ、きみが友達連中と一緒に、ぼくが担当する捜査の邪魔をしているという事実を無視すべく、こっちはベストを尽くしてるんだ。これ以上困らせないでほしい。いいね？」

「いいわ、その話はやめましょ」

しかし、考えるのをやめるという意味ではない。グレースとわたしが会ったデブと、今夜の魅力たっぷりの彼女を重ねあわせるのは、どう考えても無理だった。一人のときは身なりをかまわない女性を、わたしも何人か知っているが、ここまで極端な例はなかった。デブはこちらの質問をわざとはぐらかしてばかりだった。つまり、何か隠しごとをしているということだ。

それから、一緒にいた男性は誰だろう？　愛人の死でいまも悲しみに打ちひしがれているはずなのに、ずいぶん立ちなおりの早い女だ。

ジェイクの車まで歩くあいだ、夕暮れの空気のなかにはっきりと冷気が感じられた。デブのことは頭からすべて追いだして、この夕刻を楽しむことにした。ほぼ完璧と言ってもよかった。男性と出かけるのがどんなにすてきなことか、忘れかけていた。近々二度目のデートができるよう願っている自分に気がついた。

信じられないことだが、久しぶりのおやすみのキスを想像したとき、胃のなかで蝶々が羽ばたきはじめたような気がした。

そのとき、横でジェイクが身をこわばらせるのを感じた。

「どうしたの？」

ジェイクは何も言わず、車のタイヤを指さしただけだった。四つともぺちゃんこになっていた。

「一度に全部パンクすることなんてある？」

ジェイクはかがんでチェックしながら、「まず、ないだろうな」と言った。ふたたび身を起こした。「偶然じゃない。誰かがわざとやったんだ」

「誰かがあなたの車のタイヤを切り裂いたっていうの？」

ジェイクは首をふった。「いや、ゴムの部分は無事だ」小さな黒いキャップをわたしにさしだした。「だが、四つのタイヤすべてから空気が抜いてある。修理工場に電話して、この車をとりにきてもらおう」

ジェイクが最初は番号案内に、それから修理工場に電話をするあいだ、わたしは誰のしわざだろうと考えつづけた。

電話を切ってから、ジェイクが言った。

「二、三分かかるそうだ。待つあいだ、レストランのなかに戻ってる？」

「そして、何があったかをアンジェリカに説明するの？　きっと自分の責任だって言いだすわよ。アンジェリカってそういう人だもの。そうね、あなたさえかまわなければ、一緒に外で待つほうがいいわ」

自分の考えていることを口にしたくはなかったが、どうしても黙っていられなくなった。

「誰がやったか、わかったような気がする」

「たぶん、いたずら好きな子供たちだろう」

わたしは近くに駐車中の何台かの車を見た。「たまたま、あなたの車をターゲットにしたの？　そうは思えないわ」

「じゃ、きみの考えてる犯人は誰？」

わたしは正直に答えた。「エイプリル・スプリングズを車で通り抜けた時、別れた夫を見かけたの。さらに重要なことに、向こうもわたしを見たわ」

ジェイクは首をふった。「いい大人がそんなことするわけないだろ」

「だって、あなたはマックスを知らないもの。ジェイク、せっかくの夜が台無しになってごめんなさい」

びっくりしたことに、ジェイクがわたしの手をとった。

「スザンヌ、謝る必要はない。なぜこんなことになったかで頭を悩ませるのはやめにしよう。ぼくも今夜を台無しにしたくない。こんな気持ちになったのは、本当に久しぶりだ」

ジェイクがわたしにキスしようとし、わたしも期待に胸をはずませたそのとき、まばゆいヘッドライトが闇のなかでわたしたちを照らしだした。

オイルで汚れたオーバーオール姿の太りすぎの運転手が、レッカー車の運転台からおりてきた。

「たまたま近くにいたもんでね」

不運なわたし。

運転手は空気の抜けたタイヤを調べてから言った。「圧縮空気タンクを持ってきてるんだ。

あっというまに道路に出られるようにしてやるよ」

レッカー車の運転手がタイヤに空気を送りこむあいだ、わたしはジェイクを見つめ、さっき彼のなかに見たものが間違いではありませんようにと願った。ジェイクはわたしにキスしようとして身を寄せてきた。それは間違いない。

でも、そこで終わってしまった。わたしの家に着いたらやりなおしてくれるかしらと思わずにいられなかったし、不安な期待のせいで会話が少々ぎごちなくなっているのが気がかりだった。

でも、キスの結末はわからずじまいだった。

ジェイクと一緒にわが家へ続く歩道を歩いていたとき、ポーチに人影が見えた。

殺人犯がわたしを襲うことにしたのなら、タイミングの悪いときを選んだものだ。こちらには州警察のエスコート役がついている。突然、ジェイクの食事の誘いに応じてほんとによかったと思った。

「ちょっと待って」ジェイクが言って、ジャケットの下から銃をとりだした。デートのあいだ、彼が銃を携行していることに、わたしは気づきもしなかった。

「暗がりから出てこい」ジェイクがどなった。

人影はためらいを見せたが、やがて、ジェイクのどなり声が大きくなった。

「三つまで数える。数えおわったら、こっちがそこまで行く。一、二」

マックスが暗がりから出てきた。ふてぶてしい表情。

わたしは安堵が全身に広がるのを感じたが、ジェイクの銃は揺るぎもしなかった。

「大丈夫よ」わたしは言った。「その人、別れた夫なの」

ジェイクはわたしを無視した。

マックスに尋ねた。「ここで何をしている？」

もと夫はふてぶてしい口調で答えた。

「スザンヌの様子を見にきたんだ。法律違反かい？」

「ぼくの車に細工をしたのなら、法律違反だ」

街灯の薄暗い光のなかで、わたしはマックスの顔をよぎる表情を目にし、ジェイクが気づかずにいてくれるよう願った。驚きと怒り、そして、かすかに勝ち誇った表情もまじっていた。

「なんの話かさっぱりわからん。なあ、その銃、おれの顔からどけたらどうだい？」

ジェイクがどなった。「うしろを向け」

「この人なら大丈夫よ。ほんとだってば」刻一刻と状況が悪化しつつある。

ジェイクがほんの一瞬、こちらを見た。「だが、そう言いきれるかい？　ぼくにまかせてくれ」

ジェイクはマックスに目を向けて言った。「こちらの指示に従わないなら連行する」

「何の容疑で？　妻を訪ねるぐらいいいだろ？」

わたしは口出ししないつもりでいたが、わたしの心が承知しなかった。「もと妻よ」

二人とも、こちらを見ようともしなかった。

「何の容疑でひっぱるつもりだ？」マックスがふたたび訊いた。

「何か考えるさ。心配するな」

マックスはこれ以上抵抗しても無駄だと悟ったようだ。うしろ向きになると、ジェイクが驚くほど冷静かつ効率的にマックスの身体検査をした。

「さあ、満足したかい？」マックスが言った。

「いや、ぜんぜん」ジェイクはわたしのほうを向いた。「明かりをつけてくれないか」

すぐにポーチの明かりがつき、わたしは母が一部始終を見ていたことを知った。玄関ドアまで行くと、母が外をのぞいているのが見えた。

意外なことに、母は何も言わなかった。ドアの内側にたたずみ、男性二人をじっと見ていた。

母が唇の動きだけでわたしに質問した。「大丈夫？」

わたしがうなずくと、母の緊張がいくらか和らいだようだった。

ジェイクがマックスに言った。「手を見せてもらおう」

「なんだと？　なぜだ？」

「つべこべ言うんじゃない、マックス」

わたしのもと夫は両手をジェイクのほうへ突きだした。「いいとも。ほら」

ジェイクは手を丹念に調べ、それから言った。「抜け目なく手袋をはめてたんだな」

「何を調べてるんだ？　何があった？」

ジェイクは言った。「車のタイヤが四本とも、何者かに空気を抜かれていた。さっき、ぼくがスザンヌと二人で町を出たときに、途中できみの姿を見かけたとスザンヌが言っている」

マックスは笑った。「おれがやったと思ってるわけ？　おいおい、まさか本気で言ってんじゃないだろ？」

「その点はきみが間違っている。愚かな抵抗はやめろ、マックス」

「その言葉、二倍にして返したいね」別れた夫は言った。

「脅迫か」

マックスはひきさがらなかった。「知らないよ。そうなのかい？」

ジェイクはさらに何秒かマックスをにらみつけ、それから、わたしのほうを向いて言った。

「この男をどうしてほしい？」

「害のない男よ。心配しないで、わたし一人でなんとかできるから」

るらしい。

「ほんとに？」ジェイクはわたしの目をのぞきこんだ。マックスを追い払う許可を求めてい

「ここからはわたし一人で大丈夫よ。すてきな夜をありがとう」

マックスが鼻を鳴らしたので、彼のほうを向いて言ってやった。

「頼むから、いますぐ黙ってちょうだい。わかった？」

マックスはジェイクに銃を突きつけられたときより、わたしに脅されたいまのほうがびびっていた。よけいなことは言わずに、一度だけうなずいてみせたので、これで大丈夫だと思った。少なくとも、いまのところは。

ジェイクは名残惜しそうにしばらくわたしを見つめていたが、やがて、「じゃ、おやすみ」と言った。

「おやすみなさい。それから、ありがとう」

ジェイクは返事をせず、最後にもう一度マックスをにらみつけてから、わたしたちを残して立ち去った。

ジェイクが声の届かないところまで遠ざかる前に、マックスは言った。

「あんな男とデートだなんて信じられん」

そりゃないでしょ。わたしの堪忍袋の緒が切れた。

マックスに顔を近づけて言ってやった。「わたしが誰とつきあおうと、あなたにはもう関

係ないわ。ダーリーンと寝た日に、あなたはその権利を失ったの」

「何回謝らなきゃならないんだよ？　おれが間違ってた」

「しかも、さらに間違いを重ねている。でしょ？」こちらが本気であることをマックスにはっきりわからせるために、きびしい視線を彼に据えた。「マックス、帰って。わたしのことはほっといて。わたしが何をしようと、あなたにはもう口出しする権利はない。わかった？」

「そんなこと、認めるもんか」

わたしは首をふった。「あなたに選択の余地はないのよ。さ、帰って。自分のために何かなさい。でも、わたしの人生には首を突っこまないで」

マックスは負けを認めた。その潔さは褒めてあげなきゃ。それ以上何も言わずにポーチから歩き去った。それとともに、家のすぐ向こうの木立のなかで人影が動くのが見えた。思わずマックスに「気をつけて」と叫びそうになったが、そのとき、ジェイクにちがいないと気づいた。わたしに万一のことがあった場合に備えて、木立に身を潜めていたのだ。この人たち、何を勘違いしてるの？　わたしは男の保護が必要な弱い女じゃないのに。でも、まあ、気にかけてくれる男がいるというのもいいものだ。

まったくもう、マックスが邪魔しないでくれればよかったのに。

家に入ると、母が言った。「いま外で何があったのか、話してくれない？」

「ジェイクとデートに出かけたら、彼のタイヤの空気が何者かに全部抜かれちゃったの。ジエイクはマックスのしわざだと思ってる。わたしも」

母はいまにも噴きだしそうな顔でわたしを見た。それぐらい大きな微笑だった。

わたしは訊いた。「何がおかしいの?」

「あなたがデートねえ……」母は言った。この言葉をくりかえせば現実味が増すかのように。

「ええ、過去にも一回か二回はデートした経験があるわ」

母は笑った。「問題とすべき言葉は〝過去〟ね」

「そんなおもしろそうに言わないでよ。ママったら、まるで十五の女の子みたい」

「あら、恐竜が地球上をのし歩いてたころから、ママが十五の女の子じゃなかったことは、おたがいに知ってるじゃない。デートは楽しかった?」

「だいたいにおいて、うっとりするほどすてきだったわ」わたしは正直に答えた。

「よかった。さてと、もう寝るわ。あなたも寝なさい。早朝からドーナツ作りをするつもりなら。おやすみ、スザンヌ」

「おやすみ、ママ」

母が今夜のことに関してわたしにくわしい話をせがまなかったのが、どうにも信じられなかった。それどころか、ちょっとがっかりだった。いつもなら、わたしがデートに出かけたという重大な事柄をこんなふうに素通りしてしまう人じゃないのに、こっちが喜んで話す気になってるときに、ベッドに入ることにするなんて。

わたしは自分の部屋へ行き、ふと思いついて、グレースに電話した。

「もしもし、怒ってない？」グレースが電話に出たので、訊いてみた。

「ええ、もちろん」グレースが言った。「わたしがちょっと過保護だったのなら謝るわ。ただ、あなたがまたしてもマックスとゴタゴタするのを見るのがいやなの」

「デートから戻ったばかりだって言ったら、安心してくれる？」

グレースの声が霜に覆われた。「マックスとよりを戻したなんて言わないでよ」

「やだ、わかってないのね。ジェイク・ビショップと出かけたのよ。ほら、州警察の人」

グレースの金切り声に、耳がジーンとした。「ほんとに？　やったじゃない。どんなデートだったのか話して。彼が迎えにきた瞬間から、家まで送ってくれた瞬間まで。何ひとつ省略しちゃだめよ」

わたしはクックッと笑った。まさに期待していたとおりの反応。今夜のことをグレースに報告するなかで、デブ・ジェンキンズとばったり出会ったことも話した。

「あなたにも見せたかったわ、グレース。とびきりの美女なの。地味で小柄なあの女がすごい美女に変身。めちゃめちゃゴージャスだったわ」

「誰と一緒だったの？」グレースが訊いた。

「知らない。初めて見る顔だったけど、あの二人、かなり親密そうだったわね。殺された恋人の死を悼む女って雰囲気じゃなかったわ」

「誰と一緒だったのか突き止めなきゃ。パトリック殺しと何か関係してるかも」

「警察に面通しをやってもらう以外に、どんな方法があるっていうの？」

「オーケイ、ひとまず保留にしましょう。話を聞くのが待ちきれないから、早送りにして、おやすみのキスの場面へ飛んでよ」

「キスはなかったわ」

「スザンヌ、まったく困った人ね。もうティーンエイジャーじゃないのよ。ジェイクの心をつなぎとめておかなきゃ。はにかんでみせるのが効果的だとは思えないわ。あちらは大人の男性なのよ」

「あのね、わたしはキスしたかったの。でも、マックスに邪魔されたの」

グレースはためいきをついた。「結婚してたころの思い出を埋葬してしまうべきだわ。でないと、あなた、幸せになるチャンスをつかむたびに、マックスの亡霊に邪魔されることになる。マックスのことは忘れなさい。よその男とデートに出かけたときは、とくに」

「違うの。わかってないのね。別れた夫はわが家のポーチにいて、暗がりでわたしの帰りを待ってたの」

「ジェイクがうっかりマックスを撃ってしまったって言ってよ」

「そんなうれしそうな声出さないで。危うく撃つところだった」

「ほんと？」グレースはうれしくてたまらないという声になった。

「何秒間か、緊迫した雰囲気だったけど、わたし、自分でマックスと話をつけたかったから、ジェイクには帰ってもらったわ」

グレースはトゲのある声で質問した。「まさか、またあの男を許したわけじゃないでしょうね。あんなやつ、あなたにはふさわしくないわ、スザンヌ」

「わたしからも、マックスにさんざんそう言ってやったのよ。マックスも帰っていくときには、わたしの人生に入りこまないでってこっちが本気で言ってるのを、ようやく理解したんじゃないかしら」

「でも、あなたはおやすみのキスを逃してしまった」

「今夜のところはね。でも、次回のチャンスに大いに期待してるの」

「またデートするの？　いつ？　明日の晩？　出し惜しみせずに話してよ。くわしい話を聞かせてって言ったでしょ」

「具体的な予定はまだ立ててないけど、彼、わたしともう一度デートすることに乗り気みたいよ」

「マックスにぶちこわしにされなきゃね」グレースは言った。

わたしはあくびをこらえた。「大丈夫よ。そんなことさせない」

「その意気よ。スザンヌ、あなたは偉いっ」

「スペリング競技会で優勝したわけじゃないのよ。デートに出かけただけ」

「ちょっと、そんな軽く言うもんじゃないわ。今夜はあなたにとって大きな一歩だったのよ」

「そして、人類の女性にとっては偉大な飛躍。でしょ?」なんだか軽薄な気分になってきて、あらゆる瞬間が楽しくてたまらなかった。

つぎのあくびをこらえたとき、九時になることに気づいた。ほとんどの人にとっては、ごく普通の時間だ。少なくとも、四時間後に目をさます必要のない人にとっては。

グレースがつぎのように言って、わたしが言い訳する手間を省いてくれた。

「スザンヌ、もう寝なさい。疲れた声だわ」

「そうなの」わたしは認めた。「でも、どうしてもあなたに電話して、今夜のことを聞いてもらいたかったの」

「電話でしゃべれて楽しかった」

「わたしも」

電話を切ったあと、いくら睡眠時間が削られても平気な自分に気づいた。ここしばらくはグレースとの仲がぎくしゃくしていて、親友に食ってかかられるのに閉口していたのだが。とうとうと眠りに落ちるあいだに、今夜のいやな部分はすべて削除され、かわりに、ジェイクの目と、わたしの話に真剣に耳を傾けてくれる様子だけが浮かんできた。二人が今後どのようにつきあっていくのか、まだよくわからないけど、いまのわたしは、新鮮な出会いに、そして、会うのが楽しみな新たな男性に夢中になっている。

グレースと母はひとつだけ正しいことを言った。破綻した結婚のことを嘆く期間が長すぎた。

そろそろ、もう一度人生の扉をひらき、ジェイクがその一部になってもならなくても、新たなスタートを切ったほうがよさそうだ。

扉の外に何があるのか、ふたたび見てみようという心境になっていることに気づいて、自分でもびっくりした。

9

「もう一度話して」翌朝、イーストドーナツを揚げおえて開店の準備を始めたところで、エマが言った。

「もう五回以上話したじゃない」わたしは言った。「ただのデートよ」

「でもね、あたしなんか、夜間の学校とここのバイトで忙しくて、社交生活にあてる時間もないのよ。あなたにそんな時間があるなんて知らなかった。たとえ、人さまのデートでも、その話を聞いてロマンティックな気分に浸れるとなれば、そうせずにはいられないわ」

わたしは笑った。「まあ、悲しいこと。なんとかしなきゃ」

「はい、はい。でも、いまはあなたの話に耳を傾けるだけにしておく。今度はいつ会うの？」

「べつに約束なんかしてないわ」

「でも、近いうちに会うんでしょ？」

わたしはエマにタオルを投げつけた。「もうっ、頭にくる子ね。陳列ケースにトレイを並べてしまいなさい。わたしは本日のスペシャルのリストを書き換えたいから」

うちで作るドーナツの種類は日によって替わる。前日に何がよく売れたかというのも理由の一部だが、主に、わたしの気まぐれによるところが大きい。それが自分の店を持つ楽しみのひとつだ。毎日作る定番ドーナツが何種類かあるが、それとはべつに新しいレシピで遊ぶことさえできれば、定番ドーナツ作りもまったく苦にならない。パンプキンのレシピはようやく満足のいくものになったので、そろそろべつのアイディアを模索しようと思っている。アップルパイドーナツというのを考えてはいるのだが、ドーナツ用のパイクラストをうまく作れるかどうか、まだ自信がない。〈ドーナツ・ハート〉の忙しさが一段落したら、ふたたび試作にとりかかる時間ができるだろう。

表のドアのロックをはずしたとき、店の前にパトカーが止まっているのを見てびっくりした。

店の窓から射しこむかすかな光のなかで目を凝らすと、マーティン署長だとわかり、心が沈んだ。事件にやたらと関心を持っている様子のムーア巡査も、話をしていて楽しい相手ではないが、署長に比べればまだましだ。グラント巡査だったらよかったのに。よくドーナツを買いにきてくれるので、気まずい思いをせずにすむ。

署長に手をふり、笑顔を作ろうと努めたが、向こうはわたしのほうに片手をあげただけで、そのまま無線のやりとりを続けた。

この署長は、ときどき、わざと無礼な態度をとっているように見えることがある。

署長のことは無視して、ドーナツ販売を始めることにした。署長がわたしと話をしたいのなら、店に入ってくればすむことだ。わたしのほうはやることがどっさりある。

十分後、署長が依然として表のパトカーのなかにすわっていたとき、ジョージが入ってきた。「署長が外にいるの、知ってるかい？」

「店をあけたときに姿を見たわ。いつ入ってくるかと待ってるんだけど、無線にかかりきりだから、入る気があるのかどうか疑問に思いはじめてるところ。こんな朝早くから、誰と話してるのかしら」

ジョージは微笑しただけで、何も言わなかった。

「何よ？」わたしは訊いた。「こっちの知らないことを何か知ってるの？」

ジョージはドアに背を向けて言った。「わたしの勘違いかもしれないが、あの署長、あんたにちょっと揺さぶりをかけようとしてるのかも。あそこにすわってる時間が長くなればなるほど、あんたがびびるだろうと思って。少なくとも、それが署長の狙いであることは賭けてもいい。じっさいに店に足を踏み入れたときには、あんたが相手の聞きたがることをすべて話す気になってるはずだと、署長は思いこんでいることだろう」

「なんでも好きなように思いこめばいいんだわ」ジョージのためにコーヒーを注ぎながら、わたしは言った。「びびったりするもんですか」

「その意気だ」ジョージはわたしにウィンクをよこした。

コーヒーをもうひと口飲んでから、ジョージは言った。「あんたがゆうべのことを話してくれるのをずっと待ってるんだが、そっちから持ちだす気がないなら、催促するしかなさそうだな」

わたしはタオルをカウンターに叩きつけた。「まったくもう！　この界隈の人たちも自分自身の人生を持ったらどうなの？　そうすれば、刺激を得るために、わたしの人生を借りなくてもすむでしょうに」

ジョージは両手をあげ、てのひらをこちらに向けた。「わたしが言ってるのは、マックスのストーカー行為だよ。あんたとジェイク・ビショップのデートのことではない」

「ストーカーじゃないわよ」わたしはぴしっと言った。

「あわててマックスの弁護をすることはない。あいつが何をしてるか、あんたは知らんだろう。この店の外でしょっちゅう見かけるぞ。じつをいうと、離婚してからずっと、あの男はあんたを見張っている」

考えたくもないことだった。別れた夫が至るところに出没しているなんて、思っただけでぞっとする。

「話題を変えましょうよ、ねっ？　男性関係以外のことなら、なんでも話すわ。それでいい？」

「わたしはかまわんよ」ジョージは言った。

「朝イチであなたがあらわれた理由を、まだ訊いてなかったわね。こんなに早くどうしたの？」

ジョージはニッと笑った。「今日はちょっと、一人で警察の仕事をやってるんだ」

「わたしに何か知らせておきたいことは？」

ジョージは席を立ち、五ドル札をカウンターに置いた。

「まだだめだ。ツキが落ちるといやだからね。いいかい、誰も信用するんじゃないぞ。わたしがもっと具体的な証拠をつかむまで、くれぐれも用心してくれ。いいね？」

「あなたが用心するなら、わたしもするわ」

ジョージがドアのほうへ行こうとしたとき、署長がようやく店に入る決心をしたのが見えた。なぜこんなに長いあいだ店の前に車を止めたままでいるのかと、わたしをやきもきさせておくことで、かなり動揺させてやれると署長が思っていたのなら、大間違いだ。ジョージとのつきあいで、わたしはそれを学んだ。こちらが手の内を明かさずにいれば、署長のほうはわたしの口を割らせるために、捜査状況を話さざるをえなくなる。

そして、わたしのほうは、署長が手がかりを投げてよこしたら、どんな些細なものでもキャッチする準備を整えていた。

「何にするか決まりました？　署長」

署長は渋い顔でわたしを見た。「ちょっと待て。こっちは店に入ったばかりだぞ。それに、ドーナツを買いにきたわけじゃない」

「ずいぶん長いあいだ外にパトカーを止めたままだったから、どのドーナツにするか迷ってるんだと思ってました」

署長は髪を手で梳《す》いた。

「ここに寄ったのは、じつは、あんたのためを思ってのことなんだ」

「なんでしょう？」

署長はちらっとわたしを見て、それから言った。「ちょっとしたアドバイスがしたくてな。ビショップ警部とつきあうのはやめたほうがいい」まずいものを吐きだすような調子で、署長は言った。

「えっ？」わたしはてっきり、パトリック・ブレイン殺しに対するわたしのにわか捜査について、署長が話をしにきたものと思っていた。わたしの異性関係について本気でアドバイスしようというの？「冗談でしょ？　だいたい、どうしてそんなことわかってるの？」

「ここは小さな町だ。そのことは、あんたも人並み以上によくわかってるはずだ」

「署長、わたしが知事とデートするつもりでいても、やっぱり署長が口を出すことじゃないわ」

署長は顔をしかめた。「わたしから見て、どうも好ましくない展開だ」

「そう言われても、べつに驚かないわ。どうしてあの警部とデートしちゃだめなの？」言わずにいられなかった。どういうわけで署長がわたしのデートを邪魔しようとするのか、ぜひとも知りたかった

署長の顔が曇った。「わたしが言いたいのはだな、やつにこの町をうろつく理由を与えるなということだ。捜査の指揮をとっているのはわたしで、それはやつも承知している。だが、こっそりあんたとデートしていれば、何やかやと探りだすかもしれん。つきあうのはやめてもらいたい」

「ご忠告に感謝します」

「つまり、こっちのアドバイスを無視するということだな」署長は言った。

わたしは黙って署長に笑みを送り、署長はなんの成果も得られないまま店を出た。わたしの交遊関係がマーティン署長にとって迷惑でも、わたしは申しわけないなんてまったく思わないし、署長の希望を尊重してジェイクとつきあうのをやめようなんて気も、もちろんない。それどころか、ジェイクとの仲を進展させたいという発奮材料になったほどだ。

〈ドーナツ・ハート〉の店じまいをしてから、受話器をとり、グレースに電話した。

「もしもし、今日は仕事だってわかってるけど、少し早めに抜けられないかしら」

「大丈夫よ、喜んで」

「理由を訊きもしないの？」

グレースは派手に笑った。「わたしに必要なのは仕事をサボる口実だけ。了解よ。二時にそっちへ行く。早すぎる？」

「バッチリよ。帰ってるから、家のほうへきて」

「じゃ、あとで」

電話を切ってから、ドーナツのかわりに何か口実を使って〈アライド建設〉の社内に入りこむ方法を考えはじめた。

やがて、名案が浮かんだ。

グレースと二人で入っていけば、前にわたしが一人で訪ねたときとはまったく違う展開になるだろう。

もう一度グレースに電話した。「ねえ、いま、何着てるの？」

グレースはわたしだということに気づかないふりをして答えた。

「靴と微笑だけよ。これ、ひょっとして卑猥な電話？　こんな経験初めてだから、わたしも一生けんめい協力するわ。ねえ、そっちは何着てるの？」

「こちら、スザンヌですけど」

グレースはクスッと笑った。「わかってるわよ、バカ」声を低くしてつけくわえた。「いまレストランなんだけど、近くにすわってる男の顔を見せたいわ。十二段階の色合いで赤くなってる。熱くなりすぎて、顔から火を噴くんじゃないかしら」

「悪い女。でも、まじめな話、思いきりおしゃれな格好できてほしいの。手持ちの服のなかで最高のを着てきてちょうだい」

「仕事？　遊び？　それとも、その中間？　どの程度がいいのか教えて」

「仕事のできるビジネスウーマン二人に扮するのよ」

　グレースは沈黙し、それから尋ねた。「じゃ、あなたの着るものも何か持っていこうか」

「靴べらとバケツ一杯のショートニングを使っても、あなたの服にこの身体を押しこむのは無理だわ。家に帰る途中で、ギャビーの店に寄ってみる」わたしの服が〝シャビー・シック〟のみすぼらしい《シャビー》側に寄っていることは、おたがいにわかっている。

「了解。ドレスアップするのは大好き。どういう触れこみでいくの？」

「邸宅の新築を考えてるエキセントリックな富豪がいて、わたしたちはそのアシスタントってことにするの」

「わあ、おもしろそう。待ちきれないわ」

　電話を切ってから、いい友達に恵まれたものだとつくづく思った。わたしがどんな素っ頓狂なことを言いだしても、つきあってくれて、しかも、わたしよりうまくやってのける。グレースが味方についてくれれば百人力だ。

グレースは二時三分前に迎えにきてくれた。わたしは玄関ドアのそばに立って、母より先にきてくれるよう祈りながら、グレースを待っていた。いまからやろうとしていることに、愛しのママが賛成してくれるとは思えなかった。

家に帰る前に、何か着るものを買おうと思い、ドーナツショップのとなりにある古着の店に寄った。わたしの風変わりな頼みに、ギャビーは大いに好奇心を掻き立てられた様子だったが、ラックにかかった商品のなかから、サイズがぴったりなだけでなく、これから演じようとしている役柄にふさわしいスーツを見つけてくれた。

グレースが世界を所有しているような顔で、車からおりてきた。高価なパンプスからテーラードスーツに至るまで、まさに富豪のアシスタントそのものであることを、苦もなく信じられそうな雰囲気だった。

わたしは言った。「口笛を鳴らしたくなるわ。最高にすてき」

グレースは歩道でくるっとまわってみせた。「あなたもよ」

「どうにか合格点かな。でも、あなたのほうが役柄にぴったり」

「面接を受けにいくときのスーツなの。だから、出費を惜しまなかったのよ」

「新しい仕事を探してるの？」

グレースは笑った。「あのねえ、わたしは営業職なのよ。いつだって新しい仕事を探してるわ。さ、行こうか」

「行きましょ」

車で〈アライド建設〉へ向かう途中、〈BR投資〉の前を通ることに気づいた。

「一カ所、寄り道してくれない？」

「仰せのままに。何を考えてるの？」

「パトリック・ブレインが殺される少し前に取引していた投資会社を、もう一度調べてみたいの」

「おもしろそうね」グレースが言った。真剣に受け止めているのかどうか、わたしは心配になってきた。

「これはお遊びじゃないのよ」軽い口調でグレースをたしなめた。「殺人事件に関して動かぬ証拠をつかもうとしてるの。浮かれてる場合じゃないわ」

「どうして両方やっちゃいけないの？」グレースが訊いた。

「救いがたい人。でも、あなた抜きでは何もできないし……」

「何バカなこと言ってるの？　こんな愉快なことって久しぶりよ。わたしは財産が入ったばかりの女相続人、財産を管理してくれる人を探してるっていうのはどう？」

「いいわね。じゃ、わたしは個人秘書」

グレースは唇を嚙んだ。「気を悪くしないでほしいんだけど、あなたが行ったら、向こうが気づくんじゃない？　ついでに言うと、建設会社のほうへもすでに一度行ってるでしょ？」

「向こうのことを買いかぶってるわね。この前会社を訪ねたときは、ドーナッツの箱を手にしてて、服装はジーンズと古いシャツ、髪はポニーテールだったのよ。小さく結ったこのシニヨンとスーツが完璧な変装になると思うわ。もし誰かがわたしのことを知ってるような顔をしたら、瓜二つのいとこがいるって言っておく。でも、誰も気づかないほうにドーナッツ十ダースを賭けてもいいわ」

「まあ、自信たっぷりのお言葉」

「グレース、すべては状況の問題よ。もし、会社の誰かが〈ドーナッツ・ハート〉に入ってきて、そこでわたしがこのスーツを着ていたら、気がつくかもしれないけど、わたしはそれでも驚くでしょうね」

「賭けようか。ただし、ドーナッツはやめ。〈ナポリ〉でランチってのはどう？　それとも、あそこへ行くときは、州警察のハンサムな捜査員と一緒でなきゃだめ？」

「最初の攻撃を待ってたのよ」わたしは言った。「なかなか攻撃してこないから、失望しかけてたところ。さ、ご遠慮なく。警官とデートしてるわたしに文句を言いなさいよ。ゆうべ電話で話したとき、お説教したかったんでしょ。だったら、さっさとどうぞ」

グレースは首をふった。「本気で言ってるの？　電話で話を聞いたとき、やったねって思ったし、いまも意見は変わってないわ。そろそろ、男性との交際を再開するときがきたと思わない？」

「たぶんね。でも、簡単にはいかなかったわ」

「スザンヌ、苦もなく手に入るものに、価値のあるものが何かあって？　心配ご無用。何もかもうまくいくから。いい予感がするの」

「だといいけど」

グレースは投資会社の真ん前に車を止めて言った。「たいした会社じゃないわね」

「どちらかと言うと、なかはさらにしょぼいわよ」

グレースは肩をすくめた。「じゃ、予想以上の演技力が必要だ。いいわよ。やってみせる」

「入る前に、どんな筋書きでいくか、打ち合わせておいたほうがいいんじゃない？」わたしはいまからやろうとしている新たなゲームに急に不安を覚えて、グレースに訊いた。

「やだ、それじゃスリルがなくなっちゃう。とにかく、黙ってわたしに合わせて。大丈夫よ」

わたしが止める暇もないうちに、グレースは車をおり、会社のほうへ歩いていった。好むと好まざるとにかかわらず、ショーの始まりだ。

ドナルド・ランドは着ている服が違うだけで、この前と同じくだらしない格好だった。調度品もろくにない安っぽいオフィスを見たとたん、グレースの眉があがるのが見えたが、意見を口にするのを控えた彼女を、わたしは誇りに思った。

「ようこそ、どのようなご用件でしょう？」ランドの言い方にはどこか脂ぎったものがあり、ごく単純な挨拶でも下卑た言い方になりうるという、まさに実例だった。

グレースが芝居じみた口調で答えた。「ランドさん、わたくしね、気の遠くなりそうな莫大な財産を相続してしまい、どうすればいいのか途方に暮れておりますのよ。ここにいる個人秘書のほうに」――グレースがわたしに向かってうなずいてみせたので、わたしはできるだけ厳粛な表情を浮かべた――「おたくの会社を推薦してきた人がいるので、試しにちょっとお寄りしてみようと思いましたの」

「光栄です」ランドは舌なめずりせんばかりの口調で答えた。「おすわりになりませんか」

どうやってわたしたちをすわらせる気かと、わたしは首をひねった。オフィスを見まわしても、椅子は二つしかないのだから。驚いたことに、ランドはわたしを来客用の椅子にすわらせてから、それより上等のデスク用の椅子をグレースのために持ってきた。彼自身は、これが初めてとはとうてい思えない慣れた態度で、デスクにもたれて身体を支えた。

「誰から推薦があったのか、お尋ねしてもいいですか」

きっと、リベートの支払いがあるにちがいない。「パトリック・ブレインという親しいお友達に話をしたんです。彼のことは、よくご存じでしょ？」

ランドはたじろいだが、じっと目を凝らしていなければ、わたしはそれを見落としていただろう。ランドはすばやく冷静さをとりもどして尋ねた。

「彼と話をされたのは、正確にはいつでしたか」

わたしは考えるふりをして、それから答えた。

「ヨーロッパへ発つ直前でした。二週間ほど向こうにいて、ゆうべ帰国したばかりです。あとでパトリックに電話して、今日お目にかかったことを報告しようと思っています」

ランドはひどく居心地の悪そうな様子になった。

「あのう、申しわけないんですが、お名前をまだ伺っておりませんでしたね」

「デューベリーです」わたしは言った。「シンシア・デューベリー」

「ミス・デューベリー、どう申しあげればいいのかわかりませんが、じつは、パットの身にあることが起きまして」

パトリックのことをニックネームで呼ぶ人間に出会ったのは、これが初めてだ。

「お元気だといいんですが」まだ何も知らないふりをして、わたしは言った。

「じつは……もういないのです」

わたしは言った。「どこへいらしたの？　パトリックがよそへ行ってしまうはずはないわ。この町にずいぶん関わりのある人ですもの」

ランドは首をふった。「いや、そういうことではなくて……。お気の毒ですが、はっきりお話ししておかないと。誰かに殺されたんです」

「なんですって？　信じられない」

ランドは小さくうなずいた。「どうやら、通り魔的な犯行のようです」

「ぞっとするわ」わたしは言った。

「予定どおり、わが社にご依頼いただけるとうれしいんですが」グレースに熱い視線を送って、ランドは言った。

「まあ、どうしようかしら」グレースは言った。「パトリック・ブレイン氏とは、どういうおつきあいでいらしたの？」

「飲み友達でした」ランドはそう言ったあとで、この言葉がどう受けとられるかに気づいたようだった。「といっても、おたがい、大酒飲みだったわけではなく、毎週金曜の夜に会って、ビールを飲みながら、わずかな時間を一緒にすごしてただけなんです」

「じゃ、銀行のほうでパトリックと取引なさったことはないのね？」グレースは言った。

ランドは肩をすくめた。「いくつかのプロジェクトで、何度か一緒に仕事をしたことはあります」

「最近は？」わたしからも質問した。

「お二人とも、わたしへの仕事の依頼より、パットのほうに興味を持っておられるようですな」ランドが疑惑の口調で言った。

どう答えればいいのか、わたしにはわからなかったが、グレースはどうやら、この質問を予期していたようだ。「ランドさん、あなたのたった一人の推薦者がいなくなってしまったのよ。あなたとパトリックが本当はどういう関係だったのかがわからないと、わたくしの財産管理をおまかせするにふさわしい方なのかどうか、判断できませんでしょ。当然の質問であることは、おわかりいただけると思います」

「なるほど、わかりました」ランドは言った。「パットとわたしは友達で、ときたま一緒に仕事をしていました。申しあげられるのはそれだけです」

「では、パトリックが銀行での地位を利用して、あなたのために便宜を図るというようなことはありませんでした？」わたしは訊いた。

ランドは背筋を伸ばした。「そりゃ、ありますよ。この町でおこなわれるビジネスの半分は、ゴルフ場でまとまるんです。だが、違法なことは一度もやっておりません」

「お話は充分に伺いました」グレースは言った。

「あのう、さきほどおっしゃった財産というのは、いかほどの額でしょう？　話は夕食の席でと言われるなら、そのようにさせていただきます。われわれ二人だけで」ランドはわたしを完全に無視して言った。

「あいにくですが、わたくしが秘書を連れずに出かけることはありません」グレースは言った。

席を立とうとするグレースに、ランドは言った。「いやいや、べつに他意があって言ったわけじゃないんです。夕食がおいやなら、わが家で一杯いかがです？　うまいマティーニをお作りしますよ」

「シンシア、失礼しましょう」声に完璧な量の冷たさをにじませて、グレースは言った。

「とりあえず、名刺をさしあげておきます」ランドの顔に困惑が浮かんでいた。またたくまに事態が悪化してしまったのはなぜかと、首をひねっているにちがいない。

わたしは差しだされた名刺にちらっと目を向け、受けとってバッグに押しこんだ。哀れなランドは通りまでわたしたちを送ってこようとした。車に乗りこんで走り去ることができたときは、ホッとした。

グレースも、わたしも、角を曲がるまで我慢して、それから噴きだした。

「よだれを垂らさんばかりだったあの顔、見た？　あなたを口説きたくても、わたしの前では必死に我慢してたみたいね」わたしは言った。

グレースは首をふった。「思い違いはやめてよ。わたしがエレノア・ローズヴェルトみたいな馬面だったとしても、ランドは同じ態度をとったと思うわ。あの男を興奮させるには、お金の誘惑だけで充分だった。興味深いわね。パトリック・ブレインとの取引について話したときは、やけに構えてたと思わない？」

「たしかに、ずいぶん否定しようとしたわね。でも、それが殺人の証拠になる？」

「まあね。でも、容疑者リストからはずすための証拠にもならない。あの男って、どうも虫が好かない」

「虫が好かない点って、ひとつだけ？」

「そうね、少なくともひとつ。さて、つぎは建設会社よ」

走る車のなかで、グレースは言った。「尾行されてるみたいよ。でも、いまは見ちゃだめ」

もちろん、わたしはふり向いて見てみた。ちょうど、パトカーが二つのビルのあいだに消えるところだった。「あれ、署長？」

「どうかしら。でも、警察の誰かがわたしたちを監視してるのはたしかだわ」

「すてき。じゃ、これからどうする？」

グレースは唇を噛み、それから言った。「わからない」

わたしは二、三秒考えこんだ。「こっちにできることは、たったひとつ。そうでしょ？誰かに止められるまで、この事件を調べつづける。警察につきまとわれても、わたしは怖気づいたりしない」

「だったら、わたしも」グレースが言った。

建設会社が近くなったところで、わたしはふり向いて背後の様子を窺い、それから言った。

「やっとあきらめたみたい」

グレースは言った。「よかった。わたし、けっこうナーバスになってたの」ビルの駐車場に車を入れた。「さてと、同じ口実を使う？　それとも、何か新しいのを考える？　そうだ、こうしない？　わたしは裕福な上流階級の女で、大金を注ぎこんで家を新築しようとしている。そして、あなたは現金をどっさり積んだ手押し車を押す役」

「だめだめ、最初の案でいったほうがいいと思う。注文建築に関心を持っている大富豪がいて、わたしたちはそのアシスタント」

グレースはわたしに視線を向けた。

「どうして？　わたしに上流階級の女は演じられないっていうの？」

「まあまあ、投資会社での演技なんか、オスカーものだったわ。ただね、建設会社をだますのはもう少しむずかしいだろうから、話をできるだけ曖昧にしておくほうが、うまく探りだせそうな気がするの」

グレースが同意のしるしにうなずき、わたしたちは一緒に〈アライド建設〉に入っていった。

入ったところにいた受付嬢はあいかわらず冷淡だった。

「申しわけありませんが、アポイントのない方は、クラインにお会いいただくわけにはまいりません」面会を申しこんだわたしたちに、そう言った。

わたしはグレースのほうを向いた。「うちの雇い主にいやな顔をされそうね。午後五時までに、三百十万にいちばん近い見積もり額を報告するよう言われてるもの」

グレースが言った。「三通りの見積もりが必要で、すでに二つとったでしょ。その二つの平均値が三百四十万だから、それをアライドの見積もり額として報告し、それで終わりにしましょうよ。どんなプロジェクトのときも、中間にくる見積もりが採用されることはないもの。いちばん下の見積もり額はそれより十万も低いから、うちの雇い主が平均値を選ぶ危険はまったくないわ」

こちらが数字を検討するあいだ、受付嬢が電話で声をひそめて話しているのが目に入った。しばらくすると、受付嬢は電話を切った。

わたしがグレースに合図をし、二人で出ていこうとすると、受付嬢が呼び止めた。

「あの、しばらくお待ちいただけません？　たったいま、クラインのほうに入っていたアポイントがひとつキャンセルになりましたので、喜んでお目にかかると思います」

わたしはグレースを見て、つぎに腕時計にちらっと目をやった。

「時間ある？　とにかく雇い主は気の短い人だし」

「ええ、でも、正確さを求める人でもあるのよ」

「この会社が雇い主の基本的な要求を満たしてるかどうか、わたしにはわからないんだけど」

奥のオフィスのドアがひらいて、一人の男性がわたしたちを迎えに出てきた。背の高い男性で、かつてはスタイルのいい時期もあったにちがいないが、いまでは二十キロ以上の余分な肉がついている。どこかで見たような顔だった。きっと、〈ドーナツ・ハート〉にきたことがあるのだろう。朝食にオートミールとオールブランを食べていれば、胴まわりがこんなになるはずはない。

「リンカーン・クラインです」男性はそう言って片手を差しだした。「わたしのオフィスにおいでくださいませんか」

わたしたちは顔を見あわせ、しぶしぶ承知した。ドアを通り抜けて奥の聖域へ足を踏み入れたとき、どこかの造成地の縮尺模型が壁に立てかけてあるのに気づいた。誰かの手で住宅が二、三軒叩きつぶされていて、模型はどうやら、ゴミとして捨てられるのを待っているらしい。

クラインは歩きつづけたが、わたしはその場で足を止めた。「どうしたんです？　この縮尺模型、テーブルから落ちたんですか」

クラインは首をふった。「いや、プロジェクトを突然中止にせざるをえなくなったんです。土壇場になって、出資者が手をひいたものですから」この言葉がどう響くかに気づいて、クラインは急いでつけくわえた。「この業界ではよくあることです。人々の夢が銀行口座の額をうわまわってしまう」

グレースが言った。「どうぞご安心を。わたくしどもの雇い主は莫大な財産を持っております」

それがみごとにクラインの注意をとらえた。

「誰のもとで働いておられるのか、お尋ねしてもかまいませんかな」

わたしは言った。「雇い主のほうでは、事前の情報集めをするあいだ、名前を出したくないと希望しています。そうしておけば波風が立ちませんし、雇い主の名前が出たとたん入札価格が異常に高騰してしまうのを防げますから」

クラインに彼のオフィスへ案内され、わたしは室内を見まわした。広々とした部屋で、なるほど、そのくらいの広さは必要だった。どの壁にも、狩猟を記念して、イノシシとクマとシカの頭部が飾ってある。この男、動物を目にすると、片っ端から射殺してしまうんじゃないかしら。部屋に入ったとたん、わたしは背筋が寒くなり、悲鳴をあげて飛びだしたいのを我慢するだけで精一杯だった。

クラインが言った。「名前を出したくないというお気持ちはよくわかります。わたしがよけいなことはぜったい言わない人間であることを、どうか雇い主の方にお伝えください」両手をこすりあわせた。「設計図も何も拝見していないので、どうすれば適切なお見積もりを提示できるかわかりませんが……」

ごもっとも。グレースがパニックを起こし、仮面がはがれはじめた様子だったので、横からわたしが言った。「クラインさん、話を進めるためにとりあえず、ホワイトハウスを二倍にしたような感じだと申しあげておきましょう。一般的な見積もりを出していただきたいんです。そうすれば、候補にあがっている建設業者の方々が、契約をとることをどこまで真剣に考えているかわかりますから」

クラインはマホガニー製のばかでかいデスクの向こうで指をテントの形に合わせ、考えているふりをした。「こまかい点は抜きにして、そういう感じのものでしたら、三百二十万ぐらいでお受けできると思います」

あらあら、びっくり。契約をとるために提示すべき金額を、受付嬢がすでに報告していたわけだ。

わたしはうなずいた。「まあまあの金額ですね」

「でも、まだ何も決まったわけではありませんのよ」グレースが言った。

さて、そろそろ、ここにきた本来の目的である情報集めにとりかからなくては。

「わたくしどもの雇い主が、ほかのことをちょっと気にかけておりまして」

「なんなりとお尋ねください。喜んでお答えします」クラインが言った。

そりゃそうだろう。「最近、パトリック・ブレイン氏と取引していらしたそうですが」

こう言われてクラインはギクッとした様子だったが、どうにか態度に出さずにすませた。

「可能性がないか、両方で議論していたのですが、実現には至りませんでした」

「では、一緒に仕事をしていたことを否定なさるんですか」わたしはあらかじめ情報をつかんでいるような言い方をした。パトリックの秘書だったヴィッキーの証言を勘定に入れるなら、たしかにそうだ。

「いやいや。あなたがおっしゃったのは今後のプロジェクトのことだと思っていました。過去には取引したことがあります。それと見積もりと、どういう関係があるんです？」

「雇い主は完璧を求める人間です」グレースが言った。「仕事を依頼する相手のことを知っておくのが好きなのです」

「でしたら、ご本人がこちらに出向いて、わたしと直接お会いになるほうがいいですね。不安や懸念をお持ちでしたら、わたしのほうで解消できると思います」

それにはわたしも疑いを持たなかった。じつに口のうまい男だから、人魚に海水を売りつけることだってできるだろう。「見積もり額を雇い主に伝えたあとで、そうさせていただくかもしれません」

わたしは立ちあがり、グレースもわたしに続いた。

だが、クラインはそう簡単にはあきらめなかった。わたしたちを外まで見送るついでに言った。「名刺をお持ちですか」

「名刺って、いろんな情報が入ってますからね。ご心配なく。また連絡します」わたしは言った。

車に戻り、〈ドーナツ・ハート〉へ向かう途中で、前にどこでクラインを見かけたかを思いだした。「ゆうべ、デブ・ジェンキンズと一緒にいた男だわ」

「パトリックの愛人の？　ディナーの相手って、あの男だったの？」

「だと思う。ちらっと見ただけだし、デブの変身ぶりに呆然として、男のほうにはほとんど目を向けなかったけど、でも、そうよ、ぜったいゆうべの男だわ」

「パトリックの愛人が彼のビジネス・パートナーと出かけるなんて、いったいどういうこと？」

わたしは下唇を嚙み、それから言った。「あの二人、かなり親しげだったから、殺人事件のあとで交際が始まったのではないような気がする」

「嫉妬は欲と同じく殺人の動機になるわ」

わたしはうなずいた。「そこが問題ね。この事件には二種類の動機があって、しかも、容疑者が多すぎる。容疑者を絞るどころか、わたしたち、逆に範囲を広げてるみたい」

グレースはしかめっ面になった。「こんなこと言いたくないけど、こっちの手に負えなくなったときは、ジェイクにまかせればいいじゃない」

「わたしはもう深入りしすぎてる。そう思わない？」

「さあ……」グレースは答えた。「ただね、調べてまわってるうちに、なんだか不安になってきたの」

「そうなのよね」わたしも正直に認めた。

その瞬間、わたしの携帯電話が鳴りだした。「もしもし？」

「スザンヌ？　ジョージだ。価値のありそうな情報をつかんだんで、一刻も早く知らせておこうと思って」

「なんなの？」

「パトリック・ブレインの保険に関することなんだ。リタの言ったことがちょっと気になったものだから、つてを頼って二、三人に電話して、保険金の受取人として誰の名前が記載されてるか調べてみた」

「デブ・ジェンキンズでしょ？」

「違う。だから、あんたに知らせなきゃと思ったんだ。デブがどう言ったか知らないが、やはり、もと妻のリタ・ブレインがすべてを相続するようだ」

「じゃ、デブが嘘をついたのね」どんな影響が生じるのかを考えた。

「なぜ嘘なんかついたのか理解できん。

わたしは電話を一秒ほど凝視したあとで答えた。「ジョージ、あなたがどんな人たちとつきあってるのか知らないけど、わたしのまわりの人たちなら、百万ドルは誰にとっても充分な動機になるわ」

ジョージは沈黙し、それから訊いた。「スザンヌ、保険金が百万ドルだなんて、誰が言ったんだ？」

「リタよ」

「嘘をついたのか、それとも、本当に知らなかったのか」

「何を？」

「保険契約の期限がきていたのに、ブレインが契約更新をしていなかったので、契約は失効していた。あとは銀行から一万四千ドルちょっとの金が入るだけだ。殺しの動機になるほどの金額ではない。そう思わんかね？」

わたしはしばらく考えこみ、それから尋ねた。「保険契約が失効していたことを、リタが知らなかったとしたら？」

「一万四千ドルのために夫を殺したとなると、そうとうショックを受けることだろう。最近じゃ、葬式の費用だけでそれぐらいかかるから、涙に暮れるもと妻は、気の毒に、何ひとつもらえんわけだ」

「酔いつぶれる理由にはなるわね。情報をありがとう」

「どういたしまして。役に立ててうれしいよ」

電話を切ると、グレースが低く口笛を吹いた。「そばで聞いてて、だいたいの事情はわかったわ。リタがお酒に溺れてた本当の理由はなんなのか、知りたくなるわね」

「ここはひとつ、本人に質問しなきゃ。一緒に行く？」

「当然よ。行きましょ」

10

　リタの家に着くと、玄関がロックされていて、ガンガン叩いてもリタは出てこなかった。

「留守みたいね」グレースが言った。

「床でのびてる確率のほうが高いわ」わたしは言った。

　ところが、歩いて車に戻る途中、ふと何かの気配を感じてふり向いた。リビングの窓から顔がひっこむのが見え、その顔が消える寸前に、わたしはリタだと気づいた。

「リタがこっちを監視してるわ」わたしは言った。

　グレースが訊いた。「なんでわかるの？」

「たったいま見たばかり」

「じゃ、戻りましょ」

　わたしはグレースの腕をつかんだ。

「グレース、向こうはわたしたちに会いたくない様子よ」

　わが友は断固たる表情を浮かべた。「リタが家にいて、意識があるのなら、玄関にひっぱりだしてやる」

「グレース、無理やりしゃべらせることはできないのよ。こっちは、警察のバッジも何も持ってないんだから」

「わたしたちを無視していいってことにはならないわ」

わたしは首をふった。「悪いけど、まさに、無視していいってことなの。とにかく帰りましょ。ほかに何か方法を考えることにしましょう」

「はいはい。でも、あきらめが早すぎるんじゃない？」

「まあね。だけど、長い一日だったの。疲れたし、おなかがペコペコだし、あと数時間したら、またドーナツを作るために起きなきゃいけない」

「せっかく出かけてきたんだから、何か軽く食べていかない？」グレースが訊いた。

「ううん、今夜はこのまま家に帰って、世間のことを忘れたい。わたしのジープのところでおろしてくれる？」

「いいわよ」車で走るあいだに、グレースが訊いた。「ねえ、今日見てきたものをどう解釈する？」

「すべてを消化するにはしばらく時間がかかるけど、ひとつだけたしかなことがあるわ」

「なんなの？」

「誰もわたしに気づかなかった」笑みを浮かべて、わたしは言った。「賭けはわたしの勝ちよ。〈ナポリ〉のランチが待ち遠しいな」

「おっしゃるとおりね。わたしが払います。あなたのことが誰にもわからなかったなんて、信じられない」

「言ったでしょ。すべては状況の問題だって」

店の前に置いてきたジープのところまで戻ったので、わたしはグレースの車からおりた。

「午後から手伝ってくれて、どうもありがとう。あなたがいなかったら、わたし一人では何もできなかったわ」

「何言ってんの。めちゃめちゃ楽しかったわ。スザンヌ、町じゅうの人に心配されて、あなたがうんざりしてるのはわかってるけど、気をつけてね。いい？　この数日間に話をした人々のなかに、犯人がいるような気がしてならないの」

わたしとしては反対意見を出したいところだが、できなかった。

「あなたの言うとおりだと思う。どの人物なのか、わかればいいのに」

「そしたらもう安心なのにね」

グレースが車で走り去ったあと、ジープのフロントウィンドーのワイパーに何かがはさんであるのに気づいた。駐車違反チケットのはずはない。自分の店の表に駐車しているのだから。

チケットのかわりに、メモ用紙がはさんであった。

〝会えなくて残念。またあとで連絡する。ジェイク〟

残念に思ってるのはジェイクだけじゃない。デートしたのは一度だけだし、それも理想とはほど遠い終わり方だったけど、彼にどんどん惹かれている自分に気がついた。そんなつもりはなかったし、考えもしなかったことなのに。

笑みを浮かべていたそのとき、別れた夫のマックスが長い茎のついた真っ赤なバラ一ダースを手にしてやってきた。

突然、わたしの浮き浮き気分が消えてしまった。

「やあ、ぼくのスージーちゃん。はい、これ」

わたしは受けとるために手を出そうともしなかった。

「無駄なお金を使うことなかったのに。ほしくないわ」

マックスはかすかに眉をひそめた。「おいおい、せっかく謝ろうとしてるんだぞ。せめて、詫びぐらい言わせてくれよ」かすかに舌がもつれていた。彼がお酒を飲んでいることに気づく人はほとんどいないだろうが、わたしはこの男と長いあいだ暮らした経験がある。

「どれぐらい飲んだの?」

マックスは親指と人差し指を五センチほど離してみせた。

「少しだけな。ところで、どうだい?　今夜、おれと出かけないか?」

「頭がおかしくなったんじゃないの。愚かにもあなたと出かけようなんて気は、いまのとこ、まったくなし。ゆうべのデートをぶちこわされた件とは、べつに関係ないけどね」

「おれとデートするより警官のほうがいいって、本気で言ってんのか。スザンヌ、おれたちのあいだには特別なものがあったんだよ」

「わたしもそう思ってたわ。ダーリーンはなんて言うかしらね」

「その話を出してくるのは、いいかげんやめてくれないか」マックスは自分が何をしているのか意識せずに、バラの花束をふりおろし、ジープのボンネットに叩きつけた。花びらがアスファルトの上に飛び散り、わたしは一歩下がった。

冷静な声を崩さないようにして言った。「別れてから、よけい癇癪持ちになったようね」

「きみに許してもらいたくて、頭がおかしくなりそうなんだよ」マックスは言った。いまにも泣きだしそうな顔だった。

「悪いけど、できない」これは結婚生活に終止符を打ったときからわたしが恐れていた場面だった。ふだんのマックスはほとんど飲まない。飲めば行動より感情のほうが先走ってしまうため、自制心を失うのを恐れているのだ。

「おれの人生に戻ってきてくれ」ようやく冷静さをとりもどしたあとで、マックスは言った。

「あきらめないぞ」

ふたたびわたしにバラをよこそうとして、花がズタズタになっていることに気づいた。ゴミ容器に投げこんでから、マックスが立ち去ったので、わたしはようやくふたたび楽に呼吸できるようになった。

マックスをどうしたらいいの？　顔を合わせてもこんな場面を演じなくてすむ方法を、おたがいに見つけたものと思ってたけど、どうやら甘かったみたい。一時期、マックスはわたしの人生でいちばん大事な人だった。そして、たった一度の思慮に欠ける愚かな過ちで、結婚生活をこわしてしまった。

マックスと顔を合わせたときに、わたしが考えるのはそのことだけ。彼とダーリーンが一緒にいる光景は、いつになったらわたしの頭から消えてくれるのだろう？

玄関のところで母が待っていた。

「やけに大人っぽく見えるじゃない」

「今日、買ったばかりなの。ギャビーの店で見つけたのよ」

母は片方の肩から小さな糸くずを払った。

「似合ってるわ。今夜もジェイク・ビショップとデート？」

わたしは自分の服を見おろした。「こんな格好してるから？　ううん、違う」

「じゃ、どうしてそんなもの着てるの？」

「人と会う約束があったから、きちんとした格好で行きたかったの」わたしは正直に答えた。

「ママ、長くて大変な一日だったのよ。話はここまでにしてくれない？」

「いいわよ」すぐさま母が譲歩したので、かえってびっくりだった。「夕食に、チーズたっぷりのチキンが用意してあるわよ」

わたしの大好物のひとつだ。「わたし、何か特別なことをした？　誕生日でもないのに」

母は微笑した。「最近、すごく忙しそうにしてたから、好きなものでも作ってあげようかと思って」

わたしは母の頬にキスをした。

母が尋ねた。「いまのはなんのキス？　あなたのための夕食作りはこれまでもやってきたわよ」

「わたしがどんな思いをしてるか、わかってくれたお礼よ。着替えてくる時間はある？」

「もちろん。そのスーツ、クロゼットにしまう前にクリーニングに出さなきゃだめよ。いい？」

「明日の朝イチでやっとく」

ジーンズと古いセーターに着替えた。このほうがはるかにくつろげる。母の手ですでにテーブルの用意ができていたので、わたしの最近の行動には触れないようにして、雑談に興じながら、二人で静かな食事を楽しんだ。

母が焼いたばかりのブラウニーを食べたあとで、母の攻撃が始まった。

「スザンヌ、話をする必要があるわ」

「その言い方、昔から好きになれなかった。いままでだって二人で話をしてたじゃない」

「ママは真剣なのよ。あなた、自分が最近どんな危険な行動をとってるか、よくわかってないんじゃない？　危ないまねをしすぎだわ」

「ママ、誰と話をしたの？　グレースじゃないわね。それだけはわかる」

「ママにも情報源はあるのよ。警察の捜査にちょっかいを出してることを、否定しようとしてもだめ。捜査は署長にまかせておきなさい。署長が信用できないとしても、あなた、ジェイクのことは優秀だと思ってるでしょ」

「ママ、ほっとけないのよ。誰がパトリック・ブレインを殺したのか、わたしが突き止めないことには、誰もやってくれそうにないの。パトリックは縁もゆかりもない人じゃなくて、わたしの友達だったのよ」

母は電話に手を伸ばした。

「誰にかけるの？」わたしは訊いた。

「署長に電話して、うちにきてあなたの頭に分別を叩きこんでもらえないか、頼んでみるわ。ママには無理なようだから」

実の母親にこんなことを言われるなんて、わたしには信じられなかった。ドアのそばにかかっている分厚いジャケットをつかんだ。「どこでも好きなところへ電話すればいいでしょ。

けど、わたしがここでおとなしくしてるとは思わないで。出かけてくる」

「もう暗いわよ」母が言った。「どこへ行くつもり?」

「公園を散歩してくる。新鮮な空気を吸いたいの」

「ほら、また。必要もない危険を冒そうとしてる。いますぐ署長に電話するわ」

後悔しそうなことを言いあう前に、飛びだすしかなかった。

公園はわたしの大好きな場所、この世界から逃げだしたいときに行く場所だった。誰もほとんど気づいていないすてきなところが、この公園にはたくさんある。はっきりした個性を持っている。魂を持った場所だ。いつのまにか、〝わたしの考える木〟に向かって歩いていた。ごつごつしたオークの古木で、幹がねじれて鞍のような形になっているので、冷たい地面から逃れてそこに心地よくすわることができる。

星々が冷たい炎のような冬のきらめきを放つ夜空を見あげながら、誰がパトリック・ブレインを殺したのだろうと考えこんだ。別れた妻のリタかもしれない。パトリックの保険契約が失効し、支払われる保険金がゼロに近くなっていたことを知らずにいたのなら、なおさらだ。その場合は、デブ・ジェンキンズを容疑者からはずしてもよさそうだが、しかし、彼女が建設会社のリンカーン・クラインとひどく親しそうにしているところを、わたしは目撃してしまった。わたしのリストでは、このクラインもやはり容疑者だ。デブを愛人にしていた男が殺されたあと、彼女がべつの男に乗り換えただけのことだろうか。それとも、もっと複雑な事情があるのだろうか。それから、クライン自身はどうだろう？　こわれた縮尺模型が置いてあったが、あれは会社がうまくいっていないしるしだ。しかし、パトリックの死が原因であああなったのだろうか。それとも、プロジェクトが失敗したせいで、パトリックが殺されることになったのだろうか。さて、つぎは低俗な投資会社のランド氏だ。わたしの嫌いなタイプだが、そのせいで判断を曇らせることのないようにしなくては。自分に正直になるなら、ランド氏の線はすでに消えたことを認めるしかない。たとえ椅子のクッションの下から見つかったお金であろうと、あんな男に運用をまかせるのはごめんだが、だからといって、殺人犯ときめつけるわけにはいかない。となると、あとはええと……わたしの容疑者リストに含まれるのは、もと妻のリタ・ブレインと、もと愛人のデブ・ジェンキンズと、もと取引相手のリンカーン・クラインだけ？　それとも、こちらの知らない人物がほかに誰かいるのだろうか。背後に誰かが潜んでいるのだろうか。わたしが話をした相手なのに、その人物が殺人に関係していることにこちらが気づいていないとか？　ヴィッキー・ハウザーあたりが、わたしの知らない動機を何か持っているのだろうか。彼女が町を出ていったのは、嫌疑を避けるための策略にすぎなかったのでは？　公正に判断するなら、その可能性もあることを認めなくてはならない。でも、もしかしたら、わたしが話をした人々のなかに犯人はいないのかもしれない。マーティン署長とジェイクが真犯人に迫っていて、わたしはみんなに迷惑をかけてまわっているだけかもしれない。そんなふうには考えたくないけど。

このあとどうすればいいのか、よくわからなかったが、そろそろ家に帰ったほうがよさそうだと思った。冷たい空気に触れてわたしの怒りの発作は収まり、まったくいらいらさせられる母ではあるが、母の言葉が善意から出ていることも理解できた。母はわたしを愛している。それを非難することはできない。

家まであと百メートルほどになり、室内の柔らかな明かりが見えてきたそのとき、茂みから何者かが飛びだしてきて、背後からわたしをつかんだ。

わたしは必死に相手の手をふりほどこうとした。最後まで抵抗を続ける覚悟だった。腕力では襲撃者のほうが上かもしれないが、襲ってきた相手に、たやすく降参する気のないことを知らせてやるつもりだった。賊の前腕がわたしの口をふさぎ、反対の手がわたしの右腕を背中でねじりあげた。スキーマスクのようなもののざらっとした肌ざわりを頬に感じ、相手の息の熱さに、こちらの背筋が冷たくなった。わたしに危害を加えようとしている何者かと闇のなかで二人きり、何かで相手をグサッと突こうとしても、家の鍵すら持っていない。ここから生きて戻ることができたら、次回は装備を整えて出かけることにしようと心に誓った。

いえいえ、そんなことを考えている場合ではない。相手の手をふりほどこうとしてあがいたが、無駄だった。わたしだってけっこう力はあるが——というか、少なくとも、自分ではそのつもりだが——襲撃者のほうがもっと強かった。

とした。

「抵抗はやめろ。でないと、本気で傷つけなきゃならん」耳もとで襲撃者の声がささやいた。

「どっちみち、傷つけるつもりでしょ」わたしはそう言いながら、うしろへ蹴りを入れよう

襲撃者の手に力がこもり、背中でさらに高く腕をねじりあげられたので、わたしは抵抗をやめた。少なくとも、反撃の機会をつかむまで。

耳ざわりな声がささやいた。「この件から手をひいて、よけいなお節介はやめないと、怪我だけじゃすまなくなるぞ。わかったな」

その声には、わたしの想像を超える威嚇がこもっていた。語調が激しいからではなく、激しさが欠けているからだった。この語調が本物なら、襲撃者はうるさいハエを叩きつぶすときと同じく、良心の呵責など感じもしないでわたしを傷つけることだろう。

なんとかしなくては。

深く息を吸ってから、わたしの口をふさいだ腕を、自由なほうの手の爪でひっかいてやった。爪を伸ばすと店でドーナツの生地作りをするときに邪魔なので、短く切ってあるが、相手の腕に爪を立てた瞬間、その腕の力をゆるめさせるだけの威力はあった。ひっかかれて血が出てればいいのにと思ったが、確認はできなかった。わたしにわかったのは、不意に自由の身になったことだけだった。

わたしのなかに闘争本能はもう残っていなかった。逃げなくては。襲撃者が追ってきてと

どめを刺そうなどとしないことを願いつつ、わが家の玄関ポーチをめざして死にもの狂いで走った。


玄関にころげこんで、わたしは母に言った。「マーティン署長にもう電話した？」

「ううん、あなたをあれ以上怒らせたくなかったから」

「やっぱり電話して。たったいま、公園で何者かに襲われたの。署長を早くここに呼んで」

なかに入るなりデッドボルトをかけ、それから護身用に置いてある野球のバットをとりにクロゼットに入った。銃弾を止めるのは無理だろうが、それ以外ならなんだってこのバットで撃退してやる。ハイスクール時代、わたしはけっこう優秀なソフトボール選手だった。いまだって、ホームランをかっとばす腕はある。

わたしに駆けよってきた母は、さきほどの怒りをすべて捨て去っていた。

「大丈夫？　ごめんね」

「なんで？　ママが背後から襲いかかってきたわけじゃないのよ」

「ええ、でも、あなたが家を飛びだしたのはママのせいだわ。何があったのか話して、スザンヌ」

「ママ、わたしがママのこと愛してるのは知ってるでしょ。けど、話は一度ですませたいの、ねっ？　署長を呼んで。そしたら、何があったかをわたしから署長に説明するのを、ママもそばで聞けるから」

母がうなずいて、電話に手を伸ばすあいだに、わたしはカウチにぐったりすわりこんだ。なんとも強烈な脅しだった。こんな襲撃を受けるなんて、わたしはいったい誰を怯えさせてしまったんだろう?

ある意味では、これも進展と言えるだろう。でも、こちらが期待していた進展とはちょっと違う。


「では、話を整理させてくれ」わが家のリビングでわたしから話を二回聞いたあとで、署長が言った。「襲撃してきた犯人の顔は見ていない。そして、犯人はあんたを背後からつかまえ、脅し文句を並べたあとで走り去った。そういうことだね?」

母がぴしっと言った。「フィリップ・マーティン、うちの娘の訴えを真剣にとりあげてもらいたいわ」

エイプリル・スプリングズ警察の署長は大男で、標準体重を十五キロほどオーバーしている。母と同じ年代だが、ショウガ色の髪はまだまだ豊かだ。ただし、こめかみのあたりが白くなりはじめている。

「ちゃんと事情聴取をしてるじゃないか、ドロシー。こうして話をするあいだも、人手不足のおりなのに警官を三人も公園へやって、捜査させてるんだぞ。それ以上何をやれというんだ？」

「この子が強盗にあったって言ってるんだから、信じてくれてもいいでしょ」母が言った。

署長はうなずいた。「そりゃ、もちろん、信じてるとも」

「ちょ、ちょっと待って」わたしは反論した。「これは行きずりの強盗事件なんかじゃないのよ。パトリック・ブレイン殺しと関係があるの。それから、犯人は男だときめつけてるようだけど、わたしはそこまで断言できないわ。女だった可能性もある」

「では、さっきの話を訂正するのかね？」

わたしは癇癪を必死に抑えなくてはならなかった。「男だなんて、ひとことも言ってないでしょ。でも、それが誰であれ、きっと、わたしが事件を嗅ぎまわってるから襲撃してきたんだわ」

署長は首をふった。「なんの証拠もないんだぞ、スザンヌ」顔をしかめ、それからつけくわえた。「わたしが町のあちこちで耳にした噂からすると、あんた、わたしより捜査の腕が上だと思いこんでいるようだな。あまりに腕が立つものだから、犯人は警察の捜査よりあんたのほうを恐れている――そう言いたいのかね？」

署長はわたしをじっと見た。わたしがこれまでの自分の行動について謝るのを待っているにちがいない。でも、こっちだって、事件を追っていたことを正直に認めて署長を満足させる気はなかった。

「強盗事件に話を戻しましょうよ」母が言った。

わたしは母をさえぎった。「強盗じゃないんだってば、ママ。そいつはね、『よけいなお節介はやめないと、怪我だけじゃすまなくなるぞ』って言ったのよ。それが行きずりの犯行だと思う？」

「ごめん、スザンヌ」母が言った。わたしに言い返されて、ちょっと面食らった様子だ。

「ママの言い方が悪かったわ」

署長の携帯が鳴りだし、署長はわたしたちに声の聞こえないところで電話をとるために窓辺へ行った。

署長が電話で話しているあいだに、母が言った。

「あなたの力になろうとしてるのよ。それはわかってくれるわね？」

わたしは母の肩をやさしく叩いた。

「わかってる。わたし、ちょっと神経過敏になってるのかも」

「大変な一週間だったんだもの。そうなって当然よ」

マーティン署長が電話を切って言った。

「警官三人が公園内を調べてまわったが、誰もいなかったそうだ」

「もういないわよ」わたしは言った。「わたしを襲ったあと、同じ場所でぐずぐずしてるわけないでしょ」

署長はフンと鼻を鳴らした。「スザンヌ、尋問する相手が誰も見つからんとなると、わたしには何もできん。だが、そいつのアドバイスに従うのも悪い考えじゃないかもしれんぞ」

署長がそんなことを言いだすなんて、信じられなかった。「じゃ、わたしよりその悪者の肩を持つわけ？　おとなしく穴にもぐりこんで、事件から手をひくべきだ——そう思ってるの？」

「わたしが言いたいのは、警察の仕事は警察にまかせてほしいってことだ」声に不快感がにじむのを隠そうともせずに、署長は言った。

「あなたにはがっかりだわ、フィリップ」母が言った。

「ドロシー、わたしがあんたに逆らうのを大の苦手としてることは、あんたもわかってるはずだが、スザンヌがわたしのかわりに警察の仕事を続けようとしたら、危険な目にあうことになるんだぞ」

母は首を横にふっただけだった。「この子がやるしかないみたい。警察の捜査がちっとも進んでないんですもの。きてくれてありがとう、フィリップ。帰っていただいてけっこうよ」

「わかったよ」署長は母のそっけない口調に見るからに傷ついた様子だった。いくら努力しても母を自分のものにするのは無理だということを、ようやく悟りはじめたのかもしれない。

署長が帰ったあとで、母は言った。「スザンヌ、こんなことやめなさい。ママは本気よ」

「ママもほかのみんなと同じ意見なの？　わたしを愛して支えていこうって思いはどこへ消えちゃったの？」

母は首をふった。「そういう言い方しないで。愛してるからこそ、あなたが傷つくのは見たくないの。ママに残された家族はあなただけなのよ。それがわからないの？」

母の頬を涙がひと筋、ゆっくり伝い落ちたので、わたしは母を抱きしめてから、それを拭った。

しばらくして、母が言った。「約束してくれる？」

「だめよ、ママ。悪いけど、できない。どうしてもやりたいの。やるしかない。でないと、つぎはわたしだわ」

「ここで手をひけば、そんなことにはならないのよ」

わたしは肩をすくめた。「そんなの、あてにできない」

話し合いはいっこうに進展しなかった。

玄関にノックの音が響き、わたしはジェイク・ビショップならいいのにと思っている自分に気がついた。

残念ながら、グラント巡査だった。店の常連客の一人。

「邪魔してごめん。けど、きみの無事をたしかめたかったんだ。ほかの連中と一緒に公園内をすみずみまで調べてきた。きみが安心できるように、公園には誰もいなかったことを報告しておこうと思ってね」

「ありがとう。感謝するわ」

グラント巡査が帰ったあとで、わたしが自分の部屋へ行こうとすると、母が訊いた。

「どこに行くの？」

「ベッド」

「あんなことがあったあとで、ほんとに眠れると思う？」

わたしは時計にちらっと目をやった。

「もうじき九時だし、わたし、一時には起きなきゃいけない。いつベッドに入ればいいの？睡眠をとっておかないと、明日を乗り切ることができないわ」

「じゃ、おやすみ」

自分の部屋にたどり着き、ベッドに倒れこんだ。さきほどのことを三十秒ほどよくよく考えたが、やがて、すべて頭から払いのけることにした。クレージーなスケジュールをこなしていくには、たとえわずかな時間でもいいから寝られるときに寝ておくしかないことを、店を始めたころに学んだのだ。

朝になっても、というか、わたしの人生でとりあえず朝とみなされている時間になっても、わたしの問題は解決していないだろうし、殺されないよう用心して事件ととりくむために、頭をはっきりさせておく必要がある。

翌朝、五時半に店をあけると、ジョージが待っていた。

「なんでゆうべ電話をくれなかったんだ？　襲われたとき、助けに駆けつけてやれたのに」

わたしは首をふった。「電話しなかったのは、心配をかけたくなかったから。ところで、なんでわかったの？」

「ゆうべ、襲撃者はいないかと公園を調べていた警官の一人と話をしたんだ。きみも知ってるやつじゃないかな。名前はグラント」

「うちの店のお得意さんよ」

「なるほど。そいつが話してくれたんで助かった。スザンヌ、今後はわたしに正直に打ち明けて、力を合わせてやっていくこと。いいね？　真剣に言ってるんだぞ」

「ちょっと待って。マーティン署長に電話したけど、あちらは行きずりの強盗事件としか思ってなかったわ」

ジョージがぐいと顔を寄せてきたので、彼の身体から発散する熱が感じられるほどだった。

「だが、あんたはそんなことでごまかされはしない。だろう？　手をひけと警告された。なのに、あんたがいまも殺人事件を嗅ぎまわってるとわかったら、その男はどうすると思う？　つぎのときも運に恵まれると、ほんとに思っているのかね？　すでに一人死んでるんだぞ、スザンヌ」

わたしが電話しなかったことで、ジョージの感情を傷つけてしまったのは明らかだった。それはやはりよくない。「あの、ごめんね。除け者にするつもりはなかったのよ」

ジョージはわたしの謝罪を受け入れた。「わたしが言いたいのはだな、すべてを打ち明けてくれないことには、あんたを助けられないってことなんだ。ジェイク・ビショップはどう言ってた?」

「まだ連絡してないの」わたしは正直に答えた。「もう時間が遅かったし、とにかくベッドに入りたかったから」

ジョージはわたしに携帯をよこした。「電話するんだ」

「早すぎるわ」

「頼むから、言うとおりにしてくれ」

わたしは肩をすくめた。「わかった。でも、自分の電話を使うわ」ジョージがあとでリダイヤルのボタンを押し、州警察の警部にじかに電話するようなことになっては困る。

どうせ留守電になっているだろうと思ったが、驚いたことに、最初の呼出し音でジェイクが出た。

「こちら、ビショップ」

「もしもし、スザンヌよ」

「やあ、きのうのぼくのメモ、読んでくれた?」

「ありがとう、うれしかったわ」わたしは深く息を吸ってから言った。「たぶん、マーティン署長とはまだ話をしてないわよね」

「きのうの午後から一度も。なんで？　何かあったのかい？」

わたしは軽く額をさすり、それから言った。「ゆうべ、公園で騒ぎがあったの。あなたに知らせておいたほうがいいと思って」

「どんな騒ぎ？　大丈夫？　いまどこ？」

「店よ。わたしが公園を散歩してたとき、誰かが襲いかかってきたの。でも、どうにか無事だったわ」

「そいつに何か言われた？」一瞬の沈黙ののちに、ジェイクが訊いた。

「『よけいなお節介はやめないと、怪我だけじゃすまなくなるぞ』って」このぞっとする言葉を電話でくりかえすのはいやだったが、正直に答えた。

ジェイクの声が冷たくなった。「どこへも行くんじゃない。二十分でそっちへ行く」

「ほかに行くとこなんかないわ。お店をやらなきゃ」

「じゃ、あとで」ジェイクは電話を切った。

わたしはジョージのほうを向いた。「はい、安心した？」

「ビショップがここにくるまでは安心できん。それまで、わたしが店の前のテーブルに陣どって、あんたを見張るとしよう。裏から抜けだしたりするんじゃないぞ。エマが裏へ行くのも禁止だ」

「できればノーと言いたいところだけど、いいアドバイスだから無視できないわね」ふと思いついて陳列ケースのなかへ手を伸ばし、パンプキンドーナツ一個と小さな紙パックのミルクをとりだした。「店のおごりよ。心配してくれてありがとう」

「すまんな」ジョージはぶっきらぼうに言った。強面《こわもて》で押し通そうとがんばっているが、内面がどんなに柔和な人か、わたしにはちゃんとわかっている。

十四分後にジェイクが到着した。その表情からすると、わたしに腹を立てているのは明らかだった。

「ゆうべのうちに電話してくれればよかったのに、スザンヌ」

「すべてがあっというまの出来事だったの。あなたに電話しなきゃと思ったときは、もう目をあけていられなかった」

ジェイクは店内を見まわした。夜明け前の客が押し寄せて、席が埋まりはじめている。

「話のできる場所はないかな？」

「プライバシーが確保できる場所といったら、わたしのオフィスしかないわ」

「じゃ、そっちへ行こう」

わたしはうなずいた。二人のやりとりを世間の人たちに聞かれたくないという思いは、ジェイクに劣らず強かった。

ジェイクがわたしのあとについて、厨房へ続くドアを通り抜けた。客の何人かが残念そうな顔になったことに気づいた。きっと波潤のひと幕を期待していたのだろう。でも、そんな期待に応えようなんて、こっちはまったく思っていない。

狭苦しいオフィスに入ると、ジェイクの存在感がいっそう強烈になった。ひとつしかない椅子にわたしがすわり、ジェイクは壁にもたれて、わたしにのしかかるように立った。

「さて、何があったのか、くわしく話してくれ」全身の注意をこちらに向けて、ジェイクは言った。

「電話でも言ったように、誰かが襲いかかってきて、それをわたしが撃退して、マーティン署長を呼んだの」

「相手がきみを脅したときの、正確な言葉を覚えてる？」

「忘れられるわけないわ」腕をつかまれたときの感触を思いだしながら、わたしは言った。「手をひかないと、つぎは怪我だけじゃすまなくなるぞって。そこで、わたし、必死に逃げだしたの」

「どうやって逃げたんだ？」

「男の腕を爪でひっかいてやったら、向こうが手を放したの。男はジャケットを着てたから、爪の跡がついたかどうかは疑問だけど」

ジェイクはわたしの手をとった。「たぶん無理だろうな。きみの爪、すごく短いし」

「マニキュアした手でドーナツを作ってみなさいよ」

ジェイクはわたしの手をおろした。「傷跡をつけてやった可能性はあまりないわけだ」

「だめでしょうね。こっちの爪が割れちゃったけど、効果があったとは思えない。でも、とにかく逃げだせた。それだけで充分。向こうは当分わたしのことを忘れてくれそうにないわね」

ジェイクは一瞬わたしをじっと見て、それから尋ねた。

「スザンヌ、男だったのは間違いない？」

「ううん、どんなことについても、間違いないとは言えない」わたしは正直に答えた。「ほんとのこと言うと、すごく怖くて、逃げようってことしか考えられなかった。女だった可能性もあるって署長に言ったんだけど、署長はわたしの意見なんか興味なし。とにかく、逃げだせてよかった」

「そのとおり。肝心なのはそれだ」こう言ったときのジェイクの声には、かすかなやさしさがにじんでいた。

ジェイクはしばらくその場に立っていたが、やがて尋ねた。

「この件を嗅ぎまわるのをやめようって気はないのかい？」

「ないわ」わたしはおだやかな口調で答えた。

ジェイクはどなってやりたいという顔になった。「頼むから、この件はぼくらにまかせてくれ。きみには危険すぎる」

わたしは嘘をつこうかと思った。本気でそう思った。でも、なぜか正直な意見を言うことにした。「パトリックはわたしの友達だったし、しかも、いま狙われてるのはほかの誰でもない、このわたし。やらずにはいられないわ」

「何を？　殺されるつもりかい？」

「わかってくれないの？　ほかに選択の余地がないのよ」

ジェイクは首をふった。「どうも話が通じないようだね。きみは自分の命を危険にさらしている」

「全力で警戒してるわ。でも、殺人犯がつぎにわたしを狙うのを、ここにじっとすわって待つなんておことわり」

そこでジェイクがどう答えたのか、わたしにはよくわからなかった。低い声で、つぶやきに近かった。

「いま、なんて？」

「その頑固な性格がいつか災いを招くことになる、と言ったんだ」

ジェイクが厨房のほうへ向かい、出ていこうとしたので、うしろから呼び止めた。

「ジェイク、あなたを追い払うつもりはないのよ」

「そう言いながら、ぼくをだます人だからな」

「ジェイク」

彼は足を止めた。「なに?」

「ごめん。ゆうべ、あなたに電話すべきだった」

「うん、そのとおり」ジェイクがそう言って微笑したので、わたしはまたしても胸のときめきを感じた。とりあえず、仲直りができた。わたしにとっては、それが驚くほど大事なことになっていた。

ジェイクが帰ったあと、しばらくすわりこんだままで呼吸を整えようとし、それから、店の客のところへ戻ることにした。最悪なのは、まさに彼の言うとおりだということだった。わたしにわずかでも脳みそがあれば、みんなのアドバイスに従うだろう。

でも、エイプリル・スプリングズのどこを探しても、わたしが隠れられるような大きな穴はないし、たとえあったところで、そんなところに隠れるつもりはない。

ドーナツを作らなくてはならないし、殺人犯をつかまえなくてはならない。隠れていたら、どっちもできない。

11

店のほうへ戻ると、ジョージに手招きされた。ジェイクとのやりとりを再現して伝えたい気分ではなかったが、ジョージはわたしの力になろうとしてあれこれ骨を折ってくれたのだから、話すのが礼儀というものだ。

「どうしたの?」ジョージのカップにコーヒーのおかわりを注ぎながら、わたしは言った。

「ゆうべあんたを襲った犯人をどうやって見つけだすか、その方法を思いついたんだ。あんたがひっかき傷をつけたはずだ。その男に。もしくは女に」

「ありがたいご意見だけど、相手はジャケットを着てたし、だいたい、わたしの爪はそんなに長くないのよ。爪が割れてしまったけど、爪の下から皮膚組織が見つかるかどうか疑問ね」

「だが、ひっかき傷をつけた可能性はある。誰があんたをあんな目にあわせたのか、探ってみる価値はあるんじゃないかね?」

「変なやつだと思われないで人の前腕を見る方法を考えてくれるのなら、大いに賛成だけど、そんなの無理だと思うわ」

ジョージはコーヒーをひと口飲んで言った。

「心配ご無用。何かもっともらしい口実を考えるから。何も思いつかなかったら、やめておく」

「そのほうがいいと思うわ」

ジョージは外の様子をしばらく窺い、それから尋ねた。

「スザンヌ、パトリック・ブレインの家で見つけた駐車違反チケット、まだ持ってるかね？」

「もちろん。うちの家に置いてあるわ。そんなもの、どうして見たいの？」

「何か意味があるような気がしてならんのだ。エイプリル・スプリングズで使われてるのと同じチケットなのか、それとも、いたずら用に作られたおもちゃのチケットなのかを、自分の目でたしかめたい」

「違反チケットなんて一度ももらったことがないから、わたしにはわからないわ。今日の午後、うちに寄ってくれる？　わたしの部屋のデスクに置いてあるの」

「お母さん、家にいるかな？」ジョージが訊いた。「これもまた行き止まりなのか、それとも、本物の手がかりになるのか、いますぐ確認したいんだ」

「オーケイ、母に電話しとく」

「こっちの勝手でお母さんを叩き起こしたりしないでくれよ」ジョージは言った。

「ご冗談でしょ。信じられないかもしれないけど、母は五時に起きるのよ。早起きが好きなんだって」

母に電話をかけてから、ジョージのほうを向いた。「郵便受けに入れといてくれるそうよ。本人はもうじき出かけるらしい」

ジョージは立ちあがった。「じゃ、すぐ戻るからな」

わたしは彼の腕に手をかけた。「ほんとに重要だと思う？」自分が見つけたものをなおざりにしていたことに、やましさを感じはじめた。

「たぶん、違うだろう。だが、重要かどうかを調べておきたい」

ジョージが出ていったあと、客がつぎからつぎへと押し寄せてきたため、エマとわたしはジョージが戻ってきてからも長いあいだ、接客に追われていた。

ようやく客の波がひいたところで、ジョージのところへ行った。

「やっぱりそうだった？　作り物だった？」

「いや、正真正銘の本物だ。エイプリル・スプリングズ警察の誰かがパトリックと会っていて、人にはそれを知られたくなかったんだと思う」

「よくわからないわね。どうしてそんな手間をかけるの？　電話して会う日を決めればすむことなのに」

ジョージはチケットを調べた。「電話だと、誰に聞かれるかわからないだろ。たぶん、こうじゃないかな。誰かが車の運転席のワイパーに何かをはさんでいるのを見かけたら、人は不審に思うだろうが、はさんでいるのが警官だったら、誰一人注意を向けはしない。じつに利口なやり方だ」

「かもね。でも、どういうことか、やっぱりわからないんだけど」

ジョージは立ちあがって、チケットを返してくれた。

「汚職警官の噂を何度も耳にしててね、それと関係があるような気がしてならんのだ。パトリックとどう結びつくかが不明だが、わたしの手で突き止めてみせる。もう少し探らせてくれ。あとで連絡を入れる」

ジョージが出ていったあとで、わたしはジャケットをつかみ、エマに言った。

「一時間ほど出かけてくるわ。わたしが帰ってくるまで、お店のほうを頼んでいい？」

「うーん、あたし、一人でお店をやるのは大の苦手なのよね」

「ま、そう言わずに。わたしがこの夏バカンスに出かけるときの、いい練習になるから」

エマは顔をしかめた。「夏休みなんて、しばらくとってないでしょ」

「だから、そろそろとってもいいころだと思わない？」

エマはいまにも泣きそうな顔になった。わたしはあわてて言った。

「心配しなくていいのよ。ほんの冗談なんだから」

「あれだけのドーナツを全部一人で作るなんて、考えただけでめげちゃう。手伝いをするのはぜんぜんいやじゃないけど、一人で全部やるなんて想像できない。あたしの休みの日は、どうやって作ってるの？」

「信じられないでしょうけど、どうにかなるものよ。じゃ、一時間後に」

「あなたがお店を出ていった瞬間に、奥のアラームのひとつをセットしておくわよ」エマは言った。

外の歩道に出て、つぎはどこを調べようかと考えていたとき、となりの店のギャビーに姿を見られた。ギャビーは歩道のところに、〝特別セール〟という看板を出しているところだった。毎日やっていることだ。率直に言って、一日も欠かさずやっているのに、どこが特別なんだろう？

「スザンヌ、けさはどこへお出かけ？」

何も予定していなかったが、ギャビーの顔を見て、いい考えが浮かんだ。

「じつは、おたくへ話をしにいこうと思ってたの。時間をとってもらえる？」

「あなたのために？　いつだって」

ギャビーのあとから彼女の店に入りながら、エイプリル・スプリングズで起きていることをスクープしたいなら、となりの店より遠くへ行く必要はないのだと気がついた。

「お茶を飲む時間はあるかしら」ギャビーが訊いた。

「ごめんなさい。エマを長時間一人にしておくわけにいかないの。重要な用件でなかったら、わたし、ぜったいにエマのそばを離れたりしないわ」

「すごくいい子よね」ギャビーは言った。「ただ、若い子って、わたしたちみたいな落ち着きとやる気に欠けると思わない？」

エマの個性や性格について、ゴシップ好きな隣人と論じあう気は、わたしにはなかった。

「エイプリル・スプリングズに関するあなたのくわしい知識が必要なの。わたしが頼りにできるのは、町で何が起きてるかを、あなたみたいに鋭く感知してる人だけだわ」

ギャビーは石のように冷たい視線をよこした。「くだらないお世辞を並べれば、単純に頼みこんだだけでは得られない情報が手に入ると、本気で思ってるの？　スザンヌ、わたしのことをゴシップ好きな女以外の何ものでもないと町じゅうの人が考えてることに、こっちが気づいてないとでも思ってたの？」

これをどうかわせばいいのか、わたしにはわからなかった。

「わたしなら、そんな言い方はしないわ」

「そりゃそうでしょうよ。性格のいい人だもの。でも、あなたは少数派だし、それはおたがいにわかってる。わたしは詮索好きだし、それを誰に知られても平気よ。自分自身の人生があんまりないから、町の人たちの人生の浮き沈みを見守ることで、毎朝ベッドから出るのが楽しみになるの。それって、そんなに悪いこと？」

わたしはギャビーがわざと人を傷つけようとして悪意に満ちた言葉を口にするのを、何回も聞いたことがあるのを思いだした。はっきり言って、悪いことだが、いまはそんな話を出すのに最適なときではない。ギャビーの質問は知らん顔で聞き流すことにした。嘘をついて雷に打たれたりしたら大変だ。「さっきも言ったように、力を貸してもらいたいの」

ギャビーはうなずいた。「わたしにできることなら喜んで。それはあなたもわかってるでしょ」

「パトリック・ブレインとエイプリル・スプリングズ警察の誰かに、何かつながりがなかったか、調べてるところなの。この町でパトリックが警察の誰かとしゃべってるのを見たことはない?」

ギャビーはしばらく考えこみ、それからうなずいた。

「そういえば一度、暗くなってから、ここの公園でパトリックが警官と話をしてるのを、たしかに見たわ。そのときは変だなと思ったんだけど、たぶん、すぐ忘れてしまったのね」

「それ、いつのこと?」

ギャビーはまるまる一分、店の天井を見つめた。

「わたしの勘違いでなければ、ま、そんなことはないと思うけど、パトリックが殺される二日前の晩だったわ。事件に何か関係があるのかしら」

「かもしれない」わたしは認めた。「相手が誰かまでは、わからなかったでしょうね?」

「警察の人間って、制服を着ると、みんな同じに見えるものよ。署長ではなかったけど、はつきり言えるのはそれだけ」ギャビーはいったん言葉を切り、それからつけくわえた。「よかったら、尋ねてまわってもいいわよ」

「目立つことはいっさいしないで。あなたが危険な目にあうと困るから」

ギャビーはわたしの腕を叩いた。「あのね、わたしは詮索のベテランで、すでに芸術の域に達してるのよ。相手は質問攻めにされてることすら気づかないわ。一時間ちょうだい。そしたら、あなたの店へ行くから」

わたしはうなずいた。「ありがとう、ギャビー。心から感謝する」

ギャビーはわたしの手をとった。「ええ、わかりますとも」

わたしがギャビーの店を出ていくとき、彼女は早くも電話にかじりついていた。エイプリル・スプリングズの住民の行動に関して、わたしはこれまで貴重な情報源をフル利用してこなかったということだろうか？

腕時計にちらっと目をやると、自由時間はあと四十一分残っていた。これをどう活用しよう？　そのとき、〈ドーナツ・ハート〉の前にスクールバスが止まっていることに気づいた。店をのぞいたところ、小学生の一団が先を争ってエマの注意を惹こうとし、エマがカウンターの奥で途方にくれているのが見えた。

「はいはい、静かにしてね」わたしはそう言いながら、店を埋めつくした子供たちをかき分けて進んだ。「お行儀よく並んでちょうだい。でないと、今日は誰もドーナツがもらえないわよ」

奥の洗面所から、教師が申しわけなさそうに出てきた。「さっき、先生がみんなを並ばせたところなのに、どうなってるの？　お店の人の言うとおりになさい。さあ」

子供たちはわたしの言うことも、エマの言うことも聞かなかったのに、この教師は声をはりあげなくても、たちどころに子供たちを整列させることができた。

「どうすればそんなことができるんです？」わたしは教師に訊いた。

「この子たち、わたしの顔色を読むのがとってもうまいの」教師は言った。「わたしの微笑が消えると、そろそろ行儀よくしなきゃって悟るのね。担任のダンバーといいます」

わたしは教師と握手をした。「わたしはスザンヌ・ハート。このドーナツショップの経営者です」

教師は声を低くした。「あの、あらかじめ連絡もしないで、いきなり飛びこんできて、ほんとに申しわけありません。じつは、ヒッコリーのクリスピー・クリームへ社会見学に行く予定だったんですが、バスが途中で故障してしまって。予約時間に間に合わなくなったの。で、こちらにお邪魔させてもらえないかと思ったんです」

わたしがこれまで耳にしたなかで、もっとも誠意あふれる挨拶というわけではなかったが、教師は困りはてていたし、わたしは多数の小さな顔を失望させる気にはなれなかった。

「いいですよ。うちの店でどうやってドーナツを作っているか、お見せしましょう」

エマのほうを向いた。「店のほうをやってくれたら、子供たちの案内はわたしがやるわ」

「了解」エマは言った。「ねえ、スザンヌ」

「ん？」

「バスを見てもめげずに戻ってきてくれて、どうもありがとう」

「あなただって同じことをしたはずよ」

「さあ、どうだか」エマはニッと笑った。

わたしは深く息を吸い、それから手を叩いた。

「はい、よく聞いて。〈ドーナツ・ハート〉にようこそ。この店では、どのドーナツにもわたしたちの身体の一部が入っています」

いちばん前の女の子が言った。「キモ〜イ。どこ使うの？」

「爪だよ。それから、へそのゴマ」となりの男の子が言った。

「ギエエエーッ。あたし、食べない」

「それと、カエルの足も」意地悪な笑みを浮かべて、男の子がつけくわえた。

わたしは女の子の前に膝を突いて言った。「ほんとはね、あなたのママがキッチンで毎日使うのと同じものを使ってるのよ」

「ママはもう死んでる」女の子が言った。

うわ。またドジった。「じゃ、あなたのパパ」

女の子はククッと笑った。

「パパはお料理しないよ。外で食べることが多いの」

「なるほど。じゃ、あなたの食べる料理を作ってくれる人たちも、わたしと同じ材料を使ってるのよ」男の子が何か言おうとしているのに気づいて、わたしはつけくわえた。「人の話をちゃんと聞いて、よけいなおしゃべりをしない子は、見学が終わってから、特別にドーナツホールがもらえます。いいわね？」

子供たちが歓声をあげ、教師が感謝のしるしに会釈をした。男の子からはなんの意見も出なかったので、わたしはこの子がドーナツホールに釣られて沈黙を続けてくれるよう願った。

子供たちを奥の厨房へ連れていき、みんなに言った。「ここでいちばん大事なルールは、いろんなものにぜったいさわらないこと。いいわね？」

子供たちがうなずき、ダンバー先生がつけくわえた。

「ルールを守らない子がいたら、その子は一週間、おやつタイムなしにします」

まるで戒厳令が出されたかのようだった。わたしは子供たちを静かにさせたかっただけで、硬直させるつもりはなかったが、これはダンバー先生の担任するクラスだ。わたしではない。

わたしは背の高いコック帽をかぶった。ふだんの仕事のときは、ヘアネットを着けるだけだが。

「さあ、ここがドーナツに使う小麦粉を置いておく場所です。ドーナツに何が入ってるか、誰かわかる子は？」

へそのゴマのことを言った男の子が高々と手をあげた。この子をあてなきゃいけないの？

どうすればいいのかと、教師のほうを見ると、向こうはうなずいた。

わたしは深呼吸をしてから言った。「はい」

「小麦粉と、砂糖と、イーストと、そのほかのものです」男の子は得意そうに答えた。

「よくできました。そのとおりよ。どうして知ってるの？」

「ママがドーナツを作ってくれるから。この店のよりおいしいよ」

「アンディ」ダンバー先生がきびしい声で言った。「謝りなさい。失礼よ」

「ほんとだもん」アンディは頑固だった。

「謝りなさい」

アンディは深く息を吸って、それから言った。「うちのママのドーナツがここのよりおいしくてごめんなさい」

「アンディ」教師がどなった。

わたしは笑いをこらえきれなくなった。「いいんですよ。お母さんのドーナツが好きだと聞いて、わたしもうれしいわ。さて、小麦粉の袋を見てみましょうね。このなかの誰よりも袋のほうが重いのよ」

「スティンキーよりも？」女の子が訊いた。

太りすぎの子はいないかと、わたしが見まわしたとき、教師が言った。「スティンキーっていうのは、この子の家にいるペットのブタなんです」

「じゃ、スティンキーがどんな大きさかによるわね。この袋はひとつ二十五キロよ」

「スティンキーはその百倍も重いわ」女の子は得意そうに言った。

「すごいわね」わたしはそう言いながら、スティンキーとその食習慣から話題をそらそうとした。

「ここがドーナツの生地を作る場所です」わたしは作業台を指さした。「それから、ここでプルーフィングをします。プルーフィングって何なのか、誰か知ってますか」

小さな女の子が手をあげた。「何かのことを本当だと言って、それから、その理由を言うことです」

「それは証明する《プルーヴィング》ってことよ、ジェニー」ダンバー先生が言った。

わたしは横から言った。「プルーフィングというのは、生地の第二次発酵のことです。ふつう、三十分ほどかかります。生地を作ったあとで、まず休ませて、それから、いろんな形にカットして、プルーフィング用の容器に入れます」

「そこにかかってるのはなあに？」女の子が質問した。

「ドーナツカッターよ」

女の子は輪の形をしたアルミ製のカッターに目を向けた。輪の外側に丸い抜型が並んでいる。「使ってるとこ、見ていい？」

わたしは肩をすくめた。「いまは生地がないのよ。でも、使うときは、作業台で生地を伸ばして、それから、その上にこれをころがすの。こうやって」わたしは左右のハンドルを持ち、カッターをテーブルにころがした。

「あーっ、あれなに？」男の子がフライヤーを指さした。油がすでに凝固しはじめていて、表面に黄色い膜がはっている。

「あそこでドーナツを揚げるの」わたしは言った。

「キモ〜イ」

「ジミー、やめなさい」

「だって、そうだもん」

「心配しなくていいのよ。熱してやれば、透きとおってくるから」

「けど、あのクズみたいなのも溶けちゃうんだよね？」

ダンバー先生が言った。「みなさん、話が脱線してますよ。ミセス・ハートのお話を最後まで聞きましょう」

わたしは厨房見学をさっさと終了させ、チビちゃんたちの誰かに何かが起きる前に、ダイニングエリアへ急いで連れ戻した。ときたま、自分の子供を作ろうかと思うことがあるが、ここまで子沢山になるのはぜったいいやだ。ずいぶんと世話が焼ける。

ダンバー先生が「ご協力ありがとうございました」と言った。

男の子が教師のパンツをひっぱった。「ダンバー先生、帽子はもらえないの？　パパがクリスピー・クリームの見学に連れてってくれたときは、みんな、帽子をもらったよ」

「ドーナツホールじゃだめ？」わたしは訊いた。

運よく、帽子はすぐさま忘れ去られた。

子供たちのミニ軍隊に配るドーナツホールを用意していたとき、ぼろ布で手を拭きながら、どら声の男が入ってきた。「オーケイ、ダンバー先生、やっと出発できるようになった。けど、見学ツアーはもうだめだね」

「いいのよ。ここでしっかり見学させてもらったから」教師は言った。

「これを箱に詰めてお渡ししますね。そしたら、学校に戻るバスのなかで食べられますよ」

わたしはそう言って、できるだけ手早くドーナツホールを箱に詰めこんだ。

「仕返しの手段として、子供たちを砂糖漬けにするつもりでしょ」教師が小声で言った。

わたしは彼女に微笑を返した。「せめてもの復讐よ。冗談はさておき、楽しかったです。寄ってくださってありがとう」

「見学させてもらってお礼を言います。来年は、真っ先にこちらを見学予定に入れさせてもらいますね」

「そのころには、わたしも立ちなおってるでしょう」わたしは笑いながら言った。

みんなが帰ったあとで、エマが言った。「悪夢だったわ」

「わたしはおもしろかったわ」

「でしょうね」エマはそう言いながら、奥へひっこんだ。きっと、子供たちの見学中にどれだけひどい被害を受けたかを見てみようというのだろう。

一分後、エマが首を出した。「奥は無事なようね。どういうこと？」

「子供たちにどう言って聞かせるか、それさえわかっていれば大丈夫よ」笑いをこらえながら、わたしは言った。ダンバー先生に対するわたしの尊敬は尽きることがないだろう。あんなたくさんの子供たちを巧みに制御し、一瞬のうちに計画の変更を決定できる人だもの。

わたしも学生時代のどこかであんな教師に受け持ってもらえればよかったのに——知らず知らずのうちに、そう思っていた。


閉店の準備をしていたら、ギャビーが入ってきた。

「スザンヌ、一分ほどいい？」

「何かわかった？」わたしは尋ねた。店にいるのはわたし一人だった。三十分前にエマを帰らせた。今日は暇だったので、手持ち無沙汰に立っているだけのエマにバイト代を払うのを避けたのだ。とくに、エマにはほかに行きたいところがどっさりあるのだから。それに、「疲れてクタクタ。具合が悪くなりそう」と、こぼしていたし、ドーナツ作りの手伝いが必要な早朝の時間帯にエマを失うわけにはいかない。

「パトリック・ブレインと特別な関係にあった警官が、たしかに一人いたわ」

「誰なの?」わたしは尋ねた。ギャビーはすぐに教えようとはしなかった。わたしが聞きたがっている情報をつかんでいて、わたしに懇願される前にそれを口にするのは、ギャビーの性分に反することなのだ。

「名前はグラント」ギャビーは得意そうに言った。

「ムーアじゃないの? たしかなの?」警官が関わっていると聞いたとたん、わたしは反射的にムーア巡査だと思いこんでいた。ムーアは殺人事件以来、わたしの記憶を確認するために、ドーナツショップに何度もきている。

「グラント巡査だって噂よ」ギャビーはムッとした声になった。

「わかった。調べてくれてどうもありがとう」

「グラント巡査を問い詰めるつもり? 一緒に行ってもいいわよ」

「まだそこまで考えてないわ。でも、行くときは電話する」わたしは嘘をついた。

ギャビーが帰ったあと、宙をにらんだまま、スティーヴン・グラントのことを誤って評価していたのだろうかと考えこんだ。開店当時からうちの常連客だったため、いい人だと思いこんでいたのだろうか。わたしには人を見る目がなかったのだろうか。となると、ムーア巡査はシロ? そのとき、店の前にパトカーが止まるのが見えた。

あらわれたのは、なんと、そのムーアだった。署長やグラント巡査ではなく、彼がやってきたのは好都合だった。マーティン署長には会いたくないし、スティーヴン・グラントとは顔を合わせる自信がなかった。少なくとも、パトリック・ブレインと彼が会っていた件について、もっとくわしいことがわかるまでは。

「コーヒーを飲むには遅すぎるかな」店に入ってきながら、ムーア巡査は尋ねた。

「淹れたてのはないけど、飲みたいんだったら、無料でサービスするわ。ちょうど店を閉めようと思ってたところなの」

ムーアはわたしの背後の陳列ケースに残っているドーナツを見て、それから、窓のほうへ目をやった。「だったら、グレーズドーナツももらおうかな」

わたしがサービスすると言ったのはコーヒーのことで、ドーナツではない。でも、ま、いいか。どうせ、このドーナツはどこかへ配るつもりだから、少しばかりのご機嫌とりに使ったところで、罰はあたらないはず。

ドーナツとコーヒーをムーアの前に置き、コーヒーをひと口飲んだ彼に言った。

「ひとつ訊きたいことがあるの。変に思われるかもしれないけど」

「なんなりと」ドーナツをかじりながら、ムーアは言った。

「前腕に絆創膏を貼ってる人が、警察のなかに誰かいない？」

ムーアがコーヒーにむせた。「なんでそんなことを知りたいんだ？　暇つぶしに考えてみただけだなんて言わないでくれよ。何が目的だい？　見当をつけてる人物が誰かいるのかい？」

言ってみてもいいのでは？　せっかくの機会だから、わたしの推理を披露してみよう。

「グラント巡査じゃないかと思ったの」

「スティーヴン？　ええと、どうだったかな。そうだ、片方の腕に、たしかにひっかき傷がある。木の枝を切ってたら、枝の端がシャツにひっかかって、皮膚に突き刺さったんだとか言ってた。たいした傷ではないが、絆創膏が貼ってある。なんでそんなことを知ってるのか、話してくれないかな？　まさか、見たわけないよな。寒い時期だから、みんな、いまは長袖の制服だ」

「この前グラント巡査が店にきたとき、腕をかばってるのを見て、怪我でもしたんじゃないかと心配になったの」

「元気にしてるよ。ぼくの聞いた話じゃ、そんなひどい傷でもなさそうだ」ムーアはドーナツを食べおえて、それから訊いた。「様子を知りたいやつが、ほかに誰かいる？　ハーリーは膝の関節が悪いけど、けっこう元気にやってる」

「警察がいつでも市民に奉仕し保護する態勢でいてくれるって聞くと、安心できるわ」

ムーアから、こいつ、大丈夫かと思われたにちがいないが、わたしは気にしなかった。グラント巡査が公園でわたしに襲いかかった犯人かもしれないという証拠を手に入れたのだ。

でもその前に、新たに見つかった情報をどうすればいいだろう？　マーティン署長には質問できない。わたしの推理には洟もひっかけてくれないもの。そして、ジェイクはわたしが襲われたあと彼に電話しなかったことで、いまもへそを曲げている。とにかく、警官の悪事を訴えでる前に、もっと具体的な証拠を手に入れる必要がある。

スティーヴン・グラント巡査に関してどんなことが見つかるか、探ってみよう。


でも、売れ残ったドーナツ三ダースをどうにかしなくてはならない。今日も作りすぎてしまった。エイプリル・スプリングズの人たちは、わたしが配るドーナツに飽き飽きしてるんじゃないかと、心配になってきた。そろそろ新しいレシピを考えたほうがいい？　それとも、何かもっと大胆なことを試してみる？　まず、レシピの工夫から始めることにしよう。売上げを伸ばすには、それがもっとも安上がりな方法だからだ。売れ残ったドーナツを箱に詰めて、町の企業に配ってまわらなくてはならないが、それだけの元気がなかった。ピート神父のところに届けて、あとの処理はまかせることにしよう。

教会の執務室に神父さまの姿がなかったので、ドーナツの箱を黙ってデスクに置いていこうかと思ったが、前に一度これをやったときは、教区をまわるのが好きな神父さまに翌日まで気づいてもらえなかった。わたしがここにきたことを確実に知らせておきたかった。

捜してみると、神父さまは教会の青年部が使っている娯楽室の外の廊下にいた。

「こんなとこで何をなさっているんですか」わたしは訊いた。

神父さまは唇に指をあてた。「リハーサルを盗み聞きしてるんだ」

部屋をのぞくと、マックスとシニアの劇団の面々が〈ウェストサイドストーリー〉の稽古をしているところだった。大乱闘シーンの振り付けをみんなで考えているのを見るのは、なかなか楽しかった。チケットが発売になったら、ぜひ買って観にいかなくては。

「すばらしいよ」ピート神父が言った。「ただし、本来はティーンエイジャーの作品だという概念を捨てる必要があるけれど。マックスも大胆な選択をしたものだ」

「昔から大胆な選択をすることで有名な人でしたもの」わたしは言った。

マックスがダンスの動きを自分でやってみせていたとき、彼の右の前腕がふと目についた。絆創膏が貼ってある。わたしは顔から血の気がひくのを感じた。

ピート神父もわたしの表情に気づいた。

「スザンヌ？　大丈夫かね？　幽霊でも見たような顔だが」

「幽霊だったらいいのに」わたしは言った。ひょっとして、マックスが襲撃犯？　そんなの信じられない。でも、あのバラを持ってきたときは、いまにも暴力をふるいそうだった。公園で襲いかかってきたのは、正体を知られることなくわたしに仕返しするための手段？

「何があったのか話してごらん」神父さまに静かに言われて、悩みを抱えたエイプリル・スプリングズの住民の多くが、なぜ自分たちの信仰とは関係なしにピート神父のところへ行くのかが、わたしにも理解できた。

「なんでもないんです」そう言いながら、ドーナツを神父さまの手に押しつけた。

神父さまはそれを受けとった。「わたしに会いたくなったら、いつでもここにいるからね」

「わかりました。ありがとう、神父さま」

教会を出たわたしは、ジープのドアのロックにキーを差しこもうとしたが、手の震えを抑えてうまく差しこむまでに四回もやりなおさなくてはならなかった。新たな容疑者が二人。これまでわたしのリストに入っていなかった男性二人だ。でも、マックスが、もしくはグラント巡査が公園でわたしを襲撃する光景なんて、想像できるだろうか。

想像しようとしても無理だったが、正直なところ、前にも似たようなしくじりをやっている。

ここらで、最初からリストに入れていた容疑者たちの人生をもう少し探ってみることにしよう。新たな容疑者を削除するのはまだ無理だろうが、リタか、デブか、リンカーン・クラインをリストから消すことなら、できるかもしれない。

リタの家の玄関ドアをノックすると、本人が出てきた。びっくり仰天したことに、まったくのしらふだった。「なんでしょう?」わたしのことは覚えていない様子だった。

「話があります」

リタはわたしの鼻先でドアを閉めようとして、そこで躊躇した。「あなたのこと、知ってるわ。そうよね？　ここにきて、わたしに会いたいって言った人でしょ」

「一度だけじゃありません」わたしは認めた。「一回目はとっても魅力的なおしゃべりを楽しんで、二回目のときは、あなたが家のなかに隠れてしまい、玄関に出てこようとしなかった」

リタの表情が変化して、しかめっ面になった。「そうなるのを自分でも心配してたのよ。前のときにわたしが何を話したか知らないけど、そんなのでたらめよ。何を言ったにしても、わたしの責任じゃないわ。薬を処方されてて、それが身体に合わなかったの」

「変ねえ。ウォッカを処方する医者なんて、聞いたこともないけど。どうしても話をする必要があるの。いやなら、州警察の捜査員と一緒に出直してきます」

リタの頭が回転しているのが目に見えるようだった。ようやく、リタは「入って」と言った。

家に入ると、リビングがきちんと片づいているのを見てびっくりした。酒の空き瓶もどこにもない。

「念のために言っておくけど、この前は、隠れてたわけじゃないわ。友達の一人と——以前の友達って言うべきかしら——口喧嘩してしまって、誰ともしゃべりたくない気分だったの。気を悪くしないでね」

「するもんですか。自宅の玄関に出る出ないは、あなたの自由ですもの」

リタはそれで納得したようだった。「コーヒーは?」と勧めてくれた。「わたし、大量に飲む人なの。よかったら、つきあって」

「喜んで」前に酔っぱらった姿を見たあとで、この女性が大変身したことに驚きながら、わたしは言った。いまでは洗練されたエレガントな女性になっている。飲みすぎて二日酔いなのは、あいかわらずのようだが。

わたしのカップにコーヒーを注いだあとで、リタは言った。「わたし、驚かされるのが嫌いなの。前にきてくれたとき、わたしたち、どんな話をしたの?」

「ご主人の保険金の受取人が主な話題でした」

リタはうなずいた。「やっぱりね。それから、あの男は別れた主人よ。前にそう言ったのを、ぼんやり覚えてるわ」

「でも、受取人に関しては、嘘をつきましたね」

リタは片方の眉をあげた。「嘘なんかついてないわ。少なくとも、そんなつもりはなかった。あの尻軽女のデブ・ジェンキンズが唯一の受取人だと思いこんでた。でも、わたしの誤解だった。全額、わたしが受けとることになってたの」その声ににじむ悲しみを察知するのは簡単だった。リタはさらにつけくわえた。「それから、お葬式代程度にしかならないこともわかったわ。百万ドル入ると思ってたのに、まったくだめ。あの哀れで不運な男ときたら、殺される三日前に保険契約が失効してたのよ」

「この前、話をしたときは、パトリックにひどく腹を立ててらしたけど」

「やだ。お酒が入ると怒り上戸になるみたい。めったに飲まないのも、きっとそのせいね」

「でも、多額の保険金を期待してたことは否定しませんよね？」

リタは悲しげに笑った。「ええ、否定しないわ。保険会社からお金を受けとって、それでお葬式代を払ったのよ。残った分で――たいした額じゃないけど――パトリックを偲ぶためにカラオケマシンを買うつもり」

「歌が好きな人でした？」

「ううん、ひどい音痴だった。パトリックが前に言ってたわ。彼よりもっと歌が下手なのは、わたしだけだって。だから、お葬式のとき、彼のために歌ってあげるつもりなの。すてきなアイディアだと思わない？」

「どうやら、いまもまだパトリックを許す気になってないようね。それも殺人の動機になるわ。でしょ？」

「あなた、いったい誰なの？」コーヒーカップを置きながら、リタが訊いた。

「新聞に記事を書くため、取材してるんです」

「ほんとかどうか、たしかめさせて」リタは電話に手を伸ばした。「わたし、レイと知りあいだから」

またしてもリタに嘘をつくことにした。「《エイプリル・スプリングズ・センティネル》じゃなくて、《オブザーバー》なの」

リタは受話器を戻した。「そっちは知りあいがいないわ。でも、どうしてわたしにそんなに興味があるの？」

「おわかりでしょうけど、この前のあなたは、礼儀作法の模範とは言えなかった」

「ええ、でも、そのことはすでに謝ったでしょう？」

わたしは深く息を吸い、それから言った。「じゃ、殺人のあった夜、あなたがどこにいたかをお尋ねしてもかまいませんね？」

「話してもいいけど、新聞にでかでかと書いてほしいことではないわ」

わたしは言った。「よかったら、オフレコで話してください」

リタはわたしに渋い顔を向けた。「そういうのって、現実にやってるわけ？　映画のなかだけで使われるいいかげんなセリフかと思ってた」

じっさいにそうなのかどうか、わたしにはわからなかったが、リタを納得させる必要があった。「極秘で話してもらったことは、活字にできません。でないと、あなたに訴訟を起こされて全財産を失い、おまけに、クビにされてしまいます。わたしがそんな危険を冒すと思います？」

リタは肩をすくめた。「それもそうね」下唇を噛み、それから言った。「ま、秘密にしておく理由もないわね。すでに警察に話をして、容疑はきれいに晴れたことだし」

もっと早くわかっていればよかったのに。でも、署長はわたしに何も教えてくれないから――その点はジェイクも同じ――自分で探りだすしかなかったのだ。「聞きましょう」

「ユニオン・スクエアにある〈マーフィのダイナー〉にいたの。コーヒー一杯とパイひと切れで夜通し粘って、夫の愛人が通りの向かいのホテルからべつの男と出てくるのを待ってたのよ。妻を捨てるだけの値打ちのある女じゃないってことを、パトリックに教えてやりたかった。哀れなものね。捨てられた妻が夫をとりもどそうとして必死になるなんて」リタは立ちあがった。「ちょっと待って。写真を出すわ」

わたしはリタがバッグに手を突っこむのを見守り、一瞬、ばかげたことだが、銃を出そうとしているのかと思った。

かわりに青と黄色の写真の袋がとりだされたのを見たときには、心の底からホッとした。

一枚目の写真には、リンカーン・クラインと二人で通りの向かいのホテルに入っていくデブ・ジェンキンズが写っていた。ダイナーの壁の時計もそこにはっきり写っていて、十時十五分をさしていた。外の暗さからすると、夜間に撮影されたことは明らかだった。

「これじゃ、いつの夜のものかわからないわね」

「つぎの写真を見てよ」

写真をめくっていくと、ホテルの部屋に消えるリンカーンの姿があったが、カメラのピントは手前のテーブルに置かれた新聞に合わせてあった。《エイプリル・スプリングズ・センティネル》で、その日付は、何者かがドーナツショップの前にパトリックの死体を投げ捨てていった前日のものだった。

「つぎへ行って」リタが催促した。

つぎの写真を見ると、ホテルを出るデブとリンカーンが写っていた。時計は二時四十五分をさしている。リタは自分自身のアリバイを提供しただけでなく、ほかの容疑者二人もリストから消してくれたわけだ。

「合成写真かもしれない」わたしは言った。

「可能性はあるわよ。でも、警察が納得したんだから、あなたも納得すべきだと思うわ。ほかに話しあうことがないのなら、悪いけど、帰ってもらえないかしら。カラオケで一緒に歌って、わたしの練習を助けてくれる気があるなら、話はべつだけど。あと一時間でお葬式が始まるの。ウォーミングアップしておかなきゃ」

「ごめんなさい。ほかに予定があるので」

「わたしもそうだったらいいのに」

わたしは事件を新たな視点から見直しつつ、ジープに戻った。リタは自分では気づかないまま、事件の真相を解明するための鍵を与えてくれた。リストに並んだ容疑者の数が激減して、うちの得意客の一人を誰が殺したかが、かなりはっきりしてきた。心のなかには、別れた夫ではありえないという確信があった。たぶん、最初から信じていたのだろう。芝居っ気たっぷりなマックスだから、わたしを死ぬほど怯えさせて危険から遠ざけてやろうという、それだけのつもりで公園での襲撃を企みかねないことは、わたしも認めるしかないが、パトリック・ブレインを殺す理由がどこにもない。少なくとも、わたしが知っているかぎりでは。となると、犯行は二人の警官のうちのどちらかによるものだ。

でも、どっちなのかは、まだわからない。

12

ジェイクにどう話せばいいかを考えながら彼の電話番号をプッシュしたら、留守電になっていた。

「はい、こちら、ジェイク・ビショップ警部です。お名前と電話番号を残してくだされば、できるだけ早く、こちらから折り返しお電話をさしあげます」

「ジェイク、スザンヌよ。このメッセージを聞いたら、すぐ電話ちょうだい。大事な話があるの」

こちらの疑いをつけくわえようとしたそのとき、電話が切れてしまった。わたしが躊躇したため、メッセージが終わったと解釈されたのだろう。かけなおすことも考えたが、自分の疑惑をジェイクの電話に残してもいいものだろうか。推理が間違っていたらどうする？ わたしが警官に殺人の疑いをかけたことを示す具体的な証拠を、本当に留守電に残してもいいの？

ジープに乗りこみ、つぎにとるべき行動を考えようとした。一時間ほどジープで走りまわっていたにちがいない。五時になっても何ひとつ思いつかないなかで、おなかがグーッと鳴って食事を要求してきた。

わたしの頭に浮かんだ考えのなかでは、それがいちばんましなものだったので、何か軽く食べようと思って〈ボックスカー〉の駐車場にジープを入れた。ここでインスピレーションが湧くかもしれない。少なくとも、食べものにだけはありつける。

一人ですわれるテーブルが見つかることを期待しつつ、客車を改装した狭い店に入った。トリッシュが声をかけてくれたが、こっちは店のオーナーと雑談したい気分ではなかったので、そのまま歩きつづけ、グリルの前を通るときにトリッシュに手をふった。

「スザンヌ」トリッシュが大声で呼んだ。「話があるの」

わたしはカウンターへ行った。なんの用かとトリッシュに尋ねようとしたが、その前に洗面所のドアがひらいて、マックスが出てきた。

「ごめん、あれだったの」トリッシュは言った。

「気を遣ってくれてありがとう」

マックスと顔を合わせるなんてまっぴらだし、さきほど彼の腕の絆創膏に気づいたために、なおさらその気持ちが強かったが、だからといって、彼のせいでお気に入りのダイナーから逃げだそうという気にはなれなかった。

マックスの席からできるだけ離れたボックス席にすわったが、それでもやはり、向こうから近づいてきた。

わたしの横にすわろうとしたので、「ごめん。そこ、あいてないの」と言ってやった。

「誰もすわってないぞ」

「その人がまだきてないから」

「じゃ、そいつがきたら、おれがどく」マックスは言った。「話があるんだ」

「あのねえ、マックス、いまはわたしと話をしようなんて思わないで」

マックスの頑固さときたら、信じられなかった。

「どうしたんだよ？　きみらしくもないふるまいだな」

ああもう、うんざり。「誰のようにふるまえばいいの？　マックス。あなたのように？　いまバラを持ってわたしの店の前にいたかと思ったら、つぎはわたしを襲撃ってわけね」

わたしのほうからプロポーズしたとしても、マックスはこんなに驚きはしなかっただろう。

「なんの話だ？」

わたしは絆創膏が貼られた彼の前腕をつついた。「どうして怪我したの、マックス？　話してくれない？」

「小道具のひとつが倒れてきたんで、頭蓋骨がつぶされないよう、手で受け止めなきゃいけなかった」

「証明してよ」

マックスは首をふった。「どうやって証明すればいい？　そのとき、おれは一人で作業してたんだぜ」言葉を切り、やがて、冷たい目になった。「ちょっと待て。きみが言ってるのは、公園での出来事か？　まさか、本気じゃないだろうな」

「襲撃してきた相手を爪でひっかいてやったの。その絆創膏、そのときの傷じゃない？」

マックスはシャツの袖をめくって絆創膏をはがした。かなりひどい傷で、わたしの爪ではとうてい無理であることが、ひと目でわかった。

「おれは襲撃してない。納得したかい？」

「傷を見せてみろと誰かに言われるとまずいから、自分でわざとひどくした可能性もあるわ。いかにもあなたのやりそうな芝居がかったやり方だもの。事件に首を突っこむのをやめさせるために、わたしを死ぬほど怯えさせるなんて」

「完全におかしくなったんじゃないか？」マックスは立ちあがると、荒々しい足どりでダイナーを出ていった。

トリッシュがやってきて言った。「どうにか追い払えたようね。あんなに怒ったマックス、見たことがないわ」

「待ってて、もっと怒らせてやれるから」

トリッシュは首を横にふった。「今夜はあなたと関わりあわないことにする。危険だもん」

「友達の前では、そんなことしないわ」わたしは言った。

「まあ、あなたの友達のなかに入れてもらえてうれしい。ご注文は？」

「羽目をはずしちゃおうかな。ハンバーガー、ポテト、チョコレートシェークってどう？」

「いいわねえ。でもね、ヒルダに二人前作ってもらって、わたしも一緒に食べてもいい？」

「大歓迎。でもね、わたしのお守りをする必要はないのよ」

「ご冗談でしょ。わたし、朝から何も食べてないの。ほんのしばらくでいいから休憩する口実がほしいって、ずっと思ってたのよ」

「だったら、ぜひ」

十分後、トリッシュは食べものをぎっしりのせたトレイを持って戻ってきた。

「店が暇なうちに食べちゃいましょ。レジはヒルダにまかせればいいし、ディナータイムの準備のほうは、グレイディが早めに出てきてるから」

トリッシュはポテトをケチャップにつけ、それから、わたしに向かって指のように突きつけた。「ねえ、いったいどうなってるの？　公園で強盗にあったそうだけど」

「話すことはたいしてないわ」わたしは答えた。またしても一部始終を語るのはうんざりだった。

「わたしの聞いた話だと、強盗に囲まれたけど、抵抗して脱出し、強盗のうち三人は病院に運ばれたってことだったわ」

わたしは首をふった。「一人の男が背後からわたしをつかまえたの。爪を突き立ててやったら、向こうは手を放した。それでおしまい」「さっきのバージョンのほうがいいなあ。あなたがワンダーウーマンか何かみたいじゃない」

「オーケイ、でも、あんなコスチュームを着るのはごめんだわ」

トリッシュはシェークを飲んでから言った。「その点は否定しない。わたしだって、あの短パンをはこうと思ったら、一年間ダイエットしなきゃいけないし、短パンがはけたところで、何が楽しいの？」

「透明な飛行機と魔法の投げ縄が手に入るなら、やってもいいけどね」わたしは言った。「でも、やっぱりだめだ」

二人で大笑いし、ほどなく、わたしたちの食事は終わった。

わたしは財布から十ドル札を出しながら言った。「トリッシュ、わたしにとってどんなに必要なことだったか、口では言えないぐらいよ」

「わたしもおなかがペコペコだったもの」

「そういう意味で言ったんじゃないわ。わかってるくせに」

「話し相手がほしいときは、いつでもここにいるわよ」トリッシュは言った。

わたしは彼女の手に軽く触れた。「わかってる。そして、感謝してる」

ドアへ向かうわたしに、トリッシュが訊いた。

「ねえ、さらなる犯罪と闘うために出かけるの？」

わたしはあくびをこらえて言った。「じつをいうと、疲れてクタクタ。ベッドに入りたいから家に帰ることにするわ」

「よくやるわよねえ。あなたみたいなスケジュールで暮らしたら、わたし、死んじゃう」

「苦労してるのよ」

わたしはそう答えて、鉄製のステップをおり、廃線になった線路を越えてジープまで行った。ジェイクからまだ電話がないので、少々ムッとしていたが、もう一度彼に電話することを考えたら、それだけで疲れてしまった。わたしのなかにはあまり闘志が残っていなくて、それを彼のために浪費する気にはなれなかった。

ジープで帰宅し、母に言い訳をして、電話のプラグを抜いてから、おもしろそうな本をお供にベッドに入り、七時前には眠りこんでいた。このところ睡眠不足が続いていたので、そろそろ埋め合わせる時期だった。


午前一時少しすぎに目覚ましが鳴ったときは、すっきりした気分だった。着替えをしながら、今日はどんな一日が待っているのだろう、グラント巡査のことをもっと探りだすにはどうすればいいのだろう、と考えた。ジェイクに話を持ちこむためには、噂以上のものが必要だ。でも、証拠を手に入れるのは、思った以上にむずかしいことだった。

家を出て、ジープのエンジンをかけ、ドーナツショップへ向かった。なんの悩みもなかったころは、店までの短いドライブが大好きだったが、最近は暗がりばかりが目につき、そこに何が潜んでいるのかと気になって仕方がない。パトリック・ブレインの死体が〈ドーナツ・ハート〉の前に投げ捨てられて以来、わたしのものの見方は驚くほど変わってしまった。ヘッドライトで店の表を照らしておいてから、なかに駆けこんで店内の照明をすべてつけるという、新たに考えだした方法を手早くすませた。そのあとは、全速力で外へダッシュしてジープを店の前に止め、それから、店内に戻ってドアをロックする。一連の手順を終えたときには、心臓がバクバクいっていたが、とりあえず安全は確保できた。

フライヤーの横を通るついでにスイッチを入れ、つぎに、夜のうちに留守電が入っていないかチェックするためにオフィスへ行った。ランプが点滅して、メッセージが二件あることを示していた。

「もしもし、スザンヌ。ぎりぎりになって申しわけないんだけど、体調が悪いの。今日はお店へ行けそうにないわ。できれば明日は出たいと思ってる。じゃあね」エマが体調を崩している。きのうの別れぎわの挨拶を考えると、その可能性があることはわかっていた。けさはいつもより長い時間をかけて、いつも以上の作業をこなさなくてはならないが、手伝いを頼めそうな相手は誰もいない。午前二時となれば、なおさらだ。予定していたレシピの試作を二種類ほどあきらめるしかないが、それでまあ大丈夫だろう。

つぎのメッセージはジェイクからだった。ひどくいらだった口調だった。

「きみの携帯は切ってあるし、家の電話も通じないみたいだ。電話がほしいっていうから、かけてるんだぞ。遅くなって悪かった。けど、ようやく事件の手がかりが見つかった。もうじき捜査が終了すると思う。それまでのあいだ、おとなしくしててくれ、スザンヌ」

笑うしかなかった。ジェイクがわたしと出会ってから、まだそんなに長くないけど、彼の声の愉快そうな響きからすると、わたしがそのアドバイスに従うことを期待していないのは明らかだった。

午前中に作るケーキドーナツ用に、薄力粉を何通りかに分けて量りながら、この数日間にパトリック・ブレインの人生について判明したあらゆることを、ふたたび心に思い浮かべた。一人でドーナツ作りをしていると、禅のような境地に達する。一人きりの作業はもう何回も経験ずみなので、そのプロセスに神経を集中する必要はあまりない。

ムーア巡査、グラント巡査の両方とこれまでにかわした会話を思い浮かべ、わたしが事件を調べるあいだにこの二人と接触したときのことを考えてみた。グラント巡査の質問が型どおりのものだったのに対して、いまふと気づいたのだが、ムーア巡査のほうは、パトリック・ブレインが殺された夜に何を目撃したかを、あとあとまでしつこくわたしに尋ねていた。

ほかにも、気になることがあった。

わたしが事件を警察に通報したあと、現場に真っ先に駆けつけた人物は誰だった？

ムーア巡査。

ほかの容疑者の腕に傷のあることを強調して、わたしの疑惑をそらそうとしたのは誰だった？

ムーア巡査。

それから、わたしの前でカロライナ・パンサーズのファンだと自慢げに言ったのは誰だった？ 犯人の色褪せたスウェットシャツにプリントされた模様が何だったのか、わたしは不意に気づいた。

最初の印象が正しかったのだ。あれは虎。いや、正確にいうなら、豹《パンサー》だ。

ムーア巡査。

オフィスのデスクのいちばん上の引出しに手を突っこんで、殺人事件のあった夜、わたしの供述をムーアが書きとったものの控えをとりだした。ムーアに渡されて以来、一度も見ていなかった。つぎに、裏に日付と時刻が入っている駐車違反チケットをとりだした。数字の7を見ると、どちらも真ん中に棒線が入っていて、そっくりだった。パトリック・ブレインと会う約束をしたのはムーア巡査だったのだ。でも、なぜ？

そのとき、エイプリル・スプリングズ警察に悪徳警官がいるという、ジョージが聞きこんできた噂を思いだした。たぶん、パトリックが悪徳警官のことで何かを知ったのだろう。殺されるほど危険な情報だったのだろうか。

いますぐジェイクと話をしなくては。

時間もかまわず、彼の携帯の番号を押し、留守電の応答があったそのとき、店の表のドアをガンガン叩く音がした。前に使ったことのあるナイフをつかみ、厨房から出て、外の闇に目を凝らした。

表のドアにジェイクがもたれていた。

そして、彼の胸から流れでた血がガラスについているのが見えた。

わたしは思わず手のナイフを落とし、必死にドアをあけた。

そのとたん、ジェイクがわたしの腕のなかに倒れこんだ。

助けを呼ばなくては。

つぎの瞬間、ほかの誰かが飛びこんできた。


冷酷な殺人犯であることに、たったいまわたしが気づいたばかりの男だとわかっても、驚きはまったく感じなかった。

「なぜこんなことをしたの？」

床に倒れたジェイクを腕に抱いたまま、わたしはムーアに訊いた。ジェイクの喉に指をあてると、弱い脈がかすかに感じられ、ジェイクは浅くせわしない呼吸をくりかえしていた。

これはまずい。でも、少なくとも命はある。

「こいつが知りすぎたんだ」ムーアはジェイクの身体をまたぎながら言った。「今夜はほころびを始末してるところでね、リストのつぎにくるのはあんただ」

わたしはカッとなって頭をふった。「パトリック・ブレインを殺したのがあなただってことはわかってるのよ」ジェイクをじっと見守ったままで言った。なんとしても彼を助けなくては。たとえ自分の命を危険にさらすことになろうとも。でも、ムーアのまなざしから、そんな覚悟など結局は問題にならないのだと悟った。

ムーアのほうは、明らかに、わたしを生かしておこうとは思っていない。

「そいつから離れろ」ムーアが嚙みつくように言った。「いまから厨房へひきずっていくから、あんたが先に行け。おかしなまねをしたら、あんたを始末したあと、お袋さんの面倒もみてやるからな。だが、協力してくれたら、お袋さんのことは放っておこう。あんたのせいでお袋さんまで死なせるのはいやだろ?」

この悪党なら、そこまでやりかねない。

「あなたに面倒はかけないわ」

ムーアがジェイクをひきずって厨房まで行ったので、わたしもあとに続いた。ずっしり重いカエデ材のめん棒のそばに立ったが、それをふりまわす前に弾丸かナイフが飛んでくることはわかっていた。とはいえ、チャンスがあれば飛びつくつもりだった。それしか方法がない。

厨房のドアを通ったとたん、ムーアはジェイクを床に放りだした。悪徳警官がこちらを向いたので、わたしは言った。

「パトリック・ブレインの死体をあっというまに投げ捨てていって、しかも警官として現場に最初に到着することがどうしてできたのかと、ずっと不思議に思ってたのよ。運転してた車はどうしたの？」

ムーアはいまにも笑みを浮かべそうな顔で言った。

「〈ニューベリー〉の裏のガレージに止めておいた。そんな場所を見てみようなんて、誰も考えもしないからな。とくに、乗り捨てられた車を捜索するさいに、そこがおれの受持ちエリアになったし。防水シートをかけたまま、いまもそこに置いてある。ここの用事が片づいたら、よそへ移すつもりだ」

「どうしてドーナツショップの前に死体を投げ捨てたの？　ほかにいくらだって場所はあるでしょうに、人に見られる危険のある場所を選ぶなんて」

「考えてみろよ、スザンヌ。こっちは完璧なアリバイが必要だったし、早朝のあんな時刻にアリバイを提供できる人間はあんたしかいなかった。暗闇でやつを投げ捨てて、それから、パトカーを止めておいた場所まで車で戻った。あの時間帯に町をパトロールするのはおれ一人だったから、あんたが唯一の目撃者になるはずだった。ただ、いきなり店の照明がつくとは思わなかった」

「冷静さをとりもどすのに、しばらくかかったわ」わたしは正直に言った。

「あんたに関して町のあちこちで耳にした噂からすると、ブレイン殺しの犯人を見つけだすまであきらめないだろうってことはわかっていた」

ジェイクが身動きしている？　ムーアの注意をこちらにひきつけておかなくては。そのあいだに、ジェイクが反撃に出るチャンスをつかむだろう。そしたら、わたしがめん棒で加勢すればいい。「少しは慰めになるのなら言うけど、事件の真相がいまようやくわかったわ」わたしは早口で言った。「パトリックはあなたが賄賂を受けとっていることを知った。そうでしょ？　あなたにお金を払って不正を目こぼししてもらってたのは、投資会社？　それとも、建設会社？　そこがまだわからないの」

「けっこう利口だな。だが、すばらしく利口ではない。わからないのなら、こっちから教えるつもりはない」

「あなたがお金のことでパトリックを殺したなんて、いまも信じられない」

ムーアは言った。「金でもめたわけじゃない。賄賂を受けとってる現場を、間の悪いことにブレインに見られてしまったんで、やつから署長のところへ報告がいく前に始末するしかなかったんだ。金を握らせようとしたが、やつは譲歩しなかった。信じられるかい？　日がな一日、書類のうえで汚い取引をやって、全財産をギャンブルですってるくせに、わずかな金の受け渡し現場を目撃しただけで、良心にかけて警察に通報すべきだと思いこむんだからな。そんなことをさせるわけにはいかなかった。そうだろ？　やつのせいで窮地に追いこまれ、ほかに逃げ道が見つからなかったんだ」

ジェイクが何やらつぶやくのが聞こえ、つぎの瞬間、わたしたちの背後でガチャーンと音がした。壁にかかっていた鍋を、ジェイクが二、三個、払い落としたのだ。たいしたことではなかったが、ムーアの注意をそらすには充分だった。わたしはめん棒をつかんだが、ムーアの頭をめがけて投げようとして、突然、遠すぎることに気づいた。

でも、投げることはできる。

ただし、狙うのはムーアの頭ではない。

その横にもっといい標的があった。フライヤーで熱くなっている油のなかへめん棒を投げこむと、煮えたぎった液体が派手に飛び散った。ムーアが顔に油を浴び、目を覆って床にうずくまった。

みごと命中。

わたしは電話をつかんで九一一にかけてから、ナイフを拾って、しゃがみこんだムーアに突きつけたが、彼はもはや誰にとっても脅威ではなくなっていた。

表のドアのロックをはずし、ドアをひらいたままにしてから、ジェイクのそばへ行った。ぐったり倒れていたので、脈を探った。結果を知るのが怖かった。

これは心臓の鼓動？　それとも、甘い期待にすぎないの？　清潔なタオルをとってきて、彼の胸の傷に押しあて、小声でそっと話しかけながら救急車の到着を待った。

救急救命士がわたしを脇へどかせて、ジェイクの手当てにとりかかったそのとき、マーティン署長が入ってきた。

「いったいなんの騒ぎだ？」と、ぶっきらぼうに訊いた。

「おたくの警官がわたしを殺そうとしたの。ジェイクも危うく殺されかけたわ。それもこれもみんな、そいつが賄賂を受けとっていたから」

署長は信じられないという顔で下を見た。床に倒れてのたうちまわっているムーアは、とうてい返事ができる状態ではなかった。

べつの救急救命士がムーアの手当てを始めたとき、署長が救命士の肩に手を置いた。「あっちを先にやってくれ」と言って、ジェイクのほうへうなずいてみせた。「こいつはあとでいい」

「あと三十秒で病院へ搬送します」救急救命士が言った。

「なら、それまで放っておけ」救命士が署長の要求を拒んでムーアの手当てにとりかかったとき、わたしは署長が銃を抜くのではないかと薄々期待したが、署長は背を向けただけだった。

「あんたと話をする必要がある」署長が言った。

「わたし、病院までジェイクに付き添っていかなきゃ」わたしは言いはった。

「一緒の救急車には乗せてもらえんぞ。みんな、ジェイクの命を救おうと必死だからな。さ、わたしの車に乗せてやろう。店はどうする？　みんなが出ていくまで待って、戸締りをするかね？」

「店のものを全部盗まれてもかまわないわ」わたしは言った。本心からの言葉だった。

二人とも黙りこくったまま、車で病院へ向かった。自分の署に悪徳警官がいたことに、署長がわたしと同じくショックを受けているのは明らかだった。「これで多くのことに納得がいく」ようやく、署長が言った。「うちの部下の一人が賄賂を受けとって目こぼしをしているという噂を聞いたことはあったが、どうしても信じる気になれなかった」

「ムーアのことを容疑者の一人だと思ってたって意味？」

署長は首をふった。「いや、わたしは部下の連中を無条件に信じすぎたんだと思う。あんたに謝らなきゃならん」

まともな状態の日であれば、わたしは署長の告白に大喜びしただろうが、いまこの瞬間、その言葉はわたしの頭を素通りした。「とにかく、ジェイクが助かってくれれば、それでいいの」

「ああ、わたしも同じ思いだ」

わたしたちが救急室にたどり着いたちょうどそのとき、ジェイクがストレッチャーで運ばれてきた。運ぶあいだも、医者がジェイクに何やら処置をしていて、彼をとりまくせわしない動きにわたしは不安を覚えた。

マーティン署長がやさしく言った。「しばらくかかると思う。コーヒーを買ってくるから な、二人で一緒に待つとしよう」

わたしがうなずくと、署長はわたしを待合室の椅子まで連れていき、それからコーヒーを探しにいった。署長が戻ってきたのも、わたしはほとんど気づかなかった。

「ほらほら、飲みなさい」署長がくりかえし、わたしは鼻先にカップが差しだされていることに気づいた。

「ありがとう」ひと口飲んだ。手の震えがひどくて、カップが持てないほどだった。「わたしの神経、どうなっちゃったのかしら」

「しっかりした人間がそんな状態になるケースを、わたしは何度も見てきた。ここぞというときに、あんたは冷静だった。大事なのはそれだ。あんた、ほんとにめん棒を投げつけたのかね？」

「いいえ。ムーアを狙っても命中するかどうかわからなかったし、一刻も早く阻止しなきゃいけなかったでしょ。手近にあるもののなかで、めん棒がいちばん重かったから、油をめがけて投げこんだの。ムーアの目、大丈夫かしら」

「もし見えなくなったとしても、自業自得だ」署長は言った。

数分後、病院のスタッフがやってきて言った。「危ないところでしたし、いくらか傷が残るでしょうが、彼の目は大丈夫だと思います」

わたしは訊いた。「彼の目？　なんのこと？」

スタッフは言った。「あの警官に付き添ってここにこられたんでしょう？　お知らせしておいたほうがいいかと思って」

「あの男には制服を着る資格がない」署長は嫌悪に満ちた声で言った。「州警察の男はどんな様子だ？」

「ちょっとはかばかしくないようで」スタッフはそう言ってから、誰かに呼ばれて立ち去った。

「いまの、どういう意味？」わたしは署長に訊いた。

「心配しなくていい」

「署長さん、どこかよそへ行かなくていいの？　犯行現場の指揮をとらなきゃいけないでしょ。わたしのお守りをする必要はないのよ」

署長は首をふった。「現場はいちばん優秀な部下にまかせてある。目下、わたしがいる必要のある場所はここ以外どこにもない」

署長がこんなに親切にしてくれることが、どうにも信じられなかった。待合室のドアが勢いよくひらいて、母が入ってきた。「電話をどうもありがとう、フィリップ」

「いいんだよ、ドロシー。さて、あんたたちさえかまわなきゃ、わたしはドーナツショップへ戻るとしよう」

「いろいろありがとう」わたしは言った。

署長は帽子を軽く傾けた。「職務を果たしただけさ」

それからしばらくしてジョージがやってきたが、夜の明けるころになっても、ジェイクの容態に関しては何も知らせがなかった。今日のドーナツ作りはお休みだ。でも、そんなことはどうでもよかった。

わたしの願いはただひとつ、ジェイクが持ちこたえてくれることだけだった。

ついに、手術着姿の医師があらわれ、こちらに近づいてきた。署長が病院側にどう説明したのか知らないが、わたしに状況を知らせるようにと誰かが医師に伝えたのは明らかだった。

「ビショップ刑事の付添いの方ですね？」

「はい」わたしは答えた。「彼の様子は？」

「運がよかったです。ナイフで胸を刺されるのを運がいいと呼べればの話ですが。筋肉の損傷の大部分はきちんと処置できました。しばらくのあいだ、歩きまわるのは無理でしょうが、完全に快復できない理由はどこにもありません」

「面会できます？」わたしは訊いた。ジェイクに尋ねたいことが山ほどあったが、刺された原因がわたしにあるのかどうかをたしかめるのが、もっとも大切なことだった。

「もう少し待ってください。三時以降なら、一人だけ面会できると思います。いちばん早くてその時間ですね」

「ありがとう、先生」

「いやいや、いいんです。礼を言うなら、迅速にここに搬送してくれた人にどうぞ。出血がひどかったから、あと十分遅ければ、おそらく命はなかったでしょう」

医師が立ち去ったあと、わたしは母のほうを向いて「行きましょ」と言った。

「それがいいわね。いまは家に帰るのがいちばん」

「わたしが向かおうとしてるのは家じゃないわ。署長の現場検証が終わったら、ドーナツを作らなきゃ」

母は頭がおかしくなったのかと言いたげにわたしを見た。「スザンヌ、バカなこと言わないで。あなたにドーナツを売ってもらおうなんて、今日は誰も考えやしないわ。とんでもないことを言いだす子ね」

わたしは母の手を握りしめた。「ママはわかってない。いますぐドーナツを作らなきゃいけないの。でないと、二度とあの店に入れなくなってしまう。あそこで起きたことの記憶を消し去って、楽しい記憶に変えなきゃいけないの」

ジョージが横で聞いていて、「車で送っていこう。さあ」と言った。

「娘はわたしが送っていくわ」母が言った。いまだに子供を守ろうとしている。

「みんなで行きましょ」わたしは言った。「店に入ることができたら、二人にドーナツをおごってあげる」

わたしたちは車を連ねて〈ドーナツ・ハート〉にひきかえした。店の前にはパトカーが一台止まっているだけだった。マーティン署長が手と膝を突いて床をこすっているのを見て驚いた。飛び散った油はすでにきれいに拭きとられ、ダイニングエリアの掃除ももうじき終わろうとしていた。

「署長さん、そんなことしちゃだめよ」わたしは言った。「犯行現場の検証はどうするの?」

「さっさとすませた」立ちあがりながら、署長は言った。「惨憺たる状況の店にあんたを迎え入れるわけにはいかなかった。うちの警官のせいで、ひどい目にあわせたものな。で、非番の連中が全員やってきて掃除を手伝ってくれた。明日にはドーナツ作りが再開できるぞ。早々と仕事に復帰する元気があんたにあるのなら」

失望の色がわたしの顔に出ていたにちがいない。

「じゃ、今日はドーナツが作れないってこと?」

母が言った。「お願い、フィリップ、大事なことなの」

署長はうなずいた。「あんたの店だ。ただ、わたしの考えでは――」

母がバケツと署長の使っていた雑巾をとりあげた。「言葉にできないぐらい感謝してるわ」

署長は母に褒められて、口が利けなくなってしまったようだ。

「いろいろとすまなかった」と、もごもご言った。

母が署長の頬に軽くキスした。「バカねえ。大切なのは、どんなふうに始めるかじゃなくて、どんなふうに終わらせるかなのよ」

二人は連れ立って出ていき、わたしはひらいたドアから奥の厨房をながめた。もう一度あそこで作業ができるだろうか。この店を売って、何かほかのことを始める時期にきたのではないだろうか。

いいえ、そんなことはできない。ドーナツ作りは単なる仕事ではない。わたしという人間の一部になっている。

ジョージがわたしのオフィスから戻ってきた。エマが冗談半分でわたしにプレゼントしてくれた背の高いコック帽をかぶり、メタボ腹を隠しきれないエプロンの紐を結ぼうとしている。

「いつでも始められるぞ。最初はなんだね？」

「わたしがフライヤーに油を入れたらすぐに、小麦粉を量りましょう」

作業再開だ。ドーナツを作りはじめると心が落ち着き、いつもの日常が戻ってきたような気がした。そばで見守る母からお節介なアドバイスが飛んでくるなかで、ジョージとわたしはケーキドーナツを作った。イーストドーナツを作る時間はなかったが、とにかくドーナツを作るという行為そのものが大切なわけで、今日のドーナツを食べてみたところ、特別においしかった。

後片づけを終えてから、ドーナツ一ダースを箱に詰め、ふたたび病院へ出かけた。

「ドーナツを持ってきてくれたなんて、信じられない」わたしが病室に入ると、ジェイクが言った。

「悪いけど、病院からドーナツを食べる許可は出てないのよ。とりあえず、明日まで待たないと」

「残酷だ」ジェイクは言った。「食べちゃいけないのなら、なんで持ってきたんだい？」

わたしは笑顔で顔を見おろし、彼の胸の大部分を覆った包帯と、腕から延びている点滴のチューブを無視しようと努めた。「意地悪したわけじゃないわ。知らなかったの。ナースステーションへ置いていくわね。あなたのわがままを我慢したあとで、看護師さんたち、おやつを必要とするでしょうから」

身をかがめて、いろんなものにさわらないよう気をつけながら、彼に軽くキスをした。

「いまのはなんのキス？」

「わたしを守ってくれたお礼」

「冗談だろ？　署長の話からすると、きみのほうがぼくを守ってくれたんだ。機転が利くんだね。めん棒を油に投げこむなんて」

「わたしにとっては自然なことだったわ。あのフライヤーを使って何カ月も仕事をしてきたから。ものを投げこんだらどんな惨状を招くことになるか、よくわかってたの。でも、あなたがいなかったら、ぜったいできなかったわ。あなたが壁にかかっていたお鍋を落としてくれたおかげで、めん棒をつかんで投げる時間が稼げたのよ」

ジェイクは微笑した。「じゃ、両方がヒーローだ」

「そんなことないわ。訊きたいことがあるの。あなたが胸に穴をあけてここに寝てるのは、わたしのやった何かが原因なの？　もしそうなら、わたし、ぜったい自分を許すことができない」

ジェイクは首をふった。「すべてぼくが悪いんだ。きみのことが心配だったんで、ドーナツショップを見張ることにした。誰かが忍びこむかもしれないからね。きみを襲撃したのはグラントだって話をムーアに聞かされたけど、ぼくは一秒だって信じなかった。グラントに腕の傷のことを尋ねたら、木の枝を切ってたときに、その枝がバシッと折れたと言っていた。ひどいひっかき傷ができたそうで、ムーアのやつ、それを利用して自分に疑いがかかるのを避けようとしたんだろう。きみを守るために暗闇で監視を続けてるあいだに、ムーアに焦点を合わせるべきだと判断した。正直に白状すると、こっちが抵抗する暇もないうちに、ムーアに刺されてしまった。ぼくの車からきみの店まで、どうしてやつがぼくをひきずっていったのか、よくわからない。見せびらかそうとしたのかもしれない。州警察の警官をやっつけた凄腕だってことを、誰かに見せたかったんだろう。それに、やつはどうせ……わかるだろ」

「何が言いたいかわかるわ。だから、あとはわたしが言ってあげる」

「無理しなくていいんだよ」ジェイクはやさしく言った。

わたしは彼を無視して言った。「どっちにしても、ムーアはわたしを殺す気だった。見せびらかしたところで、なんの不都合もない。ただ、あなたが頑丈すぎて死ななかったものだから、二人とも助かった」

「おたがい、けさは運がよかったわけだ」

「めでたしめでたしの結末で、すごくうれしい」

ジェイクは眉をひそめた。「ねえ、そのドーナツ、作りたてかい？」

「わたしが古いドーナツを持ってくると思うの？　たとえ、あなたが食べられなくても」

「そこだよ、ぼくが言いたいのは。今日もドーナツを作ったなんて、信じられない」

わたしはしどろもどろで説明を始めた。「もっとあとにならないと面会できないってわかったし、どうしても仕事に戻りたかったの。わかるでしょ？」ジェイクに視線を落とすと、彼が微笑しているのが見えた。「何をニタニタしてるの？」

「あんなことがあっても、きみが店をやめようとしなかったのが、じつに微笑ましい」

わたしは彼に笑顔を見せた。「ご心配なく、あの程度じゃへこたれないわ」

看護師が入ってきて言った。「悪いけど、そろそろ帰ってもらわないと」

わたしは看護師にドーナツの箱を渡した。

「この賄賂で、あと一分だけ彼のそばにいさせてくれない？」

看護師はドーナツを受けとり、それからにっこりした。

「例外は作れると思うわ。今回だけね」

看護師が去ったあとで、わたしは言った。「さて、これからどうすればいい？」

「事件はきちんと解決したと思うけど」

「わたしが言ってるのは事件のことじゃないわ。わかってるくせに」

ジェイクは肩をすくめ、わたしは彼が痛さですくみあがるのを見た。

「一日ずつゆっくり進んで、様子を見ることにしよう、いいだろ？」

わたしはもう一度彼にキスしてから言った。「はいはい、言いたいことはわかったわ。明日もくるわね」

「今度はチョコレートスプリンクルを持ってきてくれ。チョコレートスプリンクルが大好きなんだ」

病室を出るとき、わたしは彼に笑いかけた。

わたしの人生にふたたび誰かを迎え入れるのは、きっと楽しいことだろう。もし、ジェイクがその誰かになるのなら。二人の仲を進展させないほうがいい理由は山ほどあるし、わたしはそれを誰よりもよく知っているが、ひとつだけ、ほかのすべてを圧倒する要素がある。彼と一緒にいると、離れているときよりも心が安らぐ。

まじめな話、ほかのどんな理由が必要だろう？

明日届ける予定のドーナツの箱には、チョコレートスプリンクルをぎっしり詰めることにしよう。

わたしの思いを彼に伝えるのに、これ以上すてきな方法は思いつけない。

【作り方】

1. Aをボウルに入れて混ぜあわせ、べつのボウルにふるい入れる。ふるった粉に溶き卵を加え、つぎにサワークリームとバターミルクを加えて、全体を軽く混ぜあわせる。生地をこねやすい固さにするために、バターミルク、もしくは、小麦粉を追加してもよい。その日の温度と湿度によって調節する。できあがった生地はパン生地ぐらいの固さが望ましい。具体的にいうと、さわっても手にくっつかないが、しっとりしていて柔軟性があるという状態。ご心配なく。コツはすぐつかめるから。
2. この生地を軽くこねてから、6〜7ミリほどの厚さに伸ばす。つぎに、ドーナツカッター*1を用意して、生地をドーナツ形に抜いていく。穴の部分はあとで揚げるために残しておく。
3. フライヤー*2の温度を190度にセットし、油が熱くなったら、バスケットに4〜6個のドーナツを入れる。入れる数はフライヤーのサイズによって決める。
4. 片側を2分揚げてから、1個をチェックする。金茶色（わたしの好きな色）に揚がっていたら、太い箸か木製トングでひっくり返して、さらに2分揚げる。
5. ドーナツが揚がったら、ラックもしくはペーパータオルを敷いた皿にのせて冷まし、油が完全に切れたのを確認してからテーブルに出す。バターを塗って粉砂糖やシナモンをかけてもいいし、そのまま食べてもいい。

＊1　中心がとりはずしできるシンプルなタイプ。カッターは安い値段で買えるし、持っているととても便利。
＊2　深鍋で揚げてもいいが、正確な温度調節ができるのはフライヤーのほうなので、お金を出して買うだけの価値があると思う。ひんぱんにドーナツ作りをする人ならとくに。

初心者のための
おいしいドーナツ

このドーナツは、あなたの朝をスタートさせるのに、もしくは、ドーナツ作りに初めて挑戦するのにぴったりです。作り方はとても簡単で、おいしいドーナツが作れます。少し練習すれば、急いで何か用意しなきゃというときのお助けレシピになるでしょう。

【材料】(約1ダース分)

A
- 小麦粉……4～5カップ
- グラニュー糖……1カップ
- 重曹……小さじ1
- ナツメグ……小さじ½
- シナモン……小さじ½
- 塩……少々

サワークリーム……½カップ
溶き卵……1個分
バターミルク……1カップ

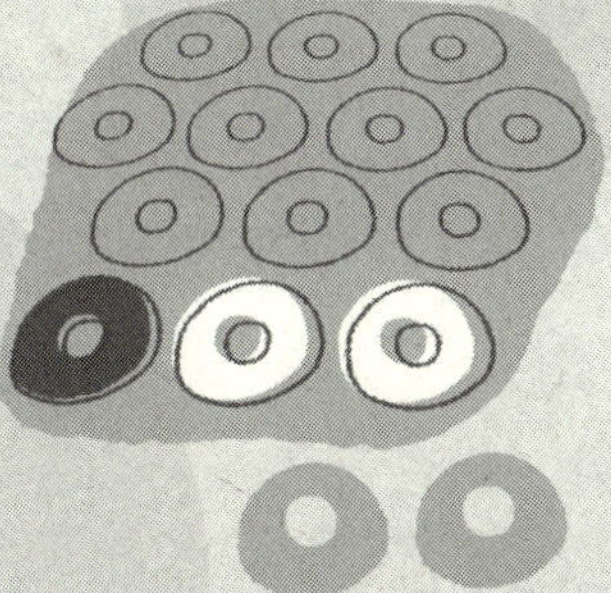

【作り方】

1. 卵をよく溶いてから、砂糖を加え、もったりするまで混ぜあわせる。
2. Aを加え、よく混ぜる。
3. べつのボウルに、乾燥した材料（小麦粉は1カップ控えて4カップ使用、塩、ベーキングパウダー、重曹、ナツメグ、シナモン、ショウガの粉末）を入れて混ぜあわせる。これをふるいにかけてから、2に加える。
4. よくこねあわせたあと、この生地を1時間ほど冷やす。
5. 生地が完全に冷えたら、打ち粉をした台の上で生地を伸ばし、厚さ6〜7ミリほどになったらドーナツカッターで型抜きする。
6. 型抜きした生地を休ませているあいだに、フライヤーの油を190度に熱しておく。
7. ドーナツを2個か3個ずつ油に投入し、2分たったら裏返す。
8. 揚がったらとりだしてラックで油を切れば、もう食べられる。粉砂糖をふりかけてもいいし、そのまま食べてもいい。

パンプキンドーナツ

わが家では、感謝祭のころにこのドーナツを食べるのが大好きで、地面に霜がおり、雪が降る季節になると、よくこれを作ります。カボチャの風味はかすかですが、味はしっかりしていて、ふだんのドーナツとはまた違った楽しさがあります。

【材料】(約1ダース分)

溶き卵……2個分
砂糖……1カップ
A ┌ キャノーラ油……大さじ2
　│ カボチャのピューレ(缶詰)……500g
　└ バターミルク……⅔カップ
小麦粉……4～5カップ
塩……小さじ1
ベーキングパウダー……小さじ4
重曹……小さじ½
ナツメグ……小さじ1
シナモン……小さじ1
ショウガの粉末……小さじ½

【材料】(四角いワッフル8～10枚分)

A
- 小麦粉……1¼カップ
- ベーキングパウダー……小さじ2
- 塩……ひとつまみ
- 砂糖……大さじ1

卵……2個(黄身と白身に分ける)

バターミルク……1¼カップ

サラダ油……大さじ2

【作り方】

1. Aを、ボウルに入れて混ぜあわせ、そのまま置いておく。
2. もうひとつのボウルに卵の白身を入れて、ピンと角が立つまでしっかり泡立てる。
3. 3つ目のボウルで卵の黄身を軽く泡立て、そのままかき混ぜながらバターミルクとサラダ油を加え、全体をよく混ぜあわせる。
4. 3を1にいっきに流しこみ、なめらかになるまでかき混ぜる。つぎに、切るようにして2を混ぜていけば、ワッフルメーカーでワッフルを焼く準備のできあがり。

【バリエーション】

ブルーベリー、つぶしたバナナ、ベーコン、刻んだナッツなどを加えれば、基本のレシピを使って違うタイプのワッフルを作ることができる。

あれこれ実験するのも楽しいので、泡立てた白身を生地に混ぜたあと、いろんな組みあわせを試してみてもいいでしょう。

ママの手作りワッフル

うちの家族はこのワッフルが大好きです。とくに、週末を迎え、外の世界へ飛びだしていくかわりに、くつろいで食事を楽しむ時間をみんなが持っているときに。サイドディッシュとして、焼きリンゴと、湯気のあがった熱々シロップ、そして、本物のバターがあれば、なおさらご機嫌。ちょっと自分を甘やかして、おいしいものを食べる喜びに浸ることのできる、すてきなひとときです。

【作り方】

1. オーブンを180度に予熱しておく。
2. バターを溶かして、20×30センチの耐熱皿に流しこむ。
3. 桃をシロップから出し水気を切っておく。シロップはあとで使うので、¾カップを別の容器に入れておく。
4. グラニュー糖1カップ、小麦粉、ベーキングパウダーをボウルに入れて混ぜあわせ、つぎに、牛乳と桃のシロップを加える。
5. 耐熱皿に流しこんだ溶かしバターのなかに桃を並べる。桃の上から4の生地を流しこむ。
6. シナモンと残りのグラニュー糖½カップを混ぜあわせ、5の上にふりかける。
7. 180度のオーブンで約1時間、もしくは、生地の表面がキツネ色になり、端のほうが耐熱皿から少しはがれるまで焼いたら、できあがり。

南部風ピーチコブラー

うちの家族は一年じゅうピーチコブラーをリクエストします。桃が出盛りの時期に作るコブラーが、わたしはいちばん好き。でも、缶詰の桃でもおいしく作れるので、食料品店で買える缶詰を使って、何年もかけてこのレシピを進化させてきました。ここにご紹介するのはわが家の大ヒットレシピで、しかも、とても簡単に作れます。

【材料】(6～8人分)

バター……½カップ
グラニュー糖……1½カップ
小麦粉……1カップ
シナモン……大さじ1＋小さじ1
ベーキングパウダー……小さじ1½
牛乳(脂肪分2％、もしくは、全乳)……½カップ
桃(スライスして濃いシロップに漬けた缶詰)……1缶(900ｇ)

【作り方】

1. 大きなボウルにぬるま湯を入れてドライイーストを溶かす。5～10分置いておく。
2. Aと小麦粉3カップを加える。ハンドミキサーの低速で、もしくは、泡立て器で、生地全体がしっとりするまで攪拌し、そのあと中速にしてさらに1分間攪拌する。
3. 残りの小麦粉をふるいながら、一度に約½カップずつ入れ、柔らかな生地ができあがるまで加えていく。使用する小麦粉の正確な量よりも、生地の肌理《きめ》のほうを優先する。軽く打ち粉をした作業台に生地を移し、なめらかな弾力が生まれるまで5分ほどこねる。
4. クッキングスプレーでさっとオイルコーティングしたボウルに生地を入れ、つぎに、生地の表面にも軽くスプレーする。清潔な布巾をかけて、風のあたらない暖かな場所で1時間ほど発酵させる。発酵すると2倍近くに膨らむ。生地を押してガス抜きをしてから、軽く打ち粉をした作業台に移す。
5. 生地を厚さ1センチほどに伸ばし、ドーナツカッターで型抜きする。
6. ドーナツとドーナツホールをベーキングシートに並べてから、表面に溶かしバターを塗る。布巾をかけずに、風のあたらない暖かな場所で30分発酵させる。
7. 200度のオーブンで11分、もしくは、キツネ色になるまで焼く。オーブンから出したらすぐ溶かしバターを塗り、砂糖とシナモンのミックスをまぶす。

シナモンとリンゴの焼きドーナツ

焼きドーナツはどちらかというとパンのような歯応えで、あなたがドーナツ作りに挑戦するさいに、揚げドーナツからスタートするのをためらっている場合は、まず焼きドーナツを作ってみるといいでしょう。じつをいうと、うちの娘などは、揚げたのより焼いたほうがお気に入り。ただし、ひとつ警告を。作りはじめてから完成までに、揚げドーナツよりずっと時間がかかります。

【材料】(12～16個分)

ドライイースト……2パック
ぬるま湯……½カップ

A
- グラニュー糖……½カップ
- アップルソース……1½カップ
- 溶かしバター（またはマーガリン）……大さじ3
- シナモン……小さじ2
- ナツメグ……小さじ1
- 塩……小さじ½
- 卵……2個(軽く溶きほぐす)

小麦粉……5½～6½カップ

[トッピング用]
溶かしバター……½カップ
砂糖……½カップ
シナモン……大さじ1

【作り方】

1. 卵を溶きほぐし、ブラウンシュガーを加えてよく混ぜる。
2. 小麦粉以外の材料を1に入れて、ふたたびよく混ぜる。
3. 小麦粉を少しずつ加えて、柔らかな生地にまとめあげる。
4. 生地を親指大にちぎる。4個は棒の形に伸ばし、あと12個は石の形に丸める。
5. 190度に熱した油に投入し、両面がキツネ色になるまでこまめに返す。ほどよく揚がったら、油を切る。砂糖をまぶすのも、グレーズをかけるのもいいけど、わたしはそのまま食べるのがいちばん好き。

“棒切れ”と“石”の
ジンジャーブレッドドーナツ

このドーナツはとってもおいしいんです。こんがりきれいに揚がって、ジンジャー風味のお菓子のなかでもまさに絶品。じつをいうと、以前は普通の形のドーナツにしていましたが、ある日、細長い形や球形を作ってみようと思いつき、こうして“棒切れ”と“石”が誕生しました。丸いドーナツよりおいしいような気がします。

【材料】（“棒切れ”4本＋“石”12個）

ブラウンシュガー（密封パック）……½カップ
溶き卵……1個分
糖蜜……½カップ
重曹……小さじ½
ベーキングパウダー……小さじ2
ショウガ……小さじ3
塩……小さじ½
小麦粉……2½～3カップ
サワークリーム……½カップ

【作り方】

1. 溶き卵にグラニュー糖を少しずつ加え、完全に混ざりあうようにする。かき混ぜながら溶かしバターを加え、いったん脇へ置いておく。
2. Aを合わせてふるう。
3. 1にバターミルクと2を交互に加え、加えるたびに完全に混ざりあうようにする。
4. 生地を1時間ほど冷やしてから、打ち粉をした作業台に移し、練って丸め、6〜10ミリぐらいの厚さに伸ばす。
5. ドーナツカッターを使って丸いドーナツとホールを型抜きし、190度の油に投入し、片面2分ずつ、もしくは、こんがりと色がつくまで揚げる。
6. ペーパータオルにのせて油を切る。そのままで、もしくは、トッピングをしてからいただく。

スパイスの利いた
バターミルクドーナツ

スパイスの利いたこのバターミルクドーナツは、雨の日の
すてきなごちそうです！ とても軽いので、おやつにぴったり。
揚げたてのドーナツに粉砂糖をまぶして食べるのが、わが家流。

【材料】(1ダース分＋ドーナツホール)

グラニュー糖……1カップ
バター……½本(¼カップ)
溶き卵……2個分
A
- 小麦粉……4カップ
- ベーキングパウダー……小さじ2
- 重曹……小さじ1
- 塩……小さじ¼
- ナツメグ……小さじ¼

バターミルク……1カップ

【作り方】

1. アルミホイルに鶏胸肉を並べてから、クッキングスプレーでオイルをさっとスプレーしておく。
2. イタリアンシーズニングを軽くふりかけ、つぎに、胸肉1切れにつきパルメザンチーズ15 gとパン粉15 gを混ぜたものを、肉の上に広げる。
3. チェダーチーズの細切り30 gと、モッツァレラチーズの細切り30 gを、胸肉の端にのせる。
4. チーズが内側になるようにして、1切れずつ端から巻いていき、円筒形にする。
5. 巻いた胸肉の外側にクッキングスプレーで軽くオイルをスプレーしてから、パルメザンチーズ15 gとパン粉15 gを混ぜたものをふりかける。
6. ラップをして、冷蔵庫に2～4時間ほど入れておく。
7. オーブンを220度に熱しておき、胸肉の中心部にきちんと火が通るまで焼く。所要時間は約30分。

ママのチーズたっぷりチキン

このチーズたっぷりチキンは、サラダ、火を通した
若いグリーンピース、ファンシーライスと一緒に食べると最高。

【材料】(4人分)

鶏胸肉……4切れ(皮と骨をとりのぞき、叩いて薄く伸ばす)
イタリアンシーズニング……大さじ2
チェダーチーズ……120 g(細長く切る)
モッツァレラチーズ……120 g(細長く切る)

[コーティング用]
パルメザンチーズ……120 g(挽いてから2つに分けておく)
イタリアンブレッドのパン粉……120 g

[その他]
クッキングスプレー

【作り方】

1. Aをよく混ぜあわせる。
2. 小麦粉とベーキングパウダーを合わせてふるい、1に加えてよくかき混ぜる。硬めの生地ができあがる。
3. 生地を1時間ほど冷やしてから、打ち粉をした作業台に移し、こねて丸め、6〜10ミリの厚さに伸ばす。
4. ドーナツカッターでドーナツの輪とホールを型抜きし、190度の油でこんがりと色づくまで表と裏をそれぞれ2分ずつ揚げる。
5. ペーパータオルの上に移して油を切る。そのままで、もしくは、トッピングを加えて、おいしくめしあがれ。

オレンジ風味のケーキドーナツ

このドーナツにはかすかなオレンジの風味があって、
わたしは昔から大好きです。オレンジエッセンスで
香りづけをしたグレーズをかけてもいいし、粉砂糖を
まぶしてもいいし、温かいうちに食べてもおいしいです。

【材料】(12個分)

A
- キャノーラ油……大さじ2
- グラニュー糖……1カップ
- バター……½本(¼カップ)
- 卵の黄身……3個分(溶きほぐす)
- オレンジエッセンス……小さじ1
- オレンジの皮……1個分(細切り)
- シナモン……小さじ1
- 牛乳……1カップ(脂肪分2%、もしくは全乳)

ベーキングパウダー……大さじ1
小麦粉……3～4カップ

世界でいちばん簡単なドーナツのレシピ

レシピと呼ぶのをためらうぐらい単純ですが、できあがったドーナツはとびきりおいしいし、作り方はわたしがこれまで試したなかでいちばん簡単です。ほかの種類のドーナツを作るために油を熱くしたとき、ついでに作ってみてください。あなたも同意なさると思いますよ。

【材料】（ドーナツ4～8個分）

缶詰のビスケット生地……1缶
（わたしはサワードウの生地が好き）

【作り方】

1. 円形のビスケット生地を缶から出し、ホールカッターを使って中心をくり抜く。
2. 外側の輪と、くり抜いた中心部分を190度に熱した油に投入し、両面を2分ずつ揚げる。おもしろいことに、中心部分はしばしば、揚がると勝手にひっくり返る。
3. ラックかペーパータオルにのせて油を切ったら、そのまま食べてもいいし、粉砂糖をまぶしてもいい。見栄えの良さは驚くほどだし、しかも、おいしい。これ以上何を望むことがあるだろう？

簡単なフライドアップルパイ

世界でいちばん簡単に作れるパイで、おいしさは保証つきです。あなたがパイ作りのベテランだとしても、たまには手抜きをするのもいいものです。ぜひお試しを。それだけの価値がありますよ！

【材料】(4個分)

煮リンゴ(缶詰)……200g
砂糖……大さじ1
シナモン……小さじ1
冷凍パイシート

【作り方】

1. リンゴをとろ火で温め、砂糖とシナモンを加えてよく混ぜる。鍋を火からおろして、粗熱をとる。
2. ボウルかグラスの縁に小麦粉をふり、パイシートに押しつけてねじり、円形にくりぬく。わたしはふつう、1枚のパイシートでフライドパイを4個作ります。
3. それぞれの円の中心に少量のリンゴをのせ、つぎに縁を水で湿らせる。2つ折りにして、縁を押さえつけ、リンゴを包みこむ。丸みを帯びた半月のような形ができあがる。
4. 195度に熱した油にパイを入れ、片面を3～4分ほど揚げて、トングでひっくり返す。生地の縁が軽く膨らんで、こんがりキツネ色に揚がる。[*1] 揚がったところで粉砂糖をふりかければ、もう食べられる。

＊1　少々焦げ色がつくかもしれない。揚がるまでに、ふつう8分ほどかかるが、多少の差はある。

訳者あとがき

ほのぼの、ふんわり、楽しいコージーミステリの世界に、とびきりすてきなシリーズが登場した。

ノースカロライナ州の人口五千一人の小さな町、エイプリル・スプリングズにある手作りドーナツの小さな店〈ドーナツ・ハート〉が物語の舞台である。店を経営するのは、スザンヌ・ハート。夫の浮気が原因で一年前に離婚して、そのときの慰謝料でドーナツショップをオープンした。毎日午前一時半（！）に起きて店に出かけ、アシスタントのエマと二人で大量のドーナツをこしらえ、五時半に開店。揚げたてのおいしいドーナツを食べるために、早朝から町の人々がやってくる。

子育て真っ最中のママたち、リタイア生活を送るもと警官、ミステリの読書会をひらく年配女性のグループなどで、〈ドーナツ・ハート〉は毎日にぎわっている。

暗いうちから起きて年中無休で働きつづけるのは、傍目には大変そうだが、ドーナツ作りはスザンヌの生き甲斐、そして、店にきてくれるお客はスザンヌの宝物だ。忙しいけれど、充実した平和な日々を送っている。

そんなある日、スザンヌにとんでもない災難が降りかかった。いつものように早起きをして店に出かけ、なかに入ったとたん、表の通りに車が止まって何か重そうなものが投げ捨てられたのだ。それはなんと、男性の死体！　しかも、ドーナツショップを贔屓《ひいき》にしてくれていた客だった。よりによって、なぜ店の前に死体が捨てられたのか。しかも、殺されたのは、スザンヌのことを姪のようにかわいがってくれた大切な客だ。彼のためにも事件の謎を解かなくては、とスザンヌは決心する。

ところが、事件を調べはじめたとたん、何者かから脅迫電話がかかってくる。「この件はおまえにはなんの関わりもないことだ。首を突っこむな」そう言って電話は切れる。しかし、そんな脅しに負けるスザンヌではない。びくびくしながら暮らすなんてまっぴら、ぜったい犯人を見つけだしてやる、と決意も新たに事件の渦中に飛びこんでいく。

州警察から捜査に出向いてきたすてきな警部と知りあい、食事に誘われて、久しぶりに胸のときめきを覚えるスザンヌだが、そのいっぽう、別れた夫がよりを戻そうとして彼女の身辺をうろうろするものだから、うっとうしいと思いつつ、ときたまそちらへ心が傾きそうになることもある。スザンヌと警部の恋がどうなっていくのか、別れた夫は果たしてスザンヌのことをあきらめられるのか、読者としては大いに気になるところだ。

ドーナツショップが舞台だから、もちろん、ドーナツを作る場面や食べる場面がどっさり出てくる。本書の翻訳中、わたしは無性にドーナツが食べたくなり、〝仕事のための調査〟

と称して近所のドーナツ屋へ走ったことが何度もあった。「オールドファッションドーナツの割れ具合を調べなきゃ」とか「ケーキドーナツとイーストドーナツは外見がどう違うのか」など、そのつどテーマをこしらえて出かけ、ケースのなかをじっくり観察する。しかし、観察しただけで帰ってしまったのでは「変な人」と思われかねないので、もちろんドーナツを買っていく。その繰り返しだった。おかげでスザンヌと同じく、体重に影響が出てしまった……。

作者のジェシカ・ベックはノースカロライナ州在住。スザンヌと同じくドーナツ作りに凝っていて、本書に登場するレシピはどうやら、ベックの家族が大好きなものばかりのようだ。ドーナツ事件簿シリーズの一作目として本書を二〇一〇年に出版して以来、年に二、三作のペースで執筆を続けている。

さて、シリーズ二作目の *Fatally Frosted* は、スザンヌが殺人事件の容疑者にされてしまうという波乱の幕開けとなる。被害者がスザンヌの店のドーナツを握りしめて死んでいたからだ。どうすれば容疑を晴らすことができるの？　今度のスザンヌは四苦八苦。しかし、おいしそうなドーナツがたくさん登場する点は本書と同じだし、おなじみの常連客もつぎつぎと顔を出してくれるので、ハラハラドキドキしながらも、楽しんでお読みいただけることだろう。個人的には、〈ドーナツ・ハート〉に見学にやってきた小学生の一団がふたたび登場してくれないものかと期待しているのだが、残念ながら、二作目には出てきてくれなかった。

「うちのママのドーナツがここのよりおいしくてごめんなさい」と、スザンヌに変な謝り方をした悪ガキのアンディくんに、ぜひもう一度会いたいものだ。

食べることが大好きなわたしにとって、レシピつきのコージーミステリを翻訳するのが前々からの夢だった。原書房編集部の相原結城さんのおかげで、ついにその夢を叶えることができた。心から感謝を捧げたい。

ジェシカ・ベック作品リスト

1 *Glazed Murder*（二〇一〇）本書
2 *Fatally Frosted*（二〇一〇）二〇一二年十月邦訳刊行予定
3 *Sinister Sprinkles*（二〇一〇）
4 *Evil Eclairs*（二〇一一）
5 *Tragic Toppings*（二〇一一）
6 *Killer Crullers*（二〇一二）
7 *Drop Dead Chocolate*（二〇一二）
8 *Powdered Peril*（二〇一二）
9 *Illegally Iced*（二〇一二）

コージーブックス

ドーナツ事件簿《じけんぼ》①

午前二時《ごぜんにじ》のグレーズドーナツ

著者　ジェシカ・ベック
訳者　山本《やまもと》やよい

2012年　5月20日　初版第1刷発行

発行人　成瀬雅人
発行所　株式会社　原書房
〒160-0022 東京都新宿区新宿1-25-13
電話・代表　03-3354-0685
振替・00150-6-151594
http://www.harashobo.co.jp
ブックデザイン　川村哲司（atmosphere ltd.）
印刷所　中央精版印刷株式会社

落丁・乱丁本はお取り替えいたします。
定価は、カバーに表示してあります。
 ISBN978-4-562-06002-3 Printed in Japan